# 運命の番は獣人のようです

山梨ネコ

*Neko Yamanashi*

RB

レジーナ文庫

登場人物紹介
フィンレイ
ゴールデンギープ族の獣人男性。ルカに傷を治療されて以来、彼女のことが気になっている。
佐《さ》倉《くら》瑠《る》香《か》
天涯孤独な大学二年生。不思議な少女たちに親切にしたせいでか、異世界に飛ばされてしまった。トリップの際に、彼女たちから魔法を使える能力をもらっている。どうやら、獣人のフィンレイが「運命の相手」らしく——!?

フィアナ
フィンレイの姉。
ゴールデンギープ族の
里長。
ダヴィッド
人間に対する
獣人反乱軍のリーダー。
グレイウルフ族の里長。
クラウス
天馬を探している勇者。
熱血漢で基本的に親切。
イザドル
勇者と一緒に旅をする
吟遊詩人。
綺麗な笛を持ち、
獣人を憎む歌を歌う。

# 目次

# 運命の番《つがい》は獣人のようです

# 第一章

「ん？　これ、落とさなかった？」

サークルの飲み会からの帰り道、私――佐倉瑠香《さくらるか》は、二人組の少女の後ろに落ちていた箱を拾った。けれどそれを返そうとしても、少女たちはなぜか受け取ってくれない。

拾ったのは、正方形の宝石箱のようだった。金細工《きんざいく》で唐草模様《からくさもよう》が描かれているフレーム、蓋《ふた》や側面には赤や青、緑の宝石みたいな石が嵌《は》め込まれている。

石が全てイミテーションだとしても、ある程度の値段はする代物《しろもの》に見えた。

私が落としたものではない、はずだ。

……今夜はクリスマスだから、サプライズのプレゼントかもなんて、酔っ払い的思考で考え、一応、佐倉瑠香様へなど、自分の名前が書かれた手紙がくっついていないか、確認してみた。

けれど手紙どころか、箱の中には何も入っていない。

そもそもよく考えたら、プレゼントをくれる人物に心当たりがなかった。一瞬、直前まで一緒に酒を飲んでいた同じ大学の後輩男子の顔が思い浮かんだけれど、そんな関係じゃない。

「えーと、あなたたちが落としたんじゃないの？」

立ち去るでもなくその場に突っ立っている、奇妙な雰囲気の少女たちを見やる。

何となく彼女たちが箱の持ち主のような気がしているのだが、彼女たちは、何かがおかしい。

私が酔っているからそう感じるだけかな？

私は飲み目的の旅行サークルに入っている大学二年生だ。文系で経済学部、夢はない。

今日の飲み会に女子は他に一人いただけで、参加者のほとんどが男だった。だからといって胸がときめくような何かが起こるわけがない。

クリスマスなので恋人を持つ部員は現れず、独り身同士の傷の舐めあいのような会だった。

もっとも、独り身にも色々ある。家に帰れば家族がいる人はいいじゃないか。電話をかければ家族に繋がるのも幸せなほうだろう。

私には待っている相手も電話をかける相手もいないから、後輩の男子とお店が終わるぎりぎりまで飲んでいたのだ。

ちなみに一緒に飲んでいた後輩の彼は、家で両親と兄弟姉妹、おじいちゃんおばあちゃんまでが待っている大家族の一員だ。けれど、今日は彼女と出かけると家族に触れ回ったあげくその彼女に振られたため、飲み会に参加した哀しい事情の持ち主である。彼のことはキングオブ番外と名付けよう。

件《くだん》の彼女は二股していて、彼はキープくんだったらしい。念のためにお伝えすると後輩の彼は学年は下ではあるが、二十歳は越えている。

泣き噎《むせ》ぶ彼はベロンベロンだったため、先ほどタクシーに乗せて帰したところだ。彼のスマホに私とのツーショット写真を入れておいてあげたので、彼女に振られたとご家族に打ち明けるのが辛すぎたら、それを見せればいいと思う。明日の朝には別れたことにしよう。

これだけディープな時間を過ごした後なので、当然時間は深夜零時を回っている。

つまり——こんな時間に何をしているんだろう、この少女たちは?

「その器《うつわ》は差しあげます、あなたに」

二人の片方、金髪の少女が鈴を転がすような声で言う。全く意味がわからない。

クリスマスだからプレゼントって?　見知らぬ人間に贈るには少々お高そうに見える

けれど。

納得いかない私に、金髪の少女が続ける。

「あなたをあちらへ連れていく代わりに」

彼女は一体何を言わんとしているのだろう。……何だか怖くなってきた。幽霊的な意味で。

気味が悪いなと思いつつも走って逃げなかったのは、手の中に宝石箱の確かな感覚があるせいだ。

それにしても、これを返してからでないと心置きなく帰れない。

それにしても、こんな道ばたにいるのが似合わないほど美しい少女たちである。

二人の美少女は双子のようで、顔がうり二つだ。

しかし髪の色と目の色が違っている。一人は金髪に金の瞳、もう一人は黒の髪と瞳。

不思議なことに、顔立ちを見てもどちらが染めていて、どちらがカラーコンタクトをつけているのか、わからなかった。彼女たちの顔からは国籍が思い浮かばないのだ。

日本語を話しているので日本人なのかもと考えられるが、微妙に話が通じていない気がする。母国語が日本語ではないのかもしれない。

「えーと、こんな夜遅くに出歩くのはよくないよ。寒いでしょ？」

彼女たちはいくつくらいなのだろうか。大きな瞳が顔面のほとんどを占めている美少女たちは、小学生くらいにも見えるし、妙に艶《つや》を帯《お》びた雰囲気のせいで、もっと大人な気もする。

それはともかく、二人とも薄着だった。

金髪金目の少女は、白いファーの縁《ふち》取《ど》りのついた白いケープに白のワンピース。黒髪黒目の少女は、黒いファーの縁《ふち》取《ど》りのついた黒いケープに黒のワンピースといった姿だ。

二人ともケープと同じ色のブーツを履《は》いている。

どれもこれもおしゃれが優先で、防寒を全く意識していない。

二人の親は何のつもりだ。子どもはお人形じゃないんだぞ。

「すごく寒いんじゃない？　お姉ちゃんのマフラーあげるから持っていきなよ」

「えっ？」

「二人で巻いて帰りな」

私のマフラーはちょうど長いデザインのものだ。戸惑う二人の少女をくっつけ、その首にぐるぐるとマフラーを巻きつけていく。

膝《ひざ》までありそうな金と黒の豊かな髪の毛を巻き込み、とても可愛らしく仕上がった。

二人の少女は目をまん丸にして、私のなすがままだ。

「あと、この箱を返すね」

すかさず箱を手に持たせようとすると、金髪の少女が素早く身を引いて箱の返却を拒否した。黒髪の少女の首が軽く締まる。大丈夫？

「いいえ、あなたに差しあげるものです」

「あと、これもあげます」

あげく、黒髪の少女に新たなプレゼントを押しつけられる。

包装のされてない金色のパンプスだ。とっさにシンデレラの靴が思い浮かぶ。

ガラス製じゃないけれど、何かの舞台で使う小道具だとか？

それにしても、黒髪の少女は鞄を持っていないのに、どこにこの靴を隠し持っていたのか不思議だ。

高額そうな輝きなので、落としたらまずいと思った私は、受け取ってしまった。

けれど、こんなものをもらう理由がない。

いや、今日はクリスマスなんだけれど。クリスマスなのに私はぼっちなわけなのだけれども。

「運命に会わせてあげます。あなたの運命の、番《つがい》です。お礼です」

「きっと役に立ちます。この靴は、あなたを助けます。お礼です」

マフラーがよほど嬉しかったのか？　よくわからないけれど、二人はお礼をしたいらしい。

けれど、運命のツガイって何？　靴が私をどんなふうに助けてくれるの？

ぼんやりと考え込む私を置いて、二人は柔らかそうな白い頬を寄せ合いマフラーを握りしめて走り出した。

「いや、待ってってば――って、ぎゃっ」

慌てて追いかけると、角を曲がったところで待ち伏せていたらしい黒髪の少女に突き飛ばされる。

何で？

「一番初めに出会った者が、あなたの運命」

「金色の靴は、あなたを助ける者を遣わす」

どちらがどっちの少女の言葉なのやら。

二つの言葉は重なり、似たような声が二重に響く。そして、何を言っていたのかも定かでなくなった。

アスファルトに倒れ込みながら、私は黒髪の少女がうっすらと笑っているのを見た気がした。

寄り添う金髪の少女のほうは、憐《あわ》れみに満ちた目でこちらを見ていたような――

§　§　§

「あいたっ⁉」

倒れた拍子にアスファルトで右肘を打った。そう思ったのに、地面がアスファルトじゃない。

「ごつごつ……」

持っていた宝石箱と靴を庇《かば》ったために、私は肘を痛めてしまった。

それはともかく、地面が凹凸《おうとつ》のある灰色の岩だ。

「ここ……どこ？」

涙目、涙声になったのは、肘が痛いからだけじゃない。わけがわからないからだ。

私は夜も更《ふ》けた暗い住宅街を、アパートに向かって歩いていたはずだ。

私が一人暮らしをする安アパートのあたりに、こんな景色の場所はない。だって都会の真ん中だぞ、おい。

そこは、どう見ても洞窟だった。

私は灰色の地面から身体を起こす。激しく転んだ割に、右肘を少し擦《す》りむいただけですんでいる。

周囲は薄暗かったが、うっすらと様子が見えた。岩と茶色の土の壁から木の根らしきものがうねりながら隆起し、地面まで垂れ下がっている。

天井の隙間から地上の光が漏れ入っているようで、下手に暴れたら天井が崩落《ほうらく》するかもしれない。

そもそも、どうしてこんなことに？

誘拐されたの？　私が？　え？　いつの間に？

黒髪の少女に突き飛ばされて転がったのは今だ。その後、気絶した覚えはない。

念のため、自分の服を確かめてみた。

「あれ、箱どこ行った」

服は変わっていなかったものの、どうしても返却したくて、肘を負傷しても守り通したはずの箱がない。

目の前にはごつごつとした地面だけだ。箱が消えた。

何も守れなかったとか、私の肘が可哀想すぎる。

「いやっ……あれはもしかして……？」

岩の陰が明るいと思って視線を向けると、黄金の靴が落ちていた。

守れたものもあったらしい。ほんの少し満足感を覚える。

これだけでも少女に返そうと、肩に引っかかったままのトートバッグに入れておいた。

さて、それでは本題に戻ろう。

「ここ、どこだよ～！」

叫ぶと、予想外にも返事が来た。

「誰かいるのか？」

「人!?」

先ほどの少女たちではない、男の声だ。

デコボコに足を取られながらも声の響いたほうに行くと、向こうも私のところへやってきていた。彼は私を見て驚いた顔をする。

でも、たぶん私のほうがびっくりしているよ。

だって私が見つけたのは、人ではないかもしれないのだ。

「……角《つの》？」

真っ白、いや、白銀とでも言えそうな色のふわふわの長い髪。そこから突き出す二本の金色の突起が、彼の手にする松明《たいまつ》の光を反射して輝いていた。まるで月のような艶《つや》があるそれは、円を描いて頭の側面にぴったりとくっついている。

美しくも可愛らしい、まごうことなき角《つの》だ。

そして、私を見下ろす、戸惑いを浮かべた精悍《せいかん》な顔つきは、彫りが深く、整っていた。

松明《たいまつ》の明かりで銀色の睫毛《まつげ》が頬に濃い影を落としている。すごい。睫毛《まつげ》にエクステしてるの？

瞳の色は茶だろうか、金だろうか。洞窟が薄暗くてわからないけれど、松明《たいまつ》の火の明滅を映して鱗粉《りんぷん》を散らしたみたいに輝いている。

「ヒューマンの娘がどうしてこんな場所にいる？　……その格好は何だ？」

彼が私に問うた。

けれど、ここがどこか想像すらできないし、どうしてこんな場所にいるのかは私が一番知りたい。

それに、私が着ているのは普通の私服だ。裏起毛《うらきもう》のトレーナーにジーパンにローヒールのパンプス。その上に無難な黒のダッフルコートを羽織《はお》っている。マフラーはあげてしまったので、ない。

クリスマスを過ごす若い女の格好ではないかもしれないが、「何だ？」と言われるほどひどくはないと思う。

「奇妙だが、上等な仕立ての服だな。女神の戦士ではないのか？　迷い込んだのならば、すぐにここから出なくては――」

彼は私の腕を掴もうとして、熱いものに触ったかのように、寸前で手を引っ込める。

「えっ、何？　私の腕に何かついてた⁉」

「いや、そうではなく……俺に触れられるのは嫌だろう」

彼は落ち込んだように手を下ろす。誰かに陰口でも叩かれたのだろうか？

「……ここは魔物の巣だ。見ての通り俺は獣人だが、この状況で毛嫌いするのはやめてくれ」

「はあ……」

「俺はフィンレイ・ゴールデンギープ。外まで連れていくから、ついてこい」

フィンレイさんはそれだけ言うと、私に背を向けて歩き出した。

状況に流された私は思わず、彼についていく。見知らぬ人についていっちゃいけませんって感じだけれど、他に選択肢がない。

これは現実なのだろうか？

酒に酔っているのかな――とも考えたものの、おそらく違う。

気づくと住宅街では感じられていた心地のよい酩酊感《めいていかん》が、さっぱり消えている。こんなに早く酔いが醒《さ》めるのはおかしい。

そもそも、どんな方法を使えばこんな自然洞窟に一瞬で迷い込めるのか、という話だ。

そういえば、夢か現《うつつ》か、あの少女たちは何と言っていたっけ？

金髪の少女が気になることを口にしていたような……

――確か、運命の番《つがい》。

「……初めて会った人が？」

「何だ？」

「えっ⁉　いえいえいえっ、何でもないです！」

思わず独り言が零《こぼ》れ、不審な顔で振り返られた。その横顔も整っていて麗《うるわ》しい。

こんなイケメンを勝手に自分の運命の人に認定しては、罰《ばち》が当たる。

番《つがい》ってそういう意味でしょ？　主に動物のカップルに使うべき表現だけれど。

そんなことより、現状の把握をしなければ。

少女たちが現れた頃は確かにまだ酩酊感《めいていかん》があった。つまり彼女たちは、酔った末に見た幻覚だろう。

酔っ払った私はどういうルートを辿ったものか、田舎にやってきてしまったのだ。そして洞窟を見つけ、喜び勇んでそこに入ったに違いない。マフラーは双子の地蔵にでも巻いたんだ。

「……えーと、完成度の高いコスプレですね？」

私はフィンレイさんをそういうたぐいの趣味の人だと結論づけた。

あいにく彼が扮《ふん》するキャラクターはわからないけれど、情熱は痛いほど感じる。

この近くでコスプレの撮影会をしているのかもしれない。邪魔はしないので、最寄りの駅までの道だけでも教えてほしい。

そうお願いしようか考えていると、彼が答えた。

「コスプレ？　あなたは、一体何を言っているんだ？」

「何って――っ!?　えっと、頭のそれ、すごい血糊《ちのり》ですね」

松明《たいまつ》の灯りに照らされた彼の額《ひたい》の右側に、傷ついた肌を表した緻密《ちみつ》なメイクが施《ほどこ》されていた。赤黒い血糊《ちのり》も真に迫っていて、素人《しろうと》の技術とは思えない。

「まさかテレビドラマとか、映画とかの撮影中だったりします？」

それならぜひとも野次馬してから帰りたい。フィンレイという名も役名なのだろうか？

けれど、松明《たいまつ》に照らし出されるフィンレイさんの顔は、困惑に彩《いろど》られていた。

「もしかして、シークレットだったりしましたか？　それならSNSに情報を流さないと約束します！　情報解禁を待ちますって！」

「……本当に、あなたは一体どうしたんだ？　大丈夫なのか？」

困惑と悲哀を混ぜた混迷を極めた表情で、フィンレイさんが何かを心配してくれている。

私の様子を窺《うかが》うように、その整った顔を近づけてきた。

どきりと心臓が音を立てる。彼の美しく精悍《せいかん》な顔にもだけど、それ以上に額《ひたい》にある傷《きず》痕《あと》に。

「痛そう……これが偽物だなんて信じられない」

「偽物？　これは本物の傷だが、そんなことより――」

「そんなことより!?　え？　待って。それ本当に怪我をしてるの!?」

「あ、ああ？　確かにそうだが」

「それじゃ頬にまで流れてるそれは、血糊《ちのり》じゃなくて本当の血!?　どうして怪我をしてるの！」

私は慌てて鞄を漁《あさ》った。絆創膏《ばんそうこう》が入っていたけれど、傷口を全て覆《おお》える大きさのものはない。

改めて見ると傷口の長さは十センチ弱。縫ったほうがいいレベルだ。

こんな傷を負って頭に角《つの》をつけたまま平然とした顔で洞窟を歩いている人がいるとは、

思わなかったよ！

「向こうに地下へ続く道があるんだが、その天井から下がる鍾乳石《しょうにゅうせき》にぶつけてな」

「鍾乳洞《しょうにゅうどう》があるの？　へえ……ここって無断で侵入してオーケーな場所？」

「まさか教会へ届け出ずに入ったのか？」

「あっ、教会？　そういう場所なの？」

神秘的な雰囲気に惹かれるのか、昔から鍾乳洞《しょうにゅうどう》の中には神社が造られている場所がある。ここは教会が管理している敷地のようだ。

そんなところにコスプレ姿で侵入して怪我したなんてバレたら、相当怒られるんじゃない？

私もフィンレイさんも上手いこと誤魔化さないといけないってわけだ。

「とりあえず、怪我を見せてください。ほら、屈《かが》んで」

たまたま持っていた水筒の水でハンカチを濡らして、フィンレイさんの顔に手を伸ばす。けれど、彼が全然膝《ひざ》を折ってくれないから、傷口は遥《はる》か高みだ。全く手が届かない。

「血を拭くだけだから！」

「……俺を治そうとしているのではなく、魔物をおびき寄せるのではないかと、血の匂いが気になるということだな？　そうであれば、理解できる」

「何言ってんの？」

中二病なの？　それともコスプレしているアニメか漫画の世界観を守っているのかな？

付き合ってられないとは思うものの——その場に膝《ひざ》をつくフィンレイさんの動きは美しく、見とれてしまう。油断なく周囲を窺《うかが》いながらの、よどみない所作だ。

しゃがんだ後は、その金の瞳でまっすぐ私を見据え、一挙一動を監視していた。

「あ～、痛そう。これは病院へ行くべきだね。保険証持ってきてる？」

「……あなたが何を言っているのか、わからない」

「いや、ホントにお医者さんに診せたほうがいいよ。お金が足りないなら、えーと、少しなら私も出してあげられるから」

ここで会ったのも何かの縁だ。正直フィンレイさんに出会えていなかったら、知らない内に謎の洞窟にいるなんていう信じられない展開で、迷子になっていたかもしれない。

だから私を見つけてくれた彼には感謝している。

「うーん、一万円ジャストと二千円……まあ、応急処置なら大丈夫でしょ。後で保険証を持っていけばいくらか戻ってくるはずだし、そしたら返してくれるとありがたいなあ」

貸してはあげられるけれど、プレゼントするのは少々苦しい。貧乏学生なのでね。

けれど、フィンレイさんは頷いてくれなかった。

「……あの、お金を返せるあてがないなら無理にとは言わないよ？　それで病院を諦めるとか言い出されるほうが辛いから」

「あなたは……自分の名前はわかるか？」

「えっと、親切な私の名前が知りたいという意味かな？　瑠香だよ。佐倉瑠香」

「ルカ、俺が『何』だか、わかるか？」

「何、って。え？　な、何かあるの？」

「わからないのか……そうだろうと思ったよ。あなたの記憶は混乱しているようだな」

「どうしてわかるの？　確かにこの洞窟に入った覚えが全くなくて、困ってて」

「道理で。俺に触れるその手が優しすぎる」

彼は顔を歪《ゆが》めて私の手を押し返す。

いや、そんなに返済が気になるならハンカチはあげるので、素直に拭かせてほしい。

「こら、痛いのは見ればわかるよ。大丈夫、優しくしてあげるから、傷口を見せてよ。ね？汚れているみたいだから、私にやらせてくれたほうが絶対にいいよ」

傷口に小石が入り込んでいたらと考えるだけで、頭痛がしてくる。

すると、フィンレイさんはさらに顔をくしゃりと顰《しか》めた。

「あなたは――っ、まずい！　魔物が奥から……！　逃げろ！」

「うん？」

「呆けていないで、あちらに走れ！　生きながら食われたくなければな！」

猛獣でもいるのだろうか、この洞窟。意味がわからないけれど、生きながら食べられるのは勘弁だ。

私はとりあえず走った。

けれど暗い洞窟の岩壁に右手の甲を擦《こす》り、痛さのあまり立ち止まる。

先ほどから私の身体の右側がダメージを受け続けている。どうしてこうなった。

「何でこんな――」

愚痴《ぐち》ろうとしたところで、置いてきた青年のほうから甲高《かんだか》く、どこか悍《おぞ》ましさのある鳴き声が響いてきたので、慌ててもう一度走り出した。

今の声、何⁉

横腹が痛くなる頃、ようやく道の先に明かりが見える。洞窟の終わりだ。

「戻ってきたのか、獣人？　いや……おまえ、どこから出てきたんだ」

洞窟の入り口で、二人の男が困惑顔で私を出迎えた。

一人は時代錯誤《じだいさくご》な、奇妙に豪奢《ごうしゃ》な鎧《よろい》を身につけた精悍《せいかん》な顔つきの青年だ。

もう一人もまた、時代錯誤《じだいさくご》な旅人風の格好の美貌《びぼう》の青年だった。

ねえ、君ら一体こんなところで何してんの？

# 第二章

「何だおまえ？　獣人の仲間か？」

「じゅうじん？」

洞窟の外で私を待ち受けていた二人は、訝《いぶか》しげな顔で私を睨《にら》んだ。

「白い毛並みの獣人だ！　仲間じゃないなら、なぜ魔物の巣の中にいた？」

「クラウス様、彼女は魔族ではありませんか？　あの獣人がクラウス様を陥《おとしい》れるために、私たちをこんな辺鄙《へんぴ》な場所に誘導していたのでは……」

「ここを調べると決めたのはオレだ。誘導なんてされているわけがない」

「ですがクラウス様、勇者たるもの、常に獣人には警戒しなければなりませんよ」

「まあ、それはそうだが」

深刻そうにわけのわからないことを話す二人に、私は納得する。

なるほどこれは、コスプレイヤーの合わせというシチュエーションだろう。漫画かアニメのキャラクターの格好で仲間たちが集まって、設定に合わせたロールプレイをやっているに違いない。

すごい迫真の演技、渾身《こんしん》のなりきりぶりだ。口を挟めない雰囲気である。

フィンレイさんが出てきて事情を説明してくれるまで、待っていたほうが賢明かもしれない。

それにしてもこのコスプレイヤー二人とも、すこぶる顔がよかった。趣味を貶《おとし》めるわけではないけれど、こんなに話が通じないのは意外だ。

勇者プレイをしているらしい青年は、短い黒髪に精悍《せいかん》な顔つき、その勇者に付き従うプレイをしている人は緩くウェーブのかかった金髪と彫刻めいた美しさの持ち主だった。

二人とも日本語ペラペラなのに、外国の方に見える。

不意に黒髪のほうが私に質問した。

「まあいい……オレは女神の教会に正式に認められた勇者、クラウス様だ！　いずれ魔族の王たる魔王が立った時に備《そな》えて、天馬を探す旅の最中だ。おまえの名は？」

「はあ？」

「おまえの名前は何だと聞いているんだ！」

いや、それはわかっているよ。でもね、どこでコスプレを楽しむのも自由とはいえ、それに私を巻き込むのは違うんじゃないだろうか。

先ほど魔族じゃないかとか疑われていたのは、まさか、その役をやれという前フリだった？

「君、名乗れない後ろ暗い事情でもあるのかな？」

従者プレイの麗人は、暗黒微笑を浮かべてみせる。

この二人は、ロールプレイをしないと話せない、そういうタイプの人たちなのだろうか。こんなにイケメンなのに、全力で黒歴史を製造中らしい。

あまり触れないでおいてあげよう。私はロールプレイなんてしないけどね。

「えーと、私は佐倉瑠香です。あなたはクラウスさんで、あなたは――」

「私はイザドル。勇者様と共に旅をさせていただいている、吟遊詩人《ぎんゆうしじん》」

「はあ、どうも」

あともう一人、洞窟の奥から猛獣が湧き出してくる設定で遊んでいたのが、フィンレイさん。三人は、お友達に違いない。

それにしても、フィンレイさんの演技が真に迫っていたせいで、本気でビビらされてしまった。彼は何をしているのか、中々洞窟から出てこない。

「そういえば、ここってどこだかわかりますか？」

「アルソンの南だが」

「ある？」

「町の名前だ。そんなことも知らないでここにいるのか？」

クラウスさんが呆れ顔で言う。

シラフで勇者を名乗る人に呆れた顔をされるだなんて……とは思うけれど、自分のいる場所がわからない人間も相当である。これでは酒に溺《おぼ》れたクズの所業だ。

……お互い様ということにしておこうか。

しみじみと考え込んでいた時、突然クラウスさんに突き飛ばされた。

またか！　私の身体をバレーボールのように扱うのを、全人類にやめていただきたい。

「どけ！　獣人が囮《おとり》の役目を果たしたみたいだぞ！」

彼は楽しげに叫び、腰に佩《は》いていた長剣を引き抜いた。様《さま》になっている。

イザドルさんもまた、手にしていた杖《つえ》を洞窟に向かって構えた。こちらも決まっている。

どこかにカメラがあるのだろう。撮影の邪魔にならないよう、木陰《こかげ》にでも隠れていたほうがいいのかもしれない。

私は自発的に下がって、彼らが厳しい顔つきで睨《にら》む洞窟を眺《なが》めた。

すると、中からフィンレイさんが出てくる。それを見た私の口から、ひえっと間抜けな声が出た。

彼の姿があまりにも凄惨《せいさん》だったのだ。

「えっ!?　それ血糊《ちのり》だよね」

「無様《ぶざま》な姿だな、獣人！　邪魔だ、さっさと引け！」

混乱する私をよそに、よろよろと歩いてきたフィンレイさんをクラウスさんは邪魔そうに押しのける。無造作《むぞうさ》に身体に触れられたフィンレイさんの顔が歪《ゆが》んだ。

本当に痛みを感じているようにしか見えない。私は慌てて彼に近づいて、ぐらりと傾《かし》いだ身体を支える。

よく知る鉄錆《てつさび》の匂いは、間違いなく血だ。

彼は全身真っ赤だった。これが全て本物の血だなんて、信じられない。

「大丈夫!?　どうしたの、これ！　怪我……たくさんしてる！」

「よせ……俺のことは、放っておけ」

「放っておけるわけないでしょ!?　何言ってるの……何でなの」

どうしてこんな酷《ひど》い怪我をしているのだろう。

私の問いに対する答えは、すぐに洞窟から這い出てきた。

「げっ……あれは何!?」

「魔物、だ。……わからないのか？　魔物のことまで」

思わず叫んだ私に、フィンレイさんが応える。怪我をしているのは彼のほうなのに、私を気遣わしげに見下ろしていた。

わからないことが多すぎて怖くなってきたけれど、こんなに酷《ひど》い怪我を負っている彼に心配をかけるわけにはいかない。奥歯を食いしばって、疑問は自分の中に一時封じ込める。

「私があなたに何かしてあげられることはある？」

「いや……ない。俺に構う必要はない」

「なくはない！」

「一応聞くが、魔法のことはわからないんだろうな？」

「魔法？」

「……ああ、そういう反応が返ってくると思ったよ」

フィンレイさんは複雑な笑みを浮かべた。どこか嬉しそうな、そんな自分を自嘲《じちょう》するような笑みだ。一方、クラウスさんがはしゃいだ声をあげる。

「勇者クラウス様の生きている内は、この世に魔は蔓延《はびこ》れないぜ！」

洞窟から出てきた獰猛《どうもう》そうな、変な生き物たち相手に剣をふるえるのが嬉しいらしい。

この変な生き物に似た姿の動物をあえてあげるなら烏《からす》かもしれない。けれど大型犬よりも大きく、くちばしにあたる部分にびっしりと鋭い牙が生えている。それが複数いるのだ。

異形たちのほうも、私たちの姿を見て喜んでいるようだった。きっとその無数の牙を使えるのが嬉しくて仕方がないんだろう。クラウスさんと二人でよろしくやってほしい。

そんな化け物を、クラウスさんは剣一つで薙《な》ぎ払った。

「素晴らしい剣捌《けんさば》きだよね、彼。間違いなく【人間】の中で随一《ずいいち》の剣の使い手だよ。女神の教会が勇者として認めるのも頷ける。ねえ、そう思うだろう?」

いつの間にか私の横まで下がっていたイザドルさんが同意を求めてくるけれど、半分くらい何を言っているのかわからない。

曖昧《あいまい》に笑って小首を傾《かし》げてみる。そんな日本人のお家芸を使った私は、睨《にら》みつけられた。

……もう現実を受け止めるしかない。

この人たちはコスプレの合わせをしているわけではなかった。銃刀法に完全に違反している刃物を所持しているのも、アホだからではない。

「ここは、勇者のパーティがいてもおかしくない世界ってことなの……!?」

つまり、クラウスさんは本当に勇者なのだ。そしてイザドルさんは本当の勇者に従う吟遊詩人《ぎんゆうしじん》。フィンレイさんは獣人だ。――この角《つの》は本物なのか!?

「おい、俺の角《つの》に触れるな……」

「あ、ごめんなさいね。ついつい」

一人で立っていることもできない怪我人を木陰《こかげ》に座らせ、身体を支えるにかこつけて、彼の角《つの》を欲望のままに撫《な》でてしまった。

すべすべつるつるの金色の角《つの》は、本当に頭から生えてきていて、生命の神秘を感じる。

「さっさと離れておけ。クラウスが魔物を屠《ほふ》り終えて戻ってきたら、あなたは困ったことになる」

「困ったこと?」

「ああ。それに……俺たちについてくるのはよしておけ。アルソンにも立ち寄るな。別の町に行け」

「いや、それは無理だと思う。一人じゃ何もわからないもの。絶対にあなたたちについていくよ、私」

だってここは、おそらく異世界。それも凶暴そうな魔物が出る。

フィンレイさんのような屈強な男性が、こんなにも傷だらけにされてしまうような相手だ。私が一人で遭遇したら、たぶん五秒で死ぬ。

「……確かに、あなた一人で街道を行くのは、無茶な話か」

「うん、そう思う……そもそもどうして私を邪険にするの？　その、そんなにご迷惑になる？」

ならないわけはないだろうけど、こんな場所に放置していくほど迷惑なの？

助け合いの精神とかは、ここには存在しないのかもしれない。

「まあ、私のことはいいよ。ともかく、あなたの手当てが一番大事だね。救急用品とか、持ってる？」

「ないな」

「そうなの……それじゃとりあえず、汚れているところだけ拭かせてね」

そっと手を伸ばす。さっきはものすごく嫌がられたから。

ここが異世界だなんて考えてもいなかったので、この世界的にありえない発言をしていたのかもしれない。ヤバイ女だと思われていたらどうしよう。

けれど、今度は嫌がられなかった。

彼は不思議と幼い目で私を見上げてくる。傷口に触れるため支えようと頬に手を当てると、すりっと指にすり寄られ、心臓がギュンと音を立てた。

イケメン、一体どうした!?

それを見ていたらしいイザドルさんにからかわれる。

「随分《ずいぶん》、獣人と仲がいいんだねえ、君？」

「ッ！」

「クラウス様が魔物を殺し終えたら、次は怪しい君の番だよ、ねえ？」

イザドルさんが顔を近づけてきて、意味深に言う。

金色の長い髪が波打ち艶《つや》めいている白皙《はくせき》の美貌《びぼう》は、横から見ても麗《うるわ》しい。

アーモンド形の目を細めて微笑む表情も美しいけれど、今のってブラックジョークよね？　次は私の番って、斬られる番のこと？　怖すぎじゃない？　この世界のユーモアなの？

するとフィンレイさんが、私の手をバッと払って押しのけた。

「あいたっ」

「っ、すまな――」

謝ろうとしてくれた彼の言葉は、最後の魔物を斬り終えたクラウスさんに遮《さえぎ》られる。

「質問の続きだ！　――おまえはどうして魔物の巣にいた？」

クラウスさんは、洞窟から出てきた何十体もの魔物を斬り終えた血みどろの剣を右手にぶらぶらさせたまま、私のほうにやってきた。

剣が汚れているため綺麗にしてからでないと鞘《さや》に入れられないいんだろうけれど、私に向けないでいただきたい。先端恐怖症になりそうだ。

けれど、下手にそんなことを口にしたら、この人は私を斬る気がする。

怪しまれないように、しかし万が一怪しい行動をしてしまっても多少は許されるように――私は先ほどフィンレイさんにかけられた言葉を手がかりに、答えた。

「実は頭を打ってしまって、記憶が曖昧《あいまい》なんですよ！」

「おお！　ってことはもしかしておまえ、魔物を倒しに来た女神の戦士じゃないのか？　戦いに来たとは思えない格好だが、魔法使いならありえるな。頭を打ったのは魔物との戦闘でか？」

「そうそう、たぶんそう！　何せ記憶が曖昧《あいまい》なので、はっきりとはわからないですけれどね！」

――女神の戦士、魔法使い、魔物。

クラウスさんがノリノリで私の設定を補足してくれる。彼の口から出てきたこのキーワードを心に留めておこう。

私は女神の戦士で、魔法使いで、魔物との戦いの最中に頭を打って記憶が混乱している！

けれど、イザドルさんが冷たく私の言葉を否定した。

「この女は怪しいですよ、クラウス様。殺しておいたほうがいいのでは？」

確かに私が怪しい女なのは間違いないけれど、殺されるほどの悪事を働いた覚えはない。

「いや、女神の戦士ならば、その負傷は称《たた》えるべきものだ。オレたち女神の信徒は助け合わなきゃいけないぜ」

クラウスさんが胸を張って言う。さすが堂々と勇者だなんて名乗る男である。何だか様《さま》になっていたせいか、イザドルさんは溜め息をついて諦めてくれた。

「……仕方ありませんね、クラウス様がそうおっしゃるんでしたら」

その後、イザドルさんはクラウスさんに見えないように私を睨《にら》んできた。

何だろう、今の反応。もしかするとイザドルさんはそっち系？

別に人の恋路を邪魔するつもりなんてないので、敵視しないでほしい。私はそれどころじゃないからね！

「一先《ひとま》ず町まで一緒に行くか……って、いってえ！　オレ怪我してる！」

「クラウス様が手傷を負われるなんて珍しいですね」

「マジだよ！　このオレ様としたことが！　治してくれよイザドル！」

「ダメですよ、クラウス様。何ごともご自分で、できるようにならないと。私はただの観測者。あなたのサーガを歌うだけの者です」

「はあー、だよなあ。でもオレ、魔法苦手なんだよなー」

ぶつくさ言いながら、クラウスさんは血を振り落とした剣を鞘《さや》に収めて、怪我をした腕に掌《てのひら》を宛《あて》がう。そしておもむろに口を開いた。

「女神コーラルの御力で、治れ治れぇ！」

「……ダメな詠唱の見本ですね」

イザドルさんは苦笑を浮かべた。けれど次の瞬間、クラウスさんの掌《てのひら》が白い光を発し、あっという間に彼の腕の傷が塞《ふさ》がる。

「嘘、すごい！　今の何⁉」

私が思わず声をあげると、クラウスさんは憐《あわ》れみに満ちた顔になった。

「そんなことまで忘れちまってるのかよ……魔物が憎いな」

「クラウス様、怪しいですよ。【人間】なら誰しも使える魔法について思い出せないなんて」

「逆に魔族なら絶対に知ってるだろ……イザドル。おまえはいつも疑心暗鬼がすぎるんだよ」

嫉妬《しっと》する美人をあしらい、クラウスさんが親切に教えてくれる。

「【人間】は誰でも生まれる時、女神コーラルから魔力の器《うつわ》を授《さず》かるんだ。器《うつわ》に大きさの違いはあるが、器《うつわ》があるからには魔法が使える。使えないのは女神コーラルに愛されていない種族、魔族と獣人くらいだ」

そう言って、クラウスさんは蔑《さげす》むようにフィンレイさんを見た。

あれ？　仲が悪いの？　一緒に行動しているのに、仲違《なかたが》いしているの？

……怪我を治す魔法だなんてものが使えるのなら、フィンレイさんを治してあげてほしい。

「ん？　何だよ。何見てんだ？」

「……ええと、クラウスさんは、他人の傷は治せない系？」

「系？　おまえの手の傷か？　それくらい自分で治せよ！」

私にも魔法なんて謎の力が使えるのだろうか。そんなときめきに気を取られていると、クラウスさんが怒鳴り声をあげた。

「それにしても獣人ときたら！　まともに囮役《おとりやく》もできないのか！　何だよその様《ざま》は！」

私は思わずびくついてしまう。

クラウスさんはフィンレイさんを治すどころか、怪我をしたことを責め出したのだ。

魔法で治療してあげてほしい、だなんて言い出せる雰囲気ではない。

「……申し訳ありません」

「目障りなんだよ。何なんだよ、その顔は！」

「えっ、ちょ」

さらに信じられないことに、クラウスさんはフィンレイさんを蹴った。

フィンレイさんの肩についた魔物の噛《か》み傷に血が滲《にじ》む。痛そうで見ていられない。やめてと言おうとするのを、フィンレイさんに視線で制された。明らかに、止めるなという目で私を見ている。

私が口出しをしたらより酷《ひど》いことになってしまうのだろうか？　そもそも、何で仲間割れなんてことになったわけ!?

「獣人という種族は魔族の味方なのではありませんか、クラウス様？　心を入れ替えたように見せかけて、やはり今の時代でも」

「イザドルの言う通りかもしれないな……」

「誠に申し訳ございません。至らないこの身をお許しください。フィンレイ、身命を賭《と》して女神の戦士に仕《つか》える所存で、決して魔族などの味方をするつもりはありません」

フィンレイさんは絞《しぼ》り出すような声で謙《へりくだ》る。

頭を下げているので、上背《うわぜい》のあるクラウスさんやイザドルさんには彼の表情は見えなかっただろう。けれど、いくら顔を伏せていても、私からはフィンレイさんの顔が見えてしまった。

奥歯を食いしばった険しい顔つき、黄金の瞳には炎が煌々《こうこう》と燃えている。

彼の言葉の全てが本心というわけではないのだ。

そして、私が真実のいくらかを覗き見てしまったことに気づいたフィンレイさんは、その燃えるような瞳で私を射抜いた。

……見ちゃいけないものを、見てしまったのかもしれない。

§　§　§

「なるほどな、ルカは女神の戦士になるために田舎から出てきたってわけだ」

「まあ、たぶんそうだと思うー」

あの後、クラウスさんはフィンレイさんに興味をなくし、アルソンとやらの町に戻る途中で私の身の上を聞いてきた。その度に、設定が作られていく。

「まずは女神の教会で登録するのが基本だろうに、何を勝手に突っ走ってんだよ。オレが偶然あそこの魔物の巣を駆逐《くちく》しようと考えついていなかったら、おまえは死んでたかもしれないぞ！」

「そうだよねー」

「ま、女神の戦士としてその意気込みは買うがな！」

　適当にクラウスさんに話を合わせていたら、以下のストーリーに落ち着いた。

　私は女神の戦士とやらになるために田舎から出てきたらしい。女神の戦士というのは魔物を倒すために戦う人のことで、正式にこれを名乗るには女神の教会とやらで登録をする必要があるそうだ。私は血気盛んすぎて登録前に魔物の巣に乗り込んだアホっていう話になった。

　みんなそういう感じでよろしくお願いしたい。

　現在、アルソンなる町に到着し、私は宿場の食堂にて、クラウスさんに夕飯をおごってもらっているところだ。

「食えよルカ。おまえさっきから全然減ってないじゃないか。オレのおごりなんだから金は気にすんな！」

「クラウスさん、マジ勇者様」

「当然だろ？　誰より先に伝説の天馬を見つけ、伝説の勇者の再来になる男だぞ、オレは！」

クラウスさんは乗せれば乗せるほど、この世界について教えてくれる。

どうも千年前、魔王が突如世界の蹂躙《じゅうりん》を始め、【人間】＆獣人タッグと魔族の間で大戦争が起きたということだった。その戦いの結果、魔王は追い詰められて空に逃げ出したんだそうだ。剣も魔法も届かないほど天高くまで飛びあがられて、誰もがオロオロ戸惑っていた時、天馬に乗って現れた人が、伝説の勇者といわれている。

「勇者は天馬を駆って空を駆け抜けた！　雲を踏み、雨を降らせて、魔王とその眷属《けんぞく》どもが逃げようとする。だが、勇者は射程に収めた敵を逃がさない！　手足のごとく天馬を操り、縦横無尽《じゅうおうむじん》に天を翻《ひるがえ》るッ！」

この勇者と天馬の話は、クラウスさんの口から五回は聞いていた。目を輝かせて熱弁する彼は、無邪気な少年のようだ。

「――オレこそが、次世代の勇者として名乗りをあげる！　緊急時に伝説の剣を持ち出す許可は得られたし、あと足りないのは天馬だけなんだぜ」

「ヒュー！　さすがクラウスさん。私たちにできないことを平然とやってのけるに違いない！　そこに痺《しび》れる憧れるぅ！」

「照れるぜ、ルカ！」

同じ話を繰り返すのは玉に瑕《きず》だけれど、おだてて褒めれば見知らぬ女の宿代まで出してくれる彼はとても優しい人だ。

だからこそ、彼のフィンレイさんへの仕打ちは異様だった。

「――それではこれより、邪悪な獣人どもを殺した戦士の曲を演奏させていただきます」

イザドルさんは食事を終えてから、ずっと笛を吹いたり歌ったりしている。

笛の節に合わせて、昔の出来事を謳《うた》うのだ。どこか懐《なつ》かしいメロディに乗せられているのに、その内容はこの世界に存在する一つの種族を弾圧するもので、えげつない。

どうも獣人と【人間】は歴史のどこかで、仲違《なかたが》いしたらしかった。だから獣人は嫌われている。憎まれているとすらいえた。

そのせいで、獣人であるフィンレイさんはとても酷《ひど》い仕打ちを受けていたみたいだ。

むしろクラウスさんたちの対応は、【人間】の中では優しいほうであるとすら教えられた。

フィンレイさんに頼み込まれたとかで、パーティに入れていたくらいだ。

今、フィンレイさんはここにいない。この町に来る途中の森で姿を眩《くら》ませてしまった。

探しに行きたかったけれど、向かった方角がわからず、一人では行けなかったし、クラウスさんたちに探そうと言うのも憚《はばか》られた。

それにクラウスさんから逃げ出した可能性がある。

だって、怪我人相手に足蹴《あしげ》だよ？

クラウスさんもイザドルさんも、フィンレイさんの姿がないことには気づいていたのに、探そうと口にもしなかった。いなくなったか、どうでもいいやって感じだ。気難しいイザドルさんはともかく、クラウスさんは、私には随分《ずいぶん》と優しく、気のいい人なのに……

彼は基本的に何もかも、ポジティブに受け取ってくれる。それでも獣人のこととなると、人が変わってしまったように恐い顔をするのだ。

私はどうしてもそのあたりのことに納得できないまま、イザドルさんの演奏に耳を傾けた。

彼が黄金の笛を吹くパートが終わる。次は歌い始めるのだろう。

段々、お腹が痛くなってきた。

何しろイザドルさんが綺麗な声で朗々《ろうろう》と歌う内容は、先ほどから、どれもこれも凄惨《せいさん》すぎて笑えない。

獣人を見つけたら殺せ、決して生かすな、彼らは邪悪な裏切り者——こんな歌を平気で歌うのだ。そして宿の宿泊客や町の人間は、酒を酌《く》み交《か》わしながら陽気に笑顔でその歌に声を揃《そろ》える。

こんな差別主義者たちに、異世界から来ましたただなんて打ち明けられるわけがない。

親切なクラウスさんや、私の分まで宿の手配をしてくれたイザドルさんには悪いけれど、私はこの世界の一般的な【人間】だと嘘をつかせてもらうことにした。自衛のためなので許されたい。

愛想笑いにもそろそろ我慢の限界が来て、歌が始まる前にと、私は席を立つ。

「私、お手洗いに行きたいんですけど、どこですかね」

「ああ？　宿の裏だろ大体」

親切に教えてくれるクラウスさんにお礼を言って、何とか歌パートの前奏あたりで食堂を出た。

宿の外に行くと、ピリリと手の甲の傷が痛む。洞窟の岩で擦《す》りむいた小さな傷だ。風が冷たいからだろう。ここの季節はクリスマスの日本と同じらしい。

宿の看板の前に掲《かか》げられたランプ以外の明かりはなく、町は暗かった。

濃紺の空に無数の銀星が瞬《またた》いていて、息を呑むほど美しい。

「……治れ治れ」

不意に思いつき、私は手の甲に掌《てのひら》を当て、半信半疑で念じてみる。すると、鳩尾《みぞおち》の奥のほうから何かがするりと抜ける感覚があった。

勇気が中々わかなかったけれど……手の甲に被せた手をえいっとどけて、見てみる。

何と傷が完全に消え失せていた。

「治った！　……マジかあ」

この世界の【人間】は生まれる前にコーラルという女神に魔力の器《うつわ》をもらうのだ、とクラウスさんに教えてもらった。

私はもらった覚えがないのに、魔法が使えるらしい。

……あれ？　覚えはない、よね？

この世界に来る直前に、謎の二人組の少女から宝石箱のようなものをもらった気はするけれど。

……そういえばあの少女たちは何だったんだろう？　あの子たち、明らかに怪しいよね？

黒髪のほうの少女に突き飛ばされたせいで、この世界に来てしまった気がするのだが……

「……女神？　まさか、あの子たちが!?」

双子の可愛らしい少女たちにしか見えなかったのに？　そんな特別な存在だったのだろうか。私、マフラーなんかあげちゃったよ？

お礼だと言っていたくらいなので、機嫌を損《そこ》ねてこの世界に送られたのではないと信じたい。いや、むしろ箱を拾ったせいで、連れてこられた？

とにかく、私はもう一度、魔法が使えるか調べてみた。

「肘も治れ治れ……治った！」

「はは——何だその呪文は？　クラウスの真似か」

「ぎゃっ」

突然、暗闇から声が聞こえて、思わず私は酷《ひど》い悲鳴をあげて飛びのいた。

でも、目が慣れるとそこに人がいるのがわかる。しかも誰なのかもすぐに見破れた。

私に声をかける人が、そもそもこの世界には数名しかいない……フィンレイさんだ！

「悪かった……獣人ごときが声をかけて」

「い、いやいやいや！　そんなこと、どうでもいいよっ。無事でよかった！　どこに行ってたの⁉」

「あなたは探してくれていたな。危《あや》うくクラウスたちとはぐれるところだったろう」

私たちの様子を見ていたのか。それじゃあ、クラウスさんが「どこかで野垂《のた》れ死んだんだろう」と言って全然気にしていない姿や、イザドルさんが「死んだほうが世のためですね」なんて悪態《あくたい》をついていたのも目撃してしまっていたということなの？

陰口を叩く人たちと同行していたので、とても肩身が狭い。

「あの、ごめんなさい、フィンレイさん。探しに行けなくて……」

「いいや、俺はそんなつもりで言ったわけではない。あなたが俺を探しに行って、一人で森に迷うようなことがなくてよかった」

フィンレイさんは【人間】の私にも優しい。この優しさをみんなに見てほしいと思う。

違う種族だからという理由だけで彼をボロクソに言うクラウスさんやイザドルさんに、爪の垢《あか》を煎《せん》じて飲ませたい。

「フィンレイさんがクラウスさんたちと別行動をするつもりだって初めから知っていたら、私はフィンレイさんについていきたかったな……」

「馬鹿な、どうして!?」

「いやっ、あの、ご迷惑になりたいとは思わないので、嫌で嫌でたまらないのなら全然、教えてくれれば、勿論《もちろん》ついてはいかないんだけれど」

「そういうわけではないんだが……俺は、獣人だ」

フィンレイさんはなぜか辛そうな顔になる。

彼が獣人だからといって、たったそれだけのことじゃないか、と私は単純に考えてしまう。

……けれど、この世界の人にとっては、すごく意味があるらしい。

洞窟で初めて出会った時から、フィンレイさんは優しかったのに。それに少なくとも、彼はクラウスさんたちに暴力をふるっていない。

私がこの世界に来て初めて出会ったのがフィンレイさんなわけで、彼には縁のようなものを感じている。

あの双子の少女たちも、妙なことを言っていたではないか。

一番初めに出会った人が、私の運命、だよね？

「……それはともかく、フィンレイさん！　私、怪我を治せる魔法が使えるみたいなんだよね！」

「いや、いい」

「まだ何も言っていないんだけど！」

「俺の怪我を治そうと申し出てくれるのだろう？　遠慮しておく。いらない」

「えっ？　いらないわけがないよね？　酷《ひど》い怪我をしているんだから。まだ治ってない！」

「数は多いが、それほど深い傷はない」

そんなのは絶対に嘘である。もしかするとフィンレイさん比では深い傷ではないのかもしれないけれど、当社比では深手だ。

「本当に覚えていないのか？　俺たち獣人がヒューマンに忌《い》み嫌《きら》われている、その理由を」

「イザドルさんが色々歌っているのは聞いたよ……」

「三百年ほど前に、とんでもない事件が起きた。ヒューマンの間では獣人の反乱、といわれている。獣人の部族の中でもえりすぐりの英雄たちが、なぜかみんな揃《そろ》って魔族側に寝返ったのだ。俺もヒューマンに頼み込んで使ってもらっていた間にさんざん聞かされたが、信じられないことにあの歌は事実だ！」

フィンレイさんの吐き捨てるような口調に、私はぎょっとなる。

彼の穏やかな顔は一変して、激しい怒りに支配されたものに変わっていた。

【人間】に対して、というわけではない。フィンレイさんの怒りは魔族へ向けられているようだ。

「到底信じがたい話だ……女神コーラルの敵である魔族と結ぼうとするなど！　何か理由があったに違いない。だとしてもありえてはならない事態だが……ヒューマンの妄言《もうげん》だと考える若い奴らもいる。そいつらが羨《うらや》ましい、俺もそう思っていたかった……」

大昔に起こったことのせいで、【人間】と獣人はいがみあっていると、クラウスさんとイザドルさんからも、耳にタコができるほど聞いていた。

獣人はかつて【人間】側だったけれど裏切って魔族につき、また【人間】側に戻ってきたそうだ。そして、一度魔族についたために嫌われるようになった。

今は【人間】陣営なのだから水に流せないのかと私は思うんだけど、ダメらしい。クラウスさんもイザドルさんも、再び獣人は裏切るかもしれないと考えている。

……三百年も前の事件で、当時の人はもう誰も生きていないだろうに。……今を生きるフィンレイさんには、関係のない話じゃないか。

許せる時は来ないのだろうか？

「獣人は魔物を討伐する際の囮《おとり》に使われ、店には入れない。町にすら入れてはもらえないのもよくある話だ。安易に傷つけられ、殺されることも――」

「わかってる――この世界の事情は嫌ってほど説明された！　でもとりあえず、傷は治させて！」

「っ!?」

「何で避けるの？　治せるみたいだから。治させて、頼むから！」

自分にできることがあるのに、辛い思いをしている人を放置しておくなんて無理。

たとえフィンレイさん本人が大丈夫だと言っていても、私が大丈夫じゃない。見ているだけで痛いのだ。

「正気か？　ヒューマンが俺のような獣人の怪我を――いや、正気ではなかったな」

「失礼だね！　それでも治すけど！」

「治すつもりがあるのならば、そのとんでもない呪文をどうにかしろ。具体的な想像はできているか？　何も考えずに魔法を使うと無駄に魔力を消耗《しょうもう》するばかりだと聞くぞ」

「えっと、初めから詳しく教えてもらってもいい？　メモを取ってても？」

「……どうして俺が、ヒューマンに魔法の使い方なんぞを教えなくてはならないんだ？」

「本当に何もわからないの！　お願いします！　教えてくれたら恩に着る！」

手を合わせて拝むと、不承不承《ふしょうぶしょう》と言った顔つきでフィンレイさんは説明してくれた。

魔法は、呪文を唱えることで発動する。魔力の消費量は、起こす事象の大小に比例する。しかし手順を踏めば消費は抑えられる。

魔法によって引き起こされる現象を上手く想像できると、魔力を節約できるらしい。

「あなたの想像を、呪文を介して女神コーラルが読み取る。そして、その器《うつわ》から捧げられる魔力によって女神の業《わざ》があらわされる。あなたの器《うつわ》の大きさによっては使えない魔法もあるだろう」

「本当に私、いつの間に魔力の器《うつわ》なんて手に入れたんだろ……」

「この世に生まれる前に決まっている」

フィンレイさんが怪訝《けげん》な顔で言う。

いや、この世界の人的にはそうなんだろうけど。やっぱりあの少女からもらった豪奢《ごうしゃ》な箱こそが、魔力の器《うつわ》と呼ばれるもののような気がしてならない。

「もしかして、その女神コーラルって女の子じゃない？　これぐらいの背丈で金髪の」

「……俺たち獣人に伝わる姿と、ヒューマンに伝わる女神の姿は違うようだな。何が真実なのかは女神の御姿を見たことのある者にしかわからないだろう。だが、金髪だというのは伝承の通りだ」

金髪の少女のほうが女神コーラルの可能性が高い。ならば、黒髪の子の名前は何だ？　少女からもらった宝石箱はなくしてしまったと思っていたけれど、私の中にあるに違いない。あれがおそらく、魔力の器《うつわ》だ。だから私は魔法が使えるのではないか？

まあいい、今は魔法を使ってフィンレイの怪我を治すのが先だ。

魔法が使えれば、彼の傷が癒やせる。

「ちょっと触ってもいい？」

「……いいと言う前に触っている」

フィンレイさんの手を取ると、怒ったような顔をされた。

離したほうがいいかなとも思ったんだけれど、触ったほうが治療のイメージがしやすいんだよね。

それに手を振り払われはしなかった。反吐《へど》が出るほど嫌だというわけじゃないに違いない。

フィンレイさんの手は、とてつもなく大きな手だ。少し伸ばされた爪は先が鋭く尖っていて、興味本位で触ると、ぷつりと私の指に刺さった。

「あ、イタ」

「おい!?　何をしている！」

「ごめん、勝手に触ってたら刺さっちゃったみたい。それじゃ、フィンレイさんの怪我を」

「いや、自分の怪我をまず治せ！」

「こんなの怪我の内には入らないよ」

「いいから、さっさと治してくれ。そんなに簡単に怪我をされては心臓に悪い」

フィンレイさんは怯《おび》えた顔をしていた。

彼の身になって考えてみる。確かに私も、自分の爪に触るくらいで怪我をされたらすごく怖い。か弱すぎだ。

だけどフィンレイさんの爪が鋭いのが悪いんじゃないか。そう考えていると、彼も自分の爪の鋭さが気になったらしい、ぎゅっと掌《てのひら》に爪を立てていた。

けれど彼の掌《てのひら》には全く傷がつかない。

……獣人というのは頑丈なのだろう。

結局、フィンレイさんに比べて、私が弱すぎるのが悪いようだ。

またもや無意味な心配をさせてしまい、本当に申し訳ない。

「それじゃ指治れ。……はい、これで今度はフィンレイさんね！」

「……本気で、俺の怪我を治すつもりなのか？　俺は獣人だというのに？」

「あーうん、色々話は聞いたよ。でもね、私にはあんまり関係ないとしか思えなかったんだよね……目の前に寒そうな格好をしてる女の子がいたらマフラーをあげるし、傷ついてる人がいたら怪我を治したい。それは相手が誰だろうと関係なくね」

たとえ相手が女神だろうと獣人だろうと、それ自体は大した話ではないはずだ。

「フィンレイさんだって、洞窟にいた私を助けてくれたでしょ？」

「あれはただ――あなたが邪魔だから入り口へ誘導しただけだ」

「酷《ひど》い言い草！　だけどまあ、私は助かったよ。おかげさまでね、ありがとう」

やっとお礼が言えてホッとした。

あのまま洞窟にいたら、フィンレイさんのように傷だらけになっていただろう。フィンレイさんこそ、私の命の恩人だ。

「おい、気をつけてくれ。俺の爪に触れないように」

怪我を治すために手を取ると、心配されてしまった。情けない顔をしているフィンレイさんを見て笑ってしまう。やる気が出てくる。

正直、自分の手の甲のかすり傷を治すだけで割と疲れた。だからフィンレイさんの怪我を治すのはかなりしんどいと思う。

それでも、頑張って治そうという気持ちがむくむくと湧いてきたのだ。

「怪我をすると……血中の血小板が……瘡蓋《かさぶた》ができて……」

小学生の時に理科で習ったことを思い出しながら、人間の身体の仕組みについて考える。

想像するって、こんな感じでいいのだろうか？

わからないなりにやってみる。

フィンレイさんの手をにぎにぎすると、ビクッと肩を震わせていた。

血行促進マッサージが怪我を治すのによさそうだと思ったんだよ。他意はない。

「あれやこれやな感じで、治れ治れ〜」

「これは……！」

フィンレイさんが驚いた声をあげるので、私は瞑《つむ》っていた目を開ける。けれどすぐに

はその変化がわからなかった。その腕の上に固まっている、血をそっと手で払う。

すると、血の下にあったはずの傷は跡形もなく消えていた。

魔力の消費量は危惧していたほどではない。疲れていないのは想像が的を射ていたからか。

「やった！　他の場所はどう？　服を脱いで見せて！」

「っ、わ、やめろ！　破廉恥《はれんち》な！」

いたいけな少女のように服をめくられるのを嫌がっているフィンレイさんを無視して、私は無理やりその腹を見た。一番傷口が深かったところ――昼間、支えた時にたくさん血が滲《にじ》んでいた場所だ。

そこにはただ、まっさらな肌があるだけだった。くっきりとした腹筋の凹凸《おうとつ》は美しく均整が取れていて、外国の美術館に飾られている彫刻みたいだ。

「ああ、よかった……！　もう、一時はどうなることかと」

「ルカ、泣いているのか？」

そりゃあ、泣きもする。目の前に酷《ひど》い怪我をした人がいて、その人は私を助けてくれた恩人だ。

それなのに、救急車を呼ぶ手段もなく、近くの人も助けてくれない。

私が何とかするしかない状況で、できるかもしれなくて――けれど本当にできるとは信じられなかった。私らしくもなく弱気になっていたのだ。

「泣くな……ルカ。俺などのために、泣いてくれるな。頼む」

「ごめん、鬱陶《うっとう》しいよね。この世界の人なら、当たり前にできることなのにね。勝手にびっくりしているだけだから、気にしないで」

「鬱陶《うっとう》しいなど、まさか、そんなふうに思うはずがないだろう」

フィンレイさんは途方に暮れたような顔をしている。

何でそんな顔をするの？

フィンレイさんに恩は返せた。この世界においての私の立ち位置も、何となく知った。これからどうしたらいいのかはわからないけれど、明日からの異世界リアル遭難ごっこにおいて、この魔法の力が大活躍するに違いない。

あの双子の女神らしき子たちを探して、元の世界に帰してくれるようお願いしなくては。

あの子らを見つけるまでの大冒険に、魔法はきっと欠かせない。

そんな想像もつかない未来に、私のほうこそ呆然としてしまう。

「……あなたは、これからどうする？　行くあてはあるのか？」

フィンレイさんの言葉に、首を横に振った。そんなものはない、だから、すごく不安だ。

「ないなら女神の戦士として戦いながら流浪《るろう》の旅をすることになるだろう。だが獣人のために泣いているようでは、これから先どこへ行っても生きづらいはずだ……そんな顔をしないでくれ」

「あ、ええと、ごめんなさい。別にフィンレイさんに迷惑をかけようだなんて全然考えていないから！」

縋《すが》るような顔でもしていたのかもしれない。困ったように目を逸《そ》らされた。ものすごく恥ずかしい。図々《ずうずう》しい奴だと思われたくないので努めて明るい声を出す。

「大丈夫、大丈夫！　魔法も使えるみたいだし、何とかなるって！　まずはどこに行こうかな。フィンレイさんのおすすめは？」

「……今すぐに町を出たほうがいい」

「何で？」

「質問はしないでくれ、今すぐだ」

「いやっ……ちょっとそれは難しいかな？」

苦渋に満ちた顔のフィンレイさんのおすすめは、中々の苦行だ。

今の時間はおそらく、夜遅い。私の携帯は気づいた時には事切れていた。まだ生きている腕時計を見るに、既《すで》に十時は回っている。

洞窟からの帰り途中、旅行サークルでも経験したことのない本格的な野宿をし、あれから一日経っている。

街灯に照らされた明るく安全な日本の夜道だって、あまり歩きたくない。それなのに、街灯は皆無《かいむ》、地面はデコボコ、魔物とやらがどこから飛び出すかわからない闇の中をさまよいたいわけがなかった。

けれど、フィンレイさんの顔は真剣そのものだ。

「無理だって、真面目な話」

「無理でも何でも、さっさと行け！」

「何でいきなり怒るかな！　唐突なブチ切れが私を襲う！　よくないよ、そういうの！女の子にモテないよ」

「ふざけている場合ではないんだぞ！」

牙を剥《む》き出《だ》しにしてフィンレイさんが怒鳴った。金色の目が見開かれ、顔が恐い。

「いやいやいやいや……無理だってホントに絶対にダメ。舗装《ほそう》されたアスファルトの道でだって転べるのに、こんな歩きにくい田舎道なんて！　それに夜だもん、たとえ魔物の出ない道でも死ねるよ、私。あっという間の命だよ？　何考えてるの？」

「……ッ！　馬鹿女め……！」

「酷《ひど》い！　ちょっと仲よくなれたと思ったのに！」

「これ以上言うのは、仲間への……！　一族への裏切りとなってしまう……！」

ぎり、という音が聞こえて、私は思わずフィンレイさんの顔を見た。そして、めちゃくちゃビビる。

唇を噛《か》みしめすぎて、噛《か》み切っている。

「ちょっと、血が出てる！　口を噛《か》むのやめなって！　一体どうしたの」

「あなたに、触れなければよかった。……触れさせなければよかった！　まさか本当に俺の傷を治すなんて……！　傷を治させなければ、言葉を交わさなければ、こんなことには……ッ！」

「せっかく頑張って魔法を使ったのに、どうしてそんなこと言うの？」

命の恩人にいきなり嫌われすぎて、状況の変化に追いつけない。

親切心でやったことが何か裏目に出たようだけれど、その理由がさっぱりわからなかった。

「……あの、よくわからないけど、迷惑だったってことだよね？　だとしたらごめんね……謝るよ。でも痛そうで見ていられなかったんだよ……」

思わず涙目になる私に、フィンレイさんはさらに苦々しい顔をする。

異世界の常識は、私にはわけがわからないものの、命の恩人にこれ以上の迷惑はかけたくない。

彼が言うのなら、今すぐ町から出て、あてどなく草原でも森の中でも闇に紛れた道を歩こうか。どうせ何の予定もないのだから、道に迷ったって構わないだろう。

そう思った時、ヒュウと火薬が弾《はじ》けるような音が聞こえた。

音のした空を見上げると、墨《すみ》をぶちまけたような漆黒《しっこく》の空に、鮮やかに火薬が花開く。

「あっ、花火だ。たーまやー」

その美しさに、私は感嘆の声をあげる。

「大馬鹿にもほどがある！　あなたも、俺もな」

フィンレイさんはいきなり大声で自分を貶《けな》し出した。私もついでに貶《けな》されている。

一体どうしたのかと思いつつ見ていると、彼は懐《ふところ》から筒を取り出した。その黄土色の筒より伸びる紙縒《こよ》りにランプの火をうつして、空に掲《かか》げる。

すると、爆音と同時に花火が飛び出す。

「おおっ、第二弾！」

「何を喜んでいるんだ？　あなたにはこいつの意味がわからないのか！　……わからな

いんだったな！　そうだろうさ」

勝手にキレているフィンレイさん。耳が痛くなるので、前もって宣言した後で打ち上げてくれ、と言う隙すら与えてくれない。

「俺はフィンレイ・ゴールデンギープ」

「え？　ああ、前も聞いたけど。私は佐倉瑠香です。名前は瑠香ね。よろしくお願いします」

「あなたの名前なんて今はどうでもいい！　俺の名をしかと覚えておけ！」

何で私が一方的に覚えなくちゃならないの！

そう抗議しようとしたけれど、眼前に迫る彼の迫力に驚いて言葉に詰まった。

「へ？」

私の視界の端で、フィンレイさんが口を大きく開く。

――白い牙。赤い咥内《こうない》。

両肩をぎゅっと掴まれた次の瞬間、首に激痛が走る。

「いだだだだだだだだッ！　痛――――い!!」

噛《か》みつかれた！

フィンレイさんにのしかかられたと感じた一瞬後には、首を思いきり噛《か》まれている。

「痛い痛い痛い無理無理……と思ったほど痛くないけど、やっぱり無理！」

「……耳元でぎゃあぎゃあと、うるさい」

すぐに彼は離れたものの、絶対に痕《あと》になっている。いや、血も出ている！

「何なの。私はもう泣く！　泣くからね」

「好きに泣けばいいだろう。この傷は治すな。治したら死ぬと思え」

「あああああもうやだあああああ！　意味わからない、もうやだお家帰るううううううう」

リクエスト通りに色んな感情を乗せて泣き叫び出した私をよそに、フィンレイさんは自分の頭から髪を引き抜いている。

それは何か目的があってやっているように見えた。おそらく首を噛《か》んだのも、意味のある行動だ。

さっきから一体何をしているの？　異世界、怖すぎる。

「生きたければ、これを首に巻いて、決してその身から離すな」

フィンレイさんが自分の頭から引き抜いた髪の毛で作った紐を、私の首に巻きつけた。

私は何で噛《か》まれたの？　この毛は何なの？　ていうか、傷を治したら死ぬって何？

そんな疑問には全く答えず、彼は私の腕を掴んだかと思うと、その腕を引いて宿の裏に回る。そこにあった物置の扉を開いて私を見た。

「俺は行かねばならない。しばらくそこの物置に隠れていろ。見つかってしまった時には、俺の名前を出せ。首の傷と俺の髪を見せて命乞いをするんだ」

「だ、誰に……？」

「襲撃者たちにだ」

フィンレイさんに肩を押され、物置に尻餅《しりもち》をつく。尾てい骨の負傷に呻《うめ》いている間に、扉が閉められた。けれど、外側から鍵をかけられた気配はない。

「……何が起こってるの？」

暗い場所に放り込まれて怖い。それでも、フィンレイさんが最低限の情報をくれたので、この場に留まって考えてみることにした。

ここにいろと命令したのが彼でなければ、私は即座に逃げ出していただろう。彼に救われた命だ、多少は好きにされても許せる。

物置の埃《ほこり》っぽさに咳《せ》き込《こ》みながらも、フィンレイさんの言葉のピースを繋ぎ合わせた。

「――襲撃者、が来るから隠れてろ、って意味だよね？」

気づくと、にわかに外が騒がしい。

「町を出ろ、って言っていたのはそういうことか……いや、それならそう言おうよ」

いきなり危険な夜のフィールドに行けと言われても意味がわからない。外を歩く以上にこの町にいるほうが危ないから、と説明してくれればいいのに。

さらに言えば、私の首を噛《か》む前に、意味を教えてくれてもよかったと思う。

オタク・カルチャーに詳しい私だからこそ、突然の異世界の洗礼にこうして落ち着いて考えられたけれど、いたいけな少女だったらトラウマものだ。

「首の傷を治したら死ぬ、か……誰かが来たら首の傷を見せないと、死ぬ？」

フィンレイさんの唐突な言葉の断片を繋ぎ合わせるに、そういう意味で間違いない。

そういえばあの打ち上げ花火は何だったんだろう。あれにも何か意味があるのかもしれなかった。私の反応を馬鹿呼ばわりされてしまったし。

前提知識さえあれば、私だって少しはマシな反応をするはずなのに……

そんな言い訳をしつつ先ほど好き放題泣いた涙の名残《なごり》を袖口で拭《ぬぐ》っていると、喊声《かんせい》が聞こえた。

続く人いきれ、足音、怒号、恐ろしい悲鳴が断続的にあがる。

あまり想像したくないことが外で起きている気がした。中流大学に進学できる程度の学力と豊かな想像力が邪魔になる時もあるらしい。

気のせいであってほしい。むしろ夢であってほしい。

今日は夢のような展開の連続だ。どこから夢でも納得できる。——私は今、アパートの布団の上で寝ているのかもしれない。だとしたらとても創造性たっぷりの夢を見ているなあ。

　乾いた笑いが口から漏れる。

　――無数の足音。悲鳴。けたたましい笑い声。

　そして、荒い足音が私のいる物置に近づいてくるような気がするけれど、たぶん気の
せいだ……。

「――ヒューマンの匂いだ。この中だな」

「お、鍵はかかってないな……と、あん？」

　物置に入ってすぐのところに隠れもせず体育座りしていた私は、扉を開けた青年とす
ぐに目が合った。

　……彼は犬耳を生やしている。やっぱりこれは夢なのではないか。頭痛がしてくる。

「はあ……もう疲れたよパトラッシュ」

「誰がパトラッシュだよ。おれはダヴィッド。グレイウルフ族の里長《さとおさ》だ」

「あ、どうもご丁寧に。私は――」

「ヒューマンだな？　殺す……と言いたいところだが、あんたからは獣人の匂いもす
るな」

いきなり物騒な言葉を発する青年を前に、私はすぐに自分が何をするべきか把握した。

けれど腰が抜けていて動けない。

どうした、私の腰よ！　軟弱だな!!

地面の上でジタバタしている私を見て、青年は私の頭をむんずと掴んで傾けさせる。

何をしようとしているのかは想像できた。

乱暴な扱いだったものの、私がしたかったことだったから、抵抗しない。

彼は私の首にフィンレイさんの噛《か》み痕《あと》を確認し、首に巻きつけられた髪の毛の存在を認めると、聞いてきた。

「名前は？」

「佐倉……いやいや、フィンレイ・ゴールデンギープさんのほうですよね、聞きたいのって！」

「なるほど、ゴールデンギープ族か。確かに歯型とは合致するな」

私の名前なんてどうでもよかった……フィンレイさん、名前を教えてくれてありがとう。

「だが、あんたが助かりたくてついてる嘘かもしれねえよな？」

「嘘？」

「嫌がるフィンレイに首を噛《か》ませ、あんたがその髪を引き抜いて、仲間に連《つら》なる者だとおれたちに錯覚《さっかく》させようとしている、とかな？」

瞳孔の開いた灰色の目に見下ろされて、私はもう己の豊かで限りない空想力が辛くてたまらなくなった。

「……夢であれ」

「現実だよ。まあ、せいぜいフィンレイ・ゴールデンギープという名前の獣人がこの世に存在し、ここに戻ってくるよう祈るんだな」

フィンレイさんが戻ってこなかったらどうなるのかは、言わないでくれて大丈夫。けれど、犬耳の獣人さんは余計な親切心を発揮してくれる。

「夜明けまでにそいつが現れなければ、あんたを殺す」

冗談みたいな台詞《せりふ》だった。映画とかで聞きそうな台詞《せりふ》だ。

でも、たぶん有言実行されるのだろう。

ダヴィッドと名乗った、おそらく獣人に違いない男の眼差《まなざ》しは冷徹《れいてつ》だ。そこに慈悲《じひ》はなく、むしろ彼は、フィンレイさんが現れないことを願っているように見えた。

そこまで私が憎まれている理由は、何となくわかる。

今日一日、フィンレイさんに対するこの世界の【人間】の態度を見ていたから。

――【人間】の町アルソンは、今、獣人による襲撃を受けている。

ダヴィッドさんは行き、私が蹲《うずくま》る物置小屋の前には二人の獣人が見張りに立った。

逃げられそうにない。

確かに、これは町を出ておいたほうがマシだったかも。

私をこの世界に送った女神様たちへ。これがマフラーをあげたお礼ですか？

あなたたちが女神だよね？　わかっているんだからね。私を誤魔化せると思うなよ。

何でもいいからとりあえず助けて――

§　§　§

「おい、……おい女！」

「ファッ」

「この状況でよく眠れたな」

まだ暗い中、私はダヴィッドに叩き起こされた。

色々考えを煮詰めた結果、あまりにも状況が荒唐無稽《こうとうむけい》だったので、夢を見ているのかもしれないという結論に達し、寝てみたのである。

起きたら目が覚めるのではないかと思ったけれど、現実は無情だ。そして土間の上で寝たせいで身体が痛い。

扉の前に立っている犬耳の青年——ダヴィッドの後ろにある空は未だに闇の帳《とばり》に覆《おお》われていて、それほど時間は経っていないようだ。

呆れ顔で私を見下ろす彼の瞳には、相変わらず剣呑《けんのん》な光が宿っている。

何も言わないでいいよ、自分の置かれている状況は大体把握しているから。

「さっさと起きろ」

「うっ……こんなとこで寝たから身体が痛い……首も痛い……」

「あんたの痛みなんぞ屁みたいなモンだろう」

誰と比べているのかは知らないけれど、人はみんな自分の痛みを一番辛く思うものだ。

そう言おうとしてやめる。——本当に私の痛みなんてミジンコだと突きつけられたのだ。

物置の前に寝かせられた、担架に乗せられて運ばれてきた人がナンバーワンだ。

「フィンレイさん!?」

目の前の布団に横たえられていたのは、血まみれのフィンレイさんだった。

「やはりこいつがフィンレイか。呼応の狼煙《のろし》を打ち上げた後、すぐに逃げりゃよかったのに、余計なことに手こずっていたせいでこうなった」

「余計なこと……？」

「狼煙《のろし》を上げた後、勇者の野郎から逃げずに一体こいつは何をぐずぐずしていたんだろうな？」

狼煙《のろし》というのは、きっとあの打ち上げ花火のことだ。

あれを打ち上げた後と言えば、フィンレイさんは私の首に噛《か》みつき、髪の毛を巻いて、物置に放り込んでいた。あれに時をかけすぎたせいで彼は逃げ遅れたのか。

おそらくフィンレイさんはこの町を襲う獣人の仲間だ。

それに気づいた【人間】側は、彼を責め、見つけたら酷《ひど》いことをしてやりたいと考えるだろう。それは想像に難《かた》くない。

「わ、私のせいだ……」

「ああ、あんたのせいで逃げ遅れた。そのために勇者どもに捕まって、さんざん痛めつけられたらしい」

フィンレイさんは町の中に先に入って、たぶん勇者の居場所を知らせる役割を果たしたのだ。

「そういえば、その勇者はどうしたの？」

「あの勇者様のことか？　丁重に縛りあげているさ。あいつは人質だからな。だが、あんたは違う」

クラウスさんは生きているようだ。よかった。それなら、イザドルさんはどうだろう？　わからないけれど、今は人の心配をしている場合ではなさそうだ。

「言っておくがこいつが目覚め、あんたを助けたいと主張しない限り、あんたの命は保証しない」

「……魔法で治してもいい？」

「むしろそうしろと命じに来た。乗り気とは意外だな」

「フィンレイさんの怪我を治すのは、これで二度目だから」

そもそも、人の怪我を治すのに乗り気も何もない。目の前に怪我人がいれば、私は大抵、誰でも助ける。むしろどんな状況に陥《おちい》れば、助けないという選択肢が出てくるのかわからない。

溢《あふ》れんばかりの想像力をもってしても考えつかなかった。それにしても、なぜフィンレイさんは私のために危険を冒してくれたのだろう。

私はこれから襲う町の、襲う対象の【人間】の一人だったのに。

「……こいつは随分《ずいぶん》と頭を殴られたらしい。よくない状況だ」

私は物置から這い出て、おそるおそるフィンレイさんに近づいた。

白銀の髪がべっとりと赤い血で汚れている。けれど、新しい血が流れてこない。内出血を起こしているのかもしれなかった。

頭は血の流れない怪我のほうが危ない、と聞いたことがある。

息をしているのか、確かめるのも怖かったけれど、口元に手を当てた。すると、微《かす》かに生暖かい吐息を感じる。念のため首の脈を探すと力強い鼓動《こどう》も感じて、私は泣きそうになった。

よかった、生きている。

こんなに重傷なのに生きているとか、すごい。頑丈だ。

私の両親は丈夫じゃなかった。だから私を置いて逝《い》った。……そのせいか、私は頑丈な人が好きだ。

とはいえ、丈夫といっても限度がある。

急いで私が彼の具合を確かめていると、ダヴィッドが苛立《いらだ》たしげな声を出した。

「ヒューマンは、願うだけで女神に叶えてもらえるんだろう？　さっさと願え！」

「わかってますよ！　ちょっと黙っていて」

想像力が大事だって話じゃない？　フィンレイさんに教えてもらったから知っている。

私の無限に広がる瑞々《みずみず》しい力を、今こそ解き放つ時だ。小学生の頃、作文のコンテストで一位を取ったことがあるくらいだ、あの時の審査員の見る目は確かだったと証明してみせる。

「汚れを取り除いて、ばい菌を消毒して、それで、それから――」

フィンレイさんに、怪我を治させなければよかったと、そう言われたっけ。

また私が治したら、迷惑だと言われてしまうかもしれない。けれど、そんなものは構っていられなかった。怪我をした彼を放置しておくのが嫌なのは、私だ。

私がフィンレイさんを治したから、彼も私を助けてくれたのだろう。

情が移ったとか、恩を感じたとか、そういうことだ。お互いに助けては恩を返しての無限ループに陥《おちい》っている。

初めに私を助けたのは彼のほうなのだから、責任を取っていただきたい。

見捨てるか迷った末に私を助けてくれたこの人の心境を想像すると、涙が出そうになる。泣いている場合じゃないのに。

私は目を瞑《つむ》って祈る。

「女神様、切れてしまった血管を繋げてください。壊れた細胞も治してください。いらないものは老廃物として流し、どうにもできないものも体外に出してください」

「血が流れ出てきた！　端から傷口が塞《ふさ》がっていくぞ」

魔力の消耗《しょうもう》を全く感じない。これが、想像力が足りているということなのか。

少し思い描いて願うだけだ。たったこれだけで、奇跡みたいな現象が起こってしまう。

この世界の【人間】は、怖いくらい神様に愛されているらしい。

「傷口が塞《ふさ》がった！」

ダヴィッドさんの言葉に瞼《まぶた》を開けて、自分の目で確かめた。

血で汚れてはいるけれど、フィンレイさんの髪の毛をかき分けて見ても、傷口はもうない。

その金色の角《つの》は輝きを取り戻してつやつやだ。

硬い角《つの》をそっと撫《な》で、ホッとしたら涙が溢《あふ》れてきた。

「まだ目が覚めないか……おい、ヒューマン！」

「っ、はい？」

「何を白々《しらじら》しく泣いてやがるんだよ……全部あんたのせいなんだぞ！　そいつが目覚めて、あんたを助けてくれと言わなければ、おれは絶対にあんたを殺す！　覚悟しておけ！」

ダヴィッドのおかげで涙が一瞬で乾く。

確かに私がいたためにフィンレイさんが痛めつけられたのだ。その通りではあるんだけれども、社会に甘やかされて育ってきた世代なせいか、彼の言葉を素直に受け取れない。

私は悪くない！　ただ懸命に生きているだけだ。

「今夜はここで野営する！　天幕を張れ」

ダヴィッドが命令を発する。彼はこの勢力の指導者の立場にある人らしかった。だからフィンレイさんの怪我に責任を感じているのかもしれない。

彼の言葉は私を打ちのめしはしないけれど、抜けないトゲ並みにチクチクとしたものを残していく。

「私のせい、かあ……」

フィンレイさんが町を出ろと言った時、すぐに動き出していたらこんなことにならなかった可能性は高い。でもそもそも、獣人たちが襲撃なんてしなければよかったんじゃない？

ただ、彼らが【人間】を襲いたくなる気持ちもわかる。

それくらい、クラウスさんやイザドルさんのフィンレイさんに対する仕打ちは酷《ひど》かった。

何より差別が悪いけど、【人間】側にも一応の理由があってのこと。

――何で獣人は三百年前、【人間】を裏切ったんだろう？

もし先に【人間】に酷《ひど》いことをされてのことだとしたら、可哀想だ。正当防衛だったかもしれないのに。

そもそも、魔族がどれほど悪い人たちなのかもわからない。

主義主張が違うだけじゃないのかな？　話し合えば解決できる問題もあるんじゃない？　何で傷つけあわないといけないの？

こんな展開、平和の国ジャパンから来たばかりの私がすぐに呑み込めるわけがない。お手上げだ。

「ああもう……腹が立ってきた！」

いきなり異なる世界に連れてこられて、事件に巻き込まれ、殺されそうになっている。誰も可哀想って言ってくれないので、私自身だけはめちゃくちゃ自分に甘くあろう。私ものすごく可哀想！　大変な状況なのに頑張っていて偉い！　すごい！　一等賞！

心の中で自分を褒めちぎりながら、血で汚れたフィンレイさんの髪や顔をハンカチで綺麗に拭いていた。次第に、外が明るくなってくる。

暁《あかつき》の空はだんだんと薔薇色《ばらいろ》に染まっていく。人工の明かりに乏《とぼ》しく、スモッグで覆《おお》われていないこの世界の空はとても美しい。

ぼけっと空を眺《なが》めていると、犬耳の男に視界を遮《さえぎ》られた。

「おい、まだフィンレイは目覚めないのか」

「……ダヴィッドさん、普通の人は寝てる時間帯ですよ」

物置に顔を出したダヴィッドの目のくまを見るに、彼はたぶん一睡もしていない。

ご苦労様と言いたいような、彼の仕事内容を思うと、【人間】としては褒めがたいような、複雑な気持ちになる。

「獣人は日の出と共に起床する。夜は明けた。約束通りあんたを殺すか？」

「殺すのは夜明けまでにフィンレイさんが見つからなかったらって話だった！」

「目覚めなくとも殺すと言った」

「それは夜明けまでとか言われてない！　約束が違う！　暴力反対！」

「あんたらヒューマンだっておれたち獣人に暴力をふるってきただろう」

「この世界の【人間】のことなんて知りません！　私は生まれてきてから一度も暴力なんてふるったことないですっ！」

命の危機に、私は思わず叫んでしまう。

「……この世界の？」

「ええそうです！　この際だから事態の好転を祈願して言っちゃうけど、実は異世界から来ました！　女神様っぽい人に連れてこられました！　何が何だか知りませんが、運命に会わせてあげるって言われました！　卓越した洞察力を持つ私でも意味がわかりません！　明解な説明を求めます」

「…………あんたが自分をおとぎ話の主人公になぞらえたくなるほど追い詰められてんのは、わかった。せいぜいフィンレイの目が覚めるのを祈っとけ」

「おとぎ話？」

「数千年に一度、女神に選ばれて異界から連れてこられる、新しい種の話だろ。初めは獣人、次に魔族、ヒューマン、そしてエルフがやってきた。まあ、ヒューマンの間じゃ、一番先に連れてこられたのはヒューマンだってことになってるんだろうがな」

「……新しい種？」

「異界じゃ子孫を残せない種を連れてきて、こちらの世界の最も相性のいい種と番《つが》わせるという話だろ？　新しい種族の誕生だ。もしあんたが異界から連れてこられたっていうのなら、この世に生まれ出て一日以内、最初に会った男が運命の恋人って話になる。女どもはこういう話が本当に好きだよな」

暇なのか、いやそんなわけがないだろうに、ダヴィッドはペラペラと教えてくれる。

彼は疲れているのだろう……。

それにしても、私がこの世界で初めて出会った男が運命の人？　そういえば金髪の少女もそんなことを言っていた。

　それはつまり、だ。

「――フィンレイさんが私の運命の人ってことになるんですけど」

「あー、そういう芝居はいらねーから。むかついて殺したくなる」

「マジですか？　何にも言えなくなるね」

「女神を引き合いに出しときゃ助けてもらえると思ってるなら、大間違いだからな」

　むしろ女神をダシにできれば助かる可能性があると、今知った。もう少し上手い言い方があったのかもしれない。どうやら私はしくじってしまったようだ。

「もしもそういう、異世界から新種が来たらどうするの？」

「はあ？　……そりゃ、安全かどうかわかるまで檻《おり》にでも入れて閉じ込めておくんじゃねえの？　魔族みたいな例もあることだし、場合によっちゃ根絶《ねだ》やしにしたほうがいいだろうよ」

　ヤバイ。迂闊《うかつ》に異世界人だと暴露してみたけれど、信じられていたら檻《おり》に閉じ込められて最悪殺されているところだった。信じてもらえなくて本当によかった！

「フィンレイも、あんたみたいなヒューマンに運命の番《つがい》だなんて言われたら、困るだろうぜ。……そうでなきゃ、おれが困る」

その言葉尻に私の豊かな想像力が反応する。

「……もしかしてダヴィッドさん、フィンレイさんのことを？　……ウフン？」

「ちげーよ、獣人としてあるまじきっつってんだよ！　頭わいてんのか」

ただ私は人の恋路の邪魔をしたくないから確認しただけだったのに。からかいたいわけではないので、勘違いしないでほしい。

「何で女どもはそういう邪推をしたがるんだ！　んなわけねーだろ！　里長《さとおさ》が男色じゃ子孫が残せねえっつーの！」

ダヴィッドはなぜかこの手の話題に心あたりがあるようだ。

「邪推とか言うのよくないと思う。私たちはただ差別なく、区別なく、温かく見守りたいという、愛と平和の気持ちを持っているだけなのに」

「里の女どもが言いそうなことを言うのはやめろ～～～っ！」

「こいつはヒューマン、こいつはヒューマン！」と頭を抱えてぶつぶつ呟《つぶや》くダヴィッド。

この調子で親近感を抱かせれば危機を回避できるかもしれない。

そう打算的に思った時、小さな笑い声が聞こえて、心臓が跳ねた。

「グレイウルフ族の里長《さとおさ》殿は随分《ずいぶん》と……ヒューマンと仲がいいらしい」

「フィンレイさん！」

「誰が仲がいいだと！　仲がいいのはあんたのほうだろうが！　噛《か》み痕《あと》なんかつけやがって！」

「受けた恩は返さなくてはならない……また、あなたに恩ができてしまったようだな」

ゆっくりとフィンレイさんの瞼《まぶた》が開いていき、金色の瞳が見えた。

「ルカ……何を泣いているんだ？」

「わ、私のせいで怪我をしたって聞いて、目が覚めないかもしれないって言われたから……！」

「俺のした選択で、あなたが気に病む必要はない」

フィンレイさんがうっすらと微笑む。

その言《げん》には大いに賛成したいが、そうはっきり優しく言われてしまうと逆に申し訳なくなる。

彼の微笑みがあまりにも温かくて、こんないい人が傷つけられる原因になってしまったのが悲しい。

「ふん、ヒューマンの命を助けたいなら自分で管理しろよ、フィンレイ・ゴールデンギープ殿」

ダヴィッドがいらいらした口調で嫌味たらしく言うのに、フィンレイさんは頷いた。

「ああ、わかっている」

「殺してやりたかったのに！　この町にいるヒューマン、一人残らず！」

「勇者を人質にして女神の教会との取り引きに使うんじゃなかったのか。同胞を助け出すために」

「同胞のために、我慢してるんだ！　あんたも目に余る行動は慎《つつし》めよ！」

半《なか》ば叫ぶように言うと、ダヴィッドは宿の敷地から出ていった。

十分に彼が離れるのを見計らって、フィンレイさんが私を見上げ目を細める。

「ルカ、あなたが無事でよかった」

「その節はどうもありがとう……助けてくれようとしていたのに、うるさくしてごめんね」

フィンレイさんは親切心で自分の身が危なくなるのにも構わずにやってくれたというのに、私は噛《か》まれたショックで喚《わめ》き叫んでしまった。

フィンレイさんが起きあがろうと布団に手をつくのを見て、すかさず手助けする。

怪我を治したくらいでは、まだ恩が返しきれていない気がするのに彼は謝ってくれた。

「怖かっただろう？　いきなり傷をつけてすまなかった……だが、あの状況では他に手がなくてな」

確かに怖かった。私のように愛嬌《あいきょう》よりも度胸の女でなければ大変だ。ただし何より怖いのは、何が起きているのかわからない今の状況だった。

「そんなことは大丈夫だよ。……それより、あの、病みあがりで悪いんだけれど、これから私がどうなるのか、聞いてもいい？」

自分のことばかりで申し訳ないと思うものの、未来が宙に浮いた状況というのはものすごい恐怖だ。切実に助けてほしい。

フィンレイさんは頷いて教えてくれた。

「今、ヒューマンと獣人との間で戦争が勃発《ぼっぱつ》しようとしているんだ。ヒューマンに情報を渡すわけにはいかないから、あなたをすぐに自由にはしてやれない」

「そうなんだ……それじゃ私、どうなるの？」

「ルカ、あなたは捕虜になる。だが、俺がよいように取り計らおう」

昔は味方同士だったはずなのに、【人間】と獣人はいがみあい、戦争しようとしているらしい。何て時に居合わせてしまったのだ。

しかも私は【人間】なのに、その私に用意された運命の人とやらは獣人のフィンレイさんの可能性が高い。

これは、ロミオとジュリエットより悲惨な展開だ。少なくとも、彼らの種族は同じ人間だった。

それとも、この世界で初めて出会った【人間】が運命の人なんだろうか。

だとしたらあの、オレ様何様勇者様な、クラウスさんが運命の人？

……年下は趣味じゃないんだよなあ。あの性格も。

どちらにしても茨《いばら》の道すぎて辛い。

顔面はどちらもとてもよろしいのに……ままならない世の中に、諸行無常《しょぎょうむじょう》の響きあり。

私は深く息を吐き出した。

受け入れ難《がた》い現実だけれど、今私がいるのはそういう世界なんだよね。

§　§　§

目が覚めると、フィンレイさんはすぐにきびきび動き出した。

酷《ひど》い怪我をして大量に血を失いもしたのに動き回るのはどうかと思う、と止めたのに、やらなきゃいけないことが山ほどあるという。

物置の陰から見ていたところによると、彼の役割はこの町の構造の説明のようだ。物置の前にある机の上に図を描いて、町の構造を解説している。

彼は、【人間】である私にとっては敵側の勢力なんだなあとぼんやり実感した。

けれど、私のこの世界唯一の味方でもあるのだ。

そもそも私自身がこの世界の【人間】と全く同じ存在かどうかもわからない。

頭がこんがらがりそうになった私は、おすそ分けしてもらったお粥《かゆ》をもりもり食べた。

こういう時はたくさん食べて何も考えないのが一番だ。

その後すやすや仮眠をとっていると、昼前に優しく揺り起こされる。

「ルカ、そろそろ出発するから起きられるか？」

「うん……ふあ、どこに行くの？」

「獣人の里だ。俺たちの郷里だな。これを首に巻いておいてくれ」

フィンレイさんがそう言いながら渡してきたのは、白銀のミサンガだった。適当により合わせたものではなく、可愛い模様の組み紐だ。

これは彼が町の構造の説明をする合間合間に自分の髪の毛を引き抜いて、その太い指でちまちま編んでいたものだろう。何をしているのかなと思っていたのだが、私のためだったらしい。

今私が首に巻いている紐を外して、そちらを首に巻く。シルバーのチョーカーな感じだ。

「これ、一体どういう意味があるの？」

「あなたが俺たち獣人の……いわば仲間であることを表している、この編み方でな」

「おお！」

「……と同時に、あなたの魔法を封じる働きも持つ」

「えっ⁉　何で？」

これから色々と大変そうだけれど、魔法があるから何とかなると楽観視していたのに、それを封じられてしまうのはかなり辛い。

「捕虜は魔法を封じられる。あなたのみ例外というわけにはいかない。だが、俺の許可があれば使える」

「何だ。それならよかった」

私の反応を見たフィンレイさんの表情は微妙だ。何か言いたいことがあるなら言ってほしい。

「……記憶を失うと、これほどヒューマンが無邪気になるものだとは思わなかった。魔族のようにヒューマンも、生まれた時から獣人を憎んでいるのではないかと考えていたんだが……」

「うん？　でも、昔は【人間】と獣人は仲よしだったたんでしょ」

「大昔はそうだったらしいな」

「ていうか、魔族が生まれた時から獣人を憎んでるっていうのは何？」

「魔族は、ヒューマンや獣人への憎悪を抱えた状態でこの世に生み出される生き物だ」

「へえ……？　何か誤解があるんじゃなくて？」

「そうであれば、どれほどよかっただろうな。だが、そうではないから争いがなくならない」

本当なのかな？　生まれながらに誰かへの憎しみを持っているわけじゃない、人間だらけの私の世界だって、争いはなくなっていない。

納得はできなかったが、フィンレイさんが移動の準備を始めているので、それ以上聞かなかった。

「そろそろ出発の時刻だが……あなたは目を閉じていたほうがいい」

「え？　どうして？」

「質問はするな。俺が抱えて運んでやるから、目を閉じ、何も見るな」

またしても彼に説明するつもりはないらしい。なので私は素直に従うことにした。昨晩は痛い目を見るところだったのだ。

目を閉じると、背中と足裏に手を回されて、軽々と持ちあげられる。

「うわ！　びっくりした」

「俺が抱いてから目を塞《ふさ》げばいいだろうに」

「いやだって、すぐに閉じたほうがいいのかと思って。理由がわからないからさ」

「……町の中には、あなたが見たくないものが多くある」

「見たくないもの？」

聞かないと決めたのに、つい質問してしまう。

「想像もつかないか？　殺し合いをした跡地に、どんなものが転がっているのか」

「あ……把握。やだっ、想像でも無理」

「だろうと思ったから目を閉じていろと言っている」

想像の翼が羽ばたいて、行かなくていい場所まで行ってしまった。力強い翼を持っているというのも考えものだ。

「フィンレイさんめちゃくちゃ親切。ありがとう！」

命をかけて争ったのだ。何が起きているのかわかっていたつもりだけれど、私にその実感はない。

フィンレイさんは私に実感を持たないままでいいと言ってくれている。

「重くない？　大丈夫？　ごめんね、荷物まで持たせて」

「町を出たらすぐに下ろすから気にするな」

「それ重いっていう意味か、このやろう！」

「……あなたは何と言われたいんだ？　あなた程度を重いと感じる獣人はいない」

軽いと言われるのであれば嬉しいけれど、フィンレイさんの腕の太さを鑑《かんが》みるに私の体重が倍くらいあっても重いとは感じないのかもしれない。

「目をしっかりと閉じていてくれ。見てしまえば、きっと優しいあなたは後悔する」

どこからか号令があがった。出発するらしい。

しばらくすると、フィンレイさんが歩き出す。振動は少なく快適だ。

それにしても優しい私って、何だ？　私は優しいのだろうか？　普通だと思うけれど。

でも、そうまでフィンレイさんが言った理由は、すぐに理解できた。宿の敷地内から出たらしいぐらいのタイミングで。

「……フィンレイさん、首にしがみついてもいい？」

「ああ、そうしていろ」

目を閉じていても知覚できる。特に嗅覚《きゅうかく》が無駄に仕事をしてくれた。

焦《こ》げた匂い、生臭《なまぐさ》さ、鉄錆《てつさび》と同質のもの——嫌悪感で全身総毛立つ。

「無理無理無理無理無理……マジで無理ホント……！」

想像すらしたくないのに、何となくわかってしまう。

そんな嫌悪感と恐怖で、私は改めて強烈に理解した。

これは、絶対に夢じゃない。

できればもっと幸福な出来事が理由で悟《さと》りたかった。

――確かに私は優しめだ。この世界の基準で見ればね！

「あなたは平和な町で生きていたのだろうな、ルカ」

「たぶん……まあ、そうなんだろうね……！」

「だと思ったんだ。あまりに優しすぎるのでな。記憶を失う前から俺たち獣人に親切なヒューマンだったのかもしれない。だから俺は、あなたを殺したくはない」

がたがた震えている私の背をそっと撫《な》でる掌《てのひら》は大きい。

「今度こそ、俺たち獣人は、俺たち自身の意思でヒューマンに反旗《はんき》を翻《ひるがえ》し――俺たちの持つ当然の権利を取り戻す。だが、犠牲になる者たちの中にあなたのような人がいるだろうと思うと、……辛いものだ」

私はフィンレイさんの太い首にしがみついて、頼りがいのありすぎる腕に抱かれて町を出た。

もう無理、家に帰りたいと昨日から何度祈ったかわからないけれど、帰れる気配はあまりない。

仕方なく私は、必死で楽しいことを考える。

この世界の女神は数千年に一度、異世界から結婚できなさそうな人を拉致《らち》して、現地の住人と結婚させようと仲人《なこうど》するらしい。

それをいいふうに考えよう。

地球にいては一生結婚できなかったかもしれない私が、この世界でなら結婚ができるということだ。その相手がフィンレイさんなら、かなりラッキーなのではないだろうか……

「――フィンレイさん、私が運命の人だから結婚しろって女神様に言われたらどうする？」

「……女神コーラルがそんなことを言うはずがない。コーラルが愛しているのは、ヒューマンだけだ」

「うん？　それは嫌っていう意味？」

この世界風のオブラートに包まれると、私には理解できない。

「あなたに記憶がないのを知らない周囲の者たちが驚いている。この問答はやめにしてくれ」

迷惑をかけるのは本意ではないので黙る。けれども、私は決して諦めない。

――女神様、フィンレイさんが運命の人だということでファイナルアンサー？

そうであれば、少しはこの世界を楽しめるのではないかという、予感がした。

§　§　§

しばらくすると、異臭がなくなった。爽《さわ》やかな風は冷たいが、混じる匂いは草の青さくらいだ。

私はフィンレイさんに問う。

「もういいかな？　目を開けても？」

「そうだな。そろそろ腕が疲れてきた」

「んんんん？」

「はは、冗談だ」

申し訳なさと重いと言われている辛さの狭間《はざま》で、どこまで冗談だろうかと唸《うな》りながら目を開ける。

フィンレイさんが私のジト目を受けて、微笑んでいた。優しく爽《さわ》やかな笑顔には全く悪気がなさそうで、毒気を抜かれる。

私は大人の男の余裕というものに弱い。それは、早くに両親を亡くしたせいかもしれなかった。

それはともかく、彼の腕から下り、気を取り直して周りを見渡す。

あたり一面、草原だった。土を踏み固めて作られた細い道が一本長く続いている。

そこを割と緩い隊列を組んで獣人たちが歩いていた。あまり統制は取れていない。

「どれぐらいで獣人の里に着くの？」

「俺たち獣人の足でひと月くらいだろう」

「は？」

「……あなたの足では辛いだろうな。歩けないなら抱えてやるから、そんな目で見ないでくれ」

ひと月かかる道のりを歩いていこうというのが、私の理解を超えている。

けれど、自転車も、自動車も、列車もなさそうな世界だ、歩くしかないのは理解できた。この世界の旅行サークルには入りたくない。

どんな苦難が待ち構えているかなんて、辛すぎて想像もしたくなかった。

「こんなことなら運動靴を履《は》いてくればよかった……って、この事態を予想するのが無理だけど……」

「声をあげる元気は後々のためにとっておいたほうが、いいんじゃないか？」

「無理な時はフィンレイさんに抱えてもらうので大丈夫でーす！」

とは言いつつ、できるだけ自分の足で歩ききりたい。フィンレイさんだって大変なのに、抱えてもらってばかりでいられるものか。

今だって、足下《あしもと》の悪さでふらふらの私がこけかけるのを、彼はすかさず支えてくれる。

私は捕虜的な立ち位置らしいのに優しすぎるでしょ。

彼への恩だけが私の中に積み重なっていく。

この人が運命の人だなんて……本当だろうか。

フィンレイさんは穏やかな眼差《まなざ》しで私を見ていた。

「無理だけはしないでくれ。あなたはか弱いのだから」

「いやいや、そんなに弱くはないよ、大丈夫」

「いや、頼むから辛かったら必ず言ってくれよ。俺にとってあなたは本当に軽いので、何の負担でもない。全く問題なく抱えたまま一日でも二日でも歩き続けていられる」

彼はかなりの勢いで言《い》い募《つの》る。少しでも辛いそぶりを見せたら、すぐにでも抱えられてしまいそうだ。これは元気いっぱいに歩いていくしかない。

「本当に大丈夫。私は～、元気～♪」

歌いながら歩いてみせると「静かにな」と苦笑された。

あ、はい。ごめんなさい。

確かに無用に騒ぐのはやめたほうがよさそうだ。私たちの周りを取り囲む獣人の方々の視線がめちゃくちゃきつい。

――ここはアウェイ。

フィンレイさんは信じられないくらい優しいけれど、私に親切なことで彼まで睨《にら》まれる流れだ。

つまり彼に迷惑をかけたくなければ、徒歩延べひと月の行程を見事、静かかつ元気に歩ききるしかないわけだった。

……可能だろうか？　ミッションインポッシブル……

§　§　§

「ルカ、俺が抱えよう」

「いや大丈夫です」

「大丈夫ではない。俺が抱きあげてやるから、少し休んでくれ」

歩き始めて二日目。意気消沈中の私にフィンレイさんが言った。

「いえいえ、本当にいいんで……」

「顔色が悪い。昨日の夜も今朝も昼もあまり食べていなかっただろう」

「食事の量は大体いつもこんな感じです」

「唇にささくれができている」

放っておいてください、マジで。この状況で抱きかかえられるなんて冗談ではない。何しろ歩き初めてまだ二日しか経っていないのにグロッキーって、それは情けなさすぎる。

確かにものすごく疲れてはいるし、足にはマメができていた。けれど、マメはできた端からフィンレイさんに許可をもらって、魔法で治しているので問題ない。

問題は別のところにあるのだけれど、ふざけていると思われそうでとても言えなかった。

とりあえず抱きあげられるのは断固拒否する。

――だって……もう二日もお風呂に入っていないいんだもん！　無理！

「ルカ、どんなに些細《ささい》なことでもいい。気になることがあるのであれば、言ってくれないか？」

「いいや、本当に大したことは……」

「明らかにあなたは辛そうにしている。俺の目が節穴だと思うのか？　俺に助けられない事柄であれば、他の者を呼んでくる。女が必要であれば女に頼む。お願いだから教えてほしい。俺たち獣人にとっては大きなことではなくとも、あなたにとっては辛い事態が必ずあるはずだ」

フィンレイさんは言葉を連《つら》ねながら、不安そうに瞳を揺らした。

「大したことがないのなら、どうかその内容を教えてもらえないだろうか？　具合が悪いのではないのだと、身体に痛む場所はないのだと、俺たちにとっては他愛のないことで怪我をしてしまったのではないのだと、どうか言ってほしい」

彼は自分の爪を見て、唇を噛《か》みしめた。

……もしかして、以前私がフィンレイさんの爪に勝手に触って、勝手に怪我をした時の流れを思い出しているのかもしれない。

本当に申し訳ないことをしてしまった。不用意な自分の行動が悔やまれる。

こんなに気遣わせていたとは知らなかった。

こうなったら私の顔を曇らせている、くだらない理由を開陳《かいちん》するしかない。

「……いや、あ〜、その……。お風呂に入りたいなあ、と考えていただけなので……」

「ふろ？　……身体を洗いたいのか？」

「全くお恥ずかしい話ですが、その通りです……毎日入っていたから、その、落ち着かなくて」

「恥ずかしがる必要などない。ヒューマンは身体が弱いのだから、清潔にすることで病などから身を守ろうとするのは理にかなってる。それにしても、記憶が戻ったのか？」

「……どうだろうね？」

そもそも記憶をなくしたわけではなく、私は異世界の人間だ。時々、フィンレイさんと話がかみ合わないのはお互いの常識がずれているせいだった。

彼はいい人だけれど、異世界人だと名乗り出る気にはまだなれない。むしろ、彼が優しいからこそ言う気になれなかった。

記憶喪失の【人間】には優しくても、異世界人には優しくないかもしれないと思うと、怖いのだ。

「まあ、自分にとって必要なものだけでも把握できているのは、いいことだな。野営の際にあなたが身体を拭《ぬぐ》う分の水も水瓶《みずがめ》に汲《く》もう」

「あの、……水瓶《みずがめ》を貸してもらえれば、自分で汲《く》むけれど？」

「空の水瓶《みずがめ》すら持てないだろう？」

そう言われて、私はフィンレイさんが言っている水瓶《みずがめ》が何のことか把握した。もしかしてあの陶器の壺か、水瓶《みずがめ》って……。私の腕がどうにか回るか回らないかといった程度の大きさだ。ワンサイズ小さいのないの？

――日が落ちて、地平線にさしかかる前に野営の準備が始まる。

完全に暗くなった後で準備をするのでは遅いのだと、昨日学んだ。明るい内に火を熾《おこ》しておいて、闇と共に活気づく魔物を火の気で追い払うのだという。これだけの大人数で火を焚《た》けば、普通の魔物は近づいてこないらしい。

まず火を熾《おこ》し終えてから荷物を下ろし、夕食の準備に取りかかる。そして水汲《く》みだ。野営場所に選ばれる地点は大抵水場の近くで、周りの人々が続々と水瓶《みずがめ》を持って向かっているのは川のようだった。

確かに向かう先をよく見てみると、遠くに川がある。

「水を汲《く》んでくるからここを動かず、じっとしていろ。難癖をつけられるようであれば声をあげるんだ。すぐに助けに戻る」

飲み水や煮炊きに使う水ならともかく、私が身体を拭く水まであそこまで行って、汲《く》んできてくれようとしているフィンレイさん。申し訳なさで死にそうになり、私はその服の裾を引いた。

「あの～」

「どうした？　腹が減ったか？　俺が用意してやるから、少し待ってくれ」

「いやその、そうじゃなくて……お水のことなんだけれど、魔法で出せないかな、と思うんだ。試してみちゃダメ？」

「魔法で？　無理だろう。無から有を生み出すのは骨が折れると聞く。最悪死んでしまうぞ」

フィンレイさんの言う通り、生活水を魔法で出すというのは一般的ではないようだ。

わずかな時間とはいえクラウスさんたちと一緒にいた私は彼らが水を汲《く》んだり、火を熾《おこ》したりを自分の手でやっているのを見た。

でも、できないわけではないらしいのだ。

この世には雨を呼ぶ魔法使いの話があり、戦いで火を飛ばして敵を牽制《けんせい》する者がいるという。

クラウスさんに道すがら聞いた限りのものだけれど……

「そこらへんにあるものを集めるだけならできるんじゃないかな……一度試したいから魔法を使わせて」

「理屈はよくわからないが、無理だけはしてくれるなよ？」

「わかった。迷惑だけはかけないようにする」

「迷惑はかけてもいい。だから死なないでくれ」

死ぬつもりは毛頭ないのだが、フィンレイさんの中で私の命はなぜか風の前の塵《ちり》に同じ。

勿論《もちろん》私は、慎重を期すつもりだ。

まずは水滴くらいからやってみよう。野営前の今がチャンスである。

「空気中の水の気体、私の手の中に集まれ～」

「キタイ？」

きょとんとするフィンレイさんに見守られる中、私の掌《てのひら》には造作もなく水滴が一粒ぴちょんと現れた。身体の疲れは全くないように思える。

魔力が使われた感覚もないほどだ。

「コップ一杯分よろしく」

私は自分が一体誰によろしく願っているのかも知らないまま、想像でよしみを通じてみた。すると、こぽこぽと温《ぬる》い水が溢《あふ》れてくる。

それは、透き通っていて飲んでみると、感動するくらい無味無臭だ。久々に綺麗な水を飲めた。

「ルカ、辛くはないか？　干からびないか」

「全然大丈夫そう。生き返る……水瓶《みずがめ》にも私が水を入れさせて」

「だが、こんな些細《ささい》なことにまで魔法を使っていては疲れるだろう。やはり、ルカが干からびてしまう」

魔法を使いすぎると干からびるそうだけれど、今のところその兆候はない。心配するフィンレイさんには悪いが、ぜひとも水の用意は私にさせてほしいと思う。

私は外国で生水を飲むだけでお腹を下す系の日本人なのだ。かなり頑丈なほうではあるとは言っても、〝チキチキ生水に当たるかもしれないレース〟をいつまでも繰り広げていたくはない。

「フィンレイさん、私、綺麗な水を飲まないと死ぬかも」

「魔法で水を出してくれっ！」

フィンレイさんが快く水瓶《みずがめ》を明け渡してくれたので、周囲に漂《ただよ》う水蒸気をその中に集めるイメージをする。すると、底のほうから、こぽこぽと水が湧きあがってきた。

「……無から有を生み出して、本当に身体は辛くないのか？」

「無からじゃないし大丈夫だよ。空気中にある水を集めているだけなんだ」

「空気中に水があったら溺《おぼ》れてしまうじゃないか。何を言っている？」

恐ろしいことを言うフィンレイさんに、私は水でいっぱいになった水瓶《みずがめ》を返却した。

「身体を拭きたいんだったな。少し待っててくれ。ここに小さな天幕を張ろう……手伝わなくていい」

早速竹ひごのささくれに触れて指に怪我をした私を見て、彼はのたまう。

心配をかけるのは本意ではないし、ひょいひょいと簡単に天幕を作っていく彼の邪魔にしかならなさそうだったので、私は離れた場所で大人しくできあがるのを待たせてもらうことにする。

作られたのは、白い幕が張られた、小さな更衣室みたいだった。天井は開いているけれど、頼んでもフィンレイさんは覗いたりしないだろうから、安心安全だ。

「この桶《おけ》を使ってくれ。水が足りなければ……自分で足せるか？」

「うん！　大丈夫！　ありがとうフィンレイさん」

「気にしないでくれ。気になることがあれば何でも言うんだ。……綺麗な水でなければ飲んだら死ぬだなんて、どうして昨日すぐに言ってくれなかった？」

彼の悲しそうな顔に、罪悪感で胸がきゅうきゅうする……

「いやその、生水を飲んだら死ぬっていうのは……大げさだったかも。そのね、お腹を下したりするだけだから」

「十分に大事だ。何が『だけ』なのかわからない。その小さく細い身体で腹を下したりなんかしたら……っ！　他にも何かあればすぐに言うんだぞ、いいな⁉」

「へい親分」

かなりの剣幕で、ほとんど怒っているフィンレイさんにただ頷く。

こんなに恐い顔で私の心配をしてくれているのだから、ありがたい話だ。

私が心配を増長させるような言動を繰り返したせいなのだけれど、わざとじゃない。

「ふざけているのか、ルカ？　うん？」

「ごめんなさい、ごめんなさい」

声を低くするフィンレイさんに謝りながら、更衣室に逃げた。さすがの紳士はこの小さな天幕の中までは追ってこないし、めくろうともしない。

さて、私は私自身の健康を守るために、身体を綺麗にするとしよう。

「うーん……寒いな」

ダッフルコートを脱ぐのが死ぬほど嫌なくらい寒い。

歩いていると暑くなってくるのであまり気にならないんだけど、足を止めると普通に寒い。

ここも真冬なんだよなあ。クリスマスから数日経った日の夕暮れ時だ。

「せめてあったかいお湯だったら……お湯になれ」

確か分子が動くことで熱が発生するのだと聞いたことがある。だから電子レンジに入れるとものは温まるんだよ。

四十五度くらいになるまで振動してくれたまえ。

そう願うと、目の前の水が簡単にお湯になった。

……たったこれだけの適当な想像で水がお湯になってしまうのだから、魔法とは便利なものだ。

「あったか～い」

桶《おけ》の中に突っ込んでいた手が温かくなってくる。

水を温めてお湯にする魔法でも、疲れなんて微塵《みじん》も感じなかった。

「……ルカ？　大丈夫なのか？　煙があがっているが」

「湯気だよー。水をお湯にしただけ。大丈夫」

「それは大丈夫なのか……？　ルカが平気だと言うのならば信じるが」

温かいお湯に布を浸《ひた》してそれを絞《しぼ》り、濡れた布を服の中に突っ込んで身体を拭く。

たったこれだけでものすごく生き返る……！

身体を綺麗にした後は、頭を洗った。シャンプーはないけれど、これだけでも随分《ずいぶん》と違う。

ふと思い立って、髪を流し終えた後、魔法で水を蒸発させると、一瞬で乾いた。速乾！

濡れてしまったダッフルコートの衿や袖も乾いてくれて、ありがたい。

代わりに熱がすごい早さで奪われて寒くもなってしまったけれど……

「つくしゅ」

くしゃみをすると、すかさずフィンレイさんが叫ぶ。

「ルカ!?　今くしゃみをしたか？　風邪を引いたのか！」

「大丈夫！　大丈夫だからめくらないで！　大丈夫だよ!!」

ダッフルコートと同じ要領で、私はそれから服を一枚脱いでは洗い、乾かし、着て、
また服を一枚脱いでは洗い、乾かし、着るという作業を行った。

地道な作業の繰り返しで、とてもさっぱりする。上手く想像できれば、服も皺《しわ》一つなく乾く。

やはり魔法は便利だ。万能なのではないだろうか？

対価として求められる魔力も負担にならない程度で、お手軽すぎて怖いくらいだった。

§　§　§

「フィンレイ！　顔を貸しなさい――あんたたち何してんのよ！」

その日私は、ダヴィッドと同じ系統の、犬耳の女性の声で目が覚めた。

町を出て一週間ほどが経っている。私は今、当然のように襲いくる筋肉痛と戦っていた。魔法で治してしまえば一瞬なのだけれど、それだと筋肉が発達しないようなのだ。だから今後の行程を乗り越えるためにも、筋肉痛は治さないでそのままにしている。

しかしそこで、私の不調を見逃さないマンのフィンレイさんの登場だ。筋肉痛が爆発してロボットみたいな動きをする私を目敏《めざと》く見とがめた彼が、私を歩かせるはずがない……

ということで、私はフィンレイさんに予言通りに抱きあげられてしまっている。

まあこれが快適なこと……おんぶじゃなくてお姫様抱っこなんだよ。しかも揺れないように気遣ってくれているらしく、眠気を誘われる。すると、私が眠りやすいように腕の角度の微調整もしてきた。虫を警戒して私が夜あまり眠れていないのを知っているのだ、彼は。

というわけですやすや眠っていた私は、女性の声に起こされた。

毛皮のケープを羽織《はお》った彼女はプンプン怒りながら地団駄を踏んでいる。私より年上の、出るところは出て、引き締まるところは引き締まっている系のお姉さんだ。

「証拠はあがってんのよ、覚悟しなさい！　何よ、ヒューマンなんかとイチャついて、獣人として恥ずかしくないわけ⁉　ゴールデンギープ族の名前が泣いてるわよ！」

「ルカは俺の鹵獲品《ろかくひん》。俺がどのように扱おうと自由のはず」

フィンレイさんは彼女に淡々と答える。

「わかってるわよ！　だけど、問題はそれだけじゃないわ！　フィンレイあんた、そのヒューマンの小娘のために、みんなの薪《まき》を馬鹿みたいにドカドカ使っているでしょう⁉」

「薪《まき》？」

「とぼけても無駄よ！　そのヒューマンが湯浴みをする用にあんたが毎晩湯を沸かしてるって、噂になってるの！　気づいてないわけ⁉　あんたみんなに遠巻きにされてるの！　このままじゃ孤立しちゃうわよ！」

どうやらこのお姉さんは、フィンレイさんを心配して来てくれたらしい。心も身体もビューティフルレディだ。

周囲の人たちから向けられる極寒の視線には、私も気づいていた。

私が【人間】であるせいだと思っていたけれど、他にも原因があったようだ。

「確かにルカのために毎晩湯を沸かそうと考えなかったわけではないが、実行はしていない」

フィンレイさんが普通に答えると、お姉さんは悲鳴のような声をあげた。

「考えるのもやめなさい！　あんた同胞に殺されちゃうわよ⁉」

「俺はルカに恩がある。それを返しきれていないのだ。同胞は理解してくれる」

「恩があるから丁重に扱うという理屈は認めるわ。けれどね、だからって同胞を蔑《ないがし》ろにしていいってわけじゃないのよ？」

思わず「私のために争わないで！」と叫びそうになるも、そんな軽口は許されない雰囲気である。

お姉さんは何か誤解しているみたいだし、どうしよう。二人を見比べていると、不意に隊列の動きが止まった。

お昼の小休止の時間が来たようだ。

「ヒューマンの女を気に入るなんて趣味が悪いわ。その子の何がいいのかしら？　あんたはゴールデンギープ族の里長《さとおさ》の家系だと言うじゃない？　ご家族の迷惑になると思わないの？」

「ルカの不名誉になる話は、やめてくれ。彼女はここにいたくているのではない。俺たちの戦いのために解き放ってやれないだけなのだから」

フィンレイさんはそう言うが、私は望んで彼のそばにいる。だから、できるだけ彼の周囲の人たちと争いたくなかった。

「そうよね、それはわかるわ！　だけれど——ちょっとあんた、一体何をしているの？」

フィンレイさんの腕から下りて一人でごそごそ動いていた私を見て、お姉さんが眉を顰《ひそ》める。やっと気づいてくれて嬉しい。

私はみんなの荷物が載せられている荷台から、桶《おけ》を引っ張り出しているところだった。

「さあさあお立ち会い、お急ぎでない方はゆっくり見ていってね」

桶《おけ》を手にしてそう言うと、呆れた顔をされる。それを気にせず、私は視線でフィンレイさんに魔法を使う許可を求めた。心配そうな表情ではあるものの、彼はすぐ頷いてくれる。

「あんた、何を言ってんのよ」

「ここにあるのは桶《おけ》ですよね、薪《まき》はない」

「そのようね」

「ここに水よ集まれと念じると……はい！　水が現れた！」

「あら！　何てことなの、すごいわ。無から有を生み出せるの？　ヒューマンの高名な魔法使いでも難しいって聞いてるわ！」

何だかんだ言いつつ、私のやることを見ていてくれた彼女は、口元に手を当てておおと声をあげて驚いている。このお姉さん、素直で可愛い。

「現れた水にさらに念じると……お湯になる！」

「一体どうして!?　湯気があがったわ！　触れてみてもいい？」

「熱いから気をつけてね」

フサフサの尻尾をピンと立てながら、お姉さんがおそるおそる手を伸ばす。そして、桶《おけ》のお湯に触れると、ぼふっと尻尾の毛を膨《ふく》らませた。

とても可愛い。

「本当にお湯になってるわ！」

「薪《まき》は使われていないでしょ」

「いないわ！　すごい！　あなた、自分でお湯を作っていたのね！　こんなことを毎晩して、干からびない？　大丈夫なの？」

「大丈夫ですよ～」

お姉さんが大声をあげて驚いてくれたので、周囲の人の視線が集まってきた。

これで疑いが晴れるといいな……

フィンレイさんが毎度小さな天幕を張ってくれていたのが災《わざわ》いして、変なふうに誤解されてしまったようだから。

「あんた、このお湯で毎晩身体を拭いているのね……いいわねえ」

桶《おけ》のお湯を手でかき混ぜて言うお姉さんの言葉には、この長旅へのうんざりとした感情が滲《にじ》み出ていた。

「一族のため、同胞のために命をかけて戦うのはいいの……でもあたしだって女の子なのよ」

「そうですよねえ」

「毎晩、身体を洗いたいわ。だからこそ、一人だけそれを許されているあんたと、あんたにそれを許しているフィンレイにみんなの恨み辛みが向けられちゃったんだけれど……」

「おっかないですね……」

「……このお湯、あたしの分も用意できる？」

「できますよ！」

私は即答した。我が身を守るためには味方を作るしかない。

私の処世術がここに生きる！

「ええと、夜になったらお姉さんのところに行ったらいいですか？」

「あたしがこちらに来るわ。あんたに来られたらダヴィッドが怒り出しそうだから！」

見た目からして近い種族だろうとは思ったけれど、お姉さんはダヴィッドと一緒に行動しているらしい。

「あたしはゾフィー・グレイウルフよ。ダヴィッドの姉なの。よろしくね」

「私は佐倉瑠香……えーと、ルカって呼んでください。お湯は任せてくださいね」

何とこの隊列を束ねるダヴィッドのお姉さんだった。道理で似ているわけだ。

そしてもう一つ、私には思いあたることがあった。

「……もしかして、お姉さん、ダヴィッドさんと男の人との行く末を見守っている？」

「あら、あなたもわかる人なのねっ！」

やっぱり彼女は、ダヴィッドさん曰《いわ》くの、里長《さとおさ》の血筋を絶やさんと欲する里の女どもの一人であった。

——私、異世界でグレイウルフ族の腐女子と友達になったようです。

§　§　§

ゾフィーさんは翌夕方頃、大荷物を載せた荷車を引いて現れた。

「待たせちゃったかしら！」

馬が引くような荷車を引きながら、るんるんな足取りである。とんでもない怪力の持ち主だ。

たぶんゾフィーさんも私を軽々とお姫様抱っこできるだろう。獣人は怪力ばかりらしい。

「まずは天幕を張らないと！　乙女の湯浴みだもの！　ちょっとルカ？　あんた何をボサッとしているのよ？　手伝いなさい！　あんたも使う天幕よ！」

「待てゾフィー。ルカにそんな重いものは持てない」

「あたしが馬鹿力だって言いたいの⁉　ゴールデンギープの女には負けるわよ！」

「そうではなく……ルカは水の入っていない水瓶《みずがめ》すら持てない」

「……へっ？　それじゃ水が汲《く》めないじゃないの？　おかしいわ」

「汲《く》めないんだ。ルカは」

フィンレイさんが静かに肯定するのを聞き、ゾフィーさんは心なしか青ざめる。

「ま、まあ、魔法があるからいいのかしらね……本当の話？」

「面目ない」

私が頷くと、怖々とした表情で全身を眺《なが》められた。

屈強な男性であるフィンレイさんだけならともかく、こんなにもスレンダーな女性にすら私のか弱さが恐れられている。

「ルカの皮膚は爪を立てるだけで破れる」

「嘘でしょ！　町のヒューマンだって、そんなにか弱くはなかったわよ⁉」

「ルカは普通のヒューマンの百倍はか弱い」

「何てこと……！　あたしのために湯を用意したせいで死んじゃったりしない？」

彼女はもう涙目だ。

「大丈夫、大丈夫」

さすがにそうなるなら断っている。

「何て恐ろしい子なの……いいわ。あんたは見てるだけでいい。魔法だけ頑張ってくれればいいのよ。フィンレイ、あんたが手伝って！」

「承知した」

……体育の授業を見学する健康な小学生の心境である。

ぼうっとしている内に、いつの間にか百人乗っても大丈夫な、物置並みの大きな天幕が張られていた。その中に湯船と言っていいくらいの大きな桶《おけ》をゾフィーさんが運び込んでいる。

桶《おけ》の中には小さな布と石鹸《せっけん》など、いわゆるお風呂セットらしきものが入っている。大きさは馬鹿でかいけれど、桶《おけ》の中にお風呂セットというのは異世界でも変わらないようだ。

「ルカ、あんたの出番よ！」

呼ばれて天幕の中に入ると、露天に即席のお風呂場が作られていた。桶《おけ》は足を折りためば私とゾフィーさんが二人で入れそうなほど広い。

「ここにお湯を張れるかしら？」

ゾフィーさんは桶《おけ》に入っていたお風呂セットを腕に抱え、期待に満ちた目をして私を見つめる。

「たぶん、できると思います」

集める水の量で疲れたことは今のところない。

フィンレイさんが心配そうに天幕を覗き込んでいるので、早く安心させてあげなくては。このままでは彼が女湯を覗き見しているみたいになってしまう。

「お湯張りをします」

気分は、全自動お湯張り機能を持つ給湯器だ。

こぽこぽと桶《おけ》の中にお湯が溢《あふ》れていく。いつもは水を張ってからお湯に変えるという手順を踏むのだけれど、これでも問題ないようだった。

ただいつもより、ほんの少しだけ肩が凝《こ》るような気はする。お湯の量のせいか、あるいは手順を踏まなかったせいか。どちらにしても、誤差だ。

「すっごーい！　ルカ、よくやったわね!!」

ゾフィーさんがあっという間に服を脱ぎ始めた。私は急いでフィンレイさんに目を向ける。

フィンレイさんっ！　総員待避!!

勿論《もちろん》、彼は、すぐに顔を引っ込めた。

「お湯だわ！　お湯！　すごい、里に帰らないと湯に浸《つ》かるなんて無理だと思ってたわ～！」

豊満な身体を惜しげもなく晒《さら》しながら、ゾフィーさんがはしゃぐ。

「私もお湯を使っていいいんでしょうか？」

「勿論《もちろん》よ。あたし、そんなに心の狭い女じゃないわ。元々、あんたが用意したお湯じゃない、ルカ？」

脱いでこの人に貧相な身体を晒《さら》さなくちゃいけないのはきついけれど、それでもいい。久しぶりに身体を拭くだけじゃなく、お湯に浸《つ》かれるのだ。どんな苦行でも耐え忍べる。

「それじゃお邪魔します。よければそちらのシャンプーなども貸していただけると嬉しいです」

「いいわよ！　なら、あたしの髪を洗うのを手伝ってよ。量ばかり多くて困ってるの」

そうして私たちはお互いの髪を洗いっこした。

その時に、いつも私が身体を洗う時に使っている魔法を使ってあげる。

「キューティクルよ治れ～」

「きゃっ、今あんた、何をしたの!?　……髪の毛がつやっつやじゃない！」

「何かそういう魔法です」

「よくやったわね。褒めて遣わすわ」

お礼に石鹸《せっけん》をもらえた。やっててよかった魔法使い。

「こんな遠征の最中でお風呂に入れるなんて、贅沢《ぜいたく》だわー♪」

「念願の湯船……！　ああ、極楽……っ」

「ルカ、大丈夫か！　ゾフィーに何かされていないか⁉」

外から心配そうに声をかけてくれるフィンレイさん。

「うるさいわねえフィンレイ！　何かって何よ！　上手くやってるわよ！」

彼に言葉を返すこともできないくらい、私は至福の中でふにゃふにゃになっていた。

§　§　§

それから数日後、遂に私の靴が壊れてしまった。歩いている最中に、パンプスの底が抜けたのだ。

それを見たフィンレイさんが流れるような動作で私を抱えて歩き出してしまい、私は元の世界からついてきてくれたパンプスの底と永遠にお別れすることとなる。

後列の人々に思いきり踏まれまくる底に敬礼をして、彼の腕の中に甘んじた。

とはいえまだ疲れてはいないので、私の代わりにフィンレイさんが持ってくれている自分のトートバッグの中を探る。

そこには、謎の少女たち――この世界で女神と呼ばれている存在ではないかと私が推測している、内の一人にもらった靴が入っていた。

それは黄金の糸を編んで作られたようなパンプスで、歩くのに適しているかは疑わしい。

「フィンレイさん、靴ならもう一足あるから！　歩けるよ！　大丈夫！」

「そうか、よかったな。しばらく休んでいるといい」

「いやいや、でもね」

「……ルカもあの靴のように儚《はかな》く壊れてしまうかもしれない。無理は禁物だ」

壊れた靴に私を重ね合わせて勝手に辛くなるのはやめていただきたい。縁起でもない。

涙ぐんでいるフィンレイさんに逆らえず大人しく休んでいると、すぐに昼休憩に入った。

すぐさま私は取り出した黄金の靴に履《は》きかえる。履《は》き心地は悪くないどころか、私の足にぴったりフィットだ。

……やっぱりあの黒髪の少女も女神なのではないだろうか？　マフラーをあげたお礼だからって、いきなり私の足ぴったりの大きさ、形の靴を出せる？　そもそもどこから出したのって感じだったしさ。

私が靴の履《は》き心地を確認していると、フィンレイさんが話しかけてきた。

「ゾフィーとは仲よくなったようだな、よかった」

「あの人すごくいい人だよねえ」

「気のいい方だ。少し変わっているが」

知っている。かなり業《ごう》の深い腐女子であるようだ。

「火をつけるのを手伝ってもらえるか？　ルカ」

何も手伝えないでいるとそれはそれで心を痛ませる私を気遣って、フィンレイさんはできそうなことを提案してくれる。

魔法なら私の負担にはならないのを、彼もようやく理解していた。

フィンレイさんが組んだ薪《まき》に火をつけてみせると、にっこりと笑顔で「ありがとう」と言われる。親のお手伝いをして褒められる幼児の気分だ。

その時、ほのぼのとした空気を切り裂くような鋭い叫び声があがった。

「裏切り者！」

その言葉が私に叩きつけられたものだというのは明らかだ。

ハッと顔を上げた先にクラウスさんがいる。彼は獣人に取り囲まれ、取り押さえられていた。後列から連れてこられたらしい。ボロボロで、薄汚れ、頬がこけてしまっている。

それでも間違いなく、勇者を名乗る青年、クラウスさんだとわかった。

五人もの獣人に囲まれているにもかかわらず、彼は私を見てその囲いを突破しようともがく。

すぐに取り押さえられていたけれど、肝が冷えるほど食い入るように私を見据えている。

「裏切り者め、【人間】のくせに！　獣人に利するとは何ごとだ！　オレたちの情報をこいつらにもたらしたのも、おまえなのか、ルカ!?」

怒鳴られて、返す言葉もない。

彼にも親切にしてもらったのに、自分のことに精一杯で、私は捕われている彼のためには何もしていない。

喉に息を詰まらせる私を庇《かば》うようにフィンレイさんが前に出て言う。

「ルカは何もしていない。密告したのは、俺だ」

「なるほど。道理で……！　イザドルの言葉を信じておけばよかった！　獣人は信じるなという、あの言葉を！　おまえの、獣人ではあっても魔族の悪行を憂《うれ》い世を変えようとする気持ちを、信じるべきではなかったんだ!!」

……そう、クラウスさんは、あんな態度でも私がアルソンの町で見たどの【人間】よりも獣人寄りだった。

獣人というだけで否定するのはよくないのではないか、と感じていたらしい、唯一の

【人間】だ。

だからフィンレイさんをパーティに加えもしたのだろう。その扱いは酷《ひど》かったけれど、歩み寄ろうという気持ちが皆無《かいむ》ではなかったのだ。

けれど、その心は全て、ここで失われたようだった。

「……だが、何よりも許しがたいのはおまえだ！　ルカ!!」

彼はなおも私を睨《にら》みつける。フィンレイさんに庇《かば》われていることで、ますます怒りが増すらしい。

「記憶がないというのは嘘だったのか!?　女神の戦士として魔物と戦って、そのせいで傷を負ったんじゃなかったのか！」

クラウスさんは、自分を取り押さえる獣人たちも、周りを囲む獣人たちもどうでもいいと言わんばかりに、私だけを睨《にら》む。

「【人間】を裏切ったのか!?　オレたちを！　魔族の味方についたのか!?　獣人どもと同じように」

「待って……あの、違う、そうじゃなくて」

正直、私だけがフィンレイさんに助けてもらったことで、他の人間に恨まれるだろうと覚悟はしていたつもりだった。

けれどこんなにも真正面から、憎悪を込めて罵《ののし》られるとは予想していなかったのだ。

口の中が乾いて、息がしづらい。……これほど辛いことだとは考えてもいなかった。

「オレは！　おまえのように獣人に――魔族の眷属《けんぞく》どもに媚《こ》びを売ってまで生き延びようとは思わない！」

周囲の獣人たちがクラウスさんの言葉に眦《まなじり》をつり上げて殺気立つ。

「誰が魔族の眷属《けんぞく》だと」

それを、クラウスさんは少しも恐れてはいないようだった。

「実際にそうだろう！　だからおまえら獣人はオレたちの町を襲った！」

「ヒューマンどもがおれたちの仲間を不当に扱うからだ！」

「だから？　かつておまえらがオレたち【人間】にした裏切りの報《むく》いを受けさせているだけだ！」

私に向かっていた憎悪を獣人に向けて、クラウスさんが叫ぶ。するとその憎悪を受けた獣人たちが怒鳴り返した。

【人間】も獣人も、どちらも魔族のことは嫌いらしい。なのに、仲よくできない。

せめて、共通の敵を前に団結できないのか。

「ルカ、オレはおまえの存在を許せない！」

祈るような気持ちでいた私は、再び憎悪に満ちた目で見据えられた。

こんな目を向けられるのは、生まれて初めてだ。憎しみがこんなに恐ろしいとは知らなかった。

周りの獣人たちから私の何倍もの憎悪を向けられているというのに、平気な顔をしているクラウスさんが信じられない。

「獣人が裏切った今、せめて【人間】だけはまとまらなきゃいけないんだ！　それなのに、おまえみたいなのがいたら、いつまでも平和な時は訪れない！　だから――」

続く言葉を聞きたくないのに、逃れるのは許さないとばかりに、クラウスさんが私を視線で射抜く。

「オレはおまえを必ず――ッ！」

「クラウス様！」

たぶん、聞くに耐えない言葉が続くはずだった。それを止めてくれたのは、イザドルさんだ。

「おやめください、クラウス様！　ルカさんがもしも女神の戦士ではないとしたら、ただのか弱い娘であったとしたら、と考えてみてください。女神の戦士だという確証はないんです。そうだとしたら、頭を打って混乱する憐《あわ》れな被害者なんですよ。そんなことを言わないでください」

「被害、者……？」

「そうですよ。勇者が軽々しく誓ってはいけません」

「イザドル……だがっ！」

「おやめください。誰もがクラウス様のように強くあれるわけではないんです……！」

「……っ！」

頭に血が上りきっているように見えたクラウスさんは、イザドルさんの言葉で興奮を収めた。項垂《うなだ》れる彼は獣人たちに連れられて、先頭のほうへ行く。あちらにはダヴィッドたちがいたはずだ。

煮えたぎるような憎悪を向けてきたクラウスさんを、悪夢を見送るような気持ちで眺《なが》めていると……不意に、名前を呼ばれた。

「ルカさん、話せませんか？　――彼女と話をさせていただけませんか？　獣人」

イザドルさんは自分を繋ぐ縄を持つ獣人に、言葉だけは丁寧に要求する。

ハラハラしている中、フィンレイさんがイザドルさんに尋ねた。

「何を話す？」

「それは私たち同志だけが知っていればいいことです」

「ルカ、どうする？　あなたが話したいのであれば時間をもらおう」

イザドルさんが何を話したいのかは知らないけれど、私のためにクラウスさんを落ち着かせてくれたのは間違いない。それについてお礼くらいは言いたかった。

頷くと、イザドルさんが列から外れる。

彼はまず、なぜか私に向かって頭を下げた。前とは随分《ずいぶん》、態度が違う。

「どうしたの？」

「すみません、ルカさん、気づいていなかったのです。あなたに迷惑をかけるつもりはありませんでした」

彼が言っているのは、クラウスさんの暴走についてだろうか？

私なんて自分のことで精一杯なのに、イザドルさんはクラウスさんのことだけでなく、私のことも気にしてくれているらしい。この状況で、聖人みたいだ。

そんなイザドルさんの手には縄がかけられている。私以外の【人間】は縄で繋がれているらしい。それを目にして、先ほどから衝撃を受けていた。痛ましい思いで見ていると、イザドルさんが優しく笑う。

「お互いに、己のなすべき仕事をしましょう。生き残りましょうね、ルカさん」

イザドルさんは胸を押さえて言う。ふと見ると、その袂《たもと》に宿屋で吹いていた金の横笛が入っていた。

……これは、戦争だから。またはその始まりだから、仲よくできないのはわかっている。

どちらにもいい顔をしているようにしか見えない私は、かなり目障りだろう。クラウスさんの反応が普通なのだ。そんな中でイザドルさんみたいに、冷静でいてくれる人の存在はとても心強い。

彼は私の足元に視線を向けた。

「ルカさん、美しい靴ですね」

「あ、ありがとう……イザドルさんの笛も、綺麗」

金色で、お揃《そろ》いだ。

はにかみあっていると、肩を引かれた。見上げた先では、フィンレイさんが恐い表情で私を見下ろしている。彼は、青い顔をしているイザドルさんを睨《にら》みながら言った。

「もういいのではないか？　……逢瀬を許した覚えはない」

「フィンレイ、もしかしてルカさんのことが――」

「あなたには関係ないだろう、イザドル」

はねつけるようなフィンレイさんの言葉を聞いて、イザドルさんは形のいい唇を曲げ嘲笑《ちょうしょう》を浮かべた。美しい顔に言い知れない酷薄《こくはく》さが滲《にじ》む。

「とてつもない種族差があるというのに……憐《あわ》れなことですね。あまりにも愚《おろ》かしい」

「同族だからといって相性がいいとは限らないだろう？　もしそうなら、なぜ離婚などする？」

「……私だったら決して離婚なんてしませんよ。ねえ、ルカさん？」

何で私に水を向けたの⁉

何を言い争っているかもわからずぼうっとしていた私は、急に巻き込み事故に遭遇した。

――私、二人の会話のどこに関係していた？　途中からあまりよく聞いていなかったんだけれど、この世界の離婚制度について話していたんじゃないの？

フィンレイさんが吐き捨てるように言う。

「もういい、連れていってくれ！」

「ルカさん、私たちならきっと上手くやれますよねえ？」

イザドルさんは最後にそう言った。彼はどんな答えを私に期待しているんだろう。

獣人に連れていかれるイザドルさんを呆然と見送っている最中、後ろから近づく影に圧迫感を覚えた。

「ん？」

見上げると、フィンレイさんがものすごく近い。

その白銀の髪の毛が私の上に零《こぼ》れる。

そしてフィンレイさんは犬歯を剥《む》き――

「痛《い》った――――いッ!?　いたたたたた！　痛い痛い痛い！　ギブアップ！　ギブアップ！」

誰かにタオルを投げてほしくて叫びまくった。

けれど誰も止めてくれないし、フィンレイさんは思いきり私の首を噛《か》みしめる。

やっと離れた彼の頬を叩こうかどうしようか検討しつつ、まず私は聞いてみた。

「な、何か……意味があっての蛮行なんだよね？」

思いきり血が出ている首を押さえながら尋ねると、彼はむっすりと答える。

「意味は……ない」

「ないんだ!?　意味なく噛《か》んだの!?　何で！　痛いよ？　なら治すね!?」

「治したら、また噛《か》む」

「やめよう!?　意味のない暴力が私を襲う！」

「……万が一俺とはぐれた時、その噛《か》み痕《あと》は、ないより便利だ」

「あっ、なるほどね。そういうことね！　仲間の証《あか》し的な……このミサンガがあるけどね！」

涙目の訴えに、フィンレイさんが顔を逸《そ》らす。

ミサンガでも十分に役割は果たしているけれど、万が一それをなくしてしまった時のことを考えたんだよね？　そういうことだよね!?

無意味にガジガジ噛《か》まれるんじゃ、やってらんないよ……

とりあえず私は魔法で血止めだけしておく。

「あのさ、フィンレイさん。獣人にとって噛《か》むのって何か意味があったりするの？」

「――別にない」

「思いきり目を逸《そ》らされた」

「ない、何もない！」

こんなにわかりやすい嘘があるだろうか。目を逸《そ》らし、顔を逸《そ》らし、身体まで逸《そ》らして抵抗している。これほど無意味な抵抗は初めて見た。

治したらまた噛《か》むと言われてしまった私は、意味のわからないまま治癒を我慢した。

§　§　§

「意味ねえ。あるわよぉ」

その夜、フィンレイさんの行動の理由を知りたかった私は、お風呂に入りにきたゾフィーさんに聞いてみた。

「まあ、それはわかっているんですけどね。あ、ゾフィーさん足下《あしもと》の石、気をつけて」

「ありがと～」

フィンレイさんは嘘をつくのが死ぬほど不得意らしいもん。わからいでか。

クラウスさんたちといた時も、反抗的な目つきをしていたのだ。私は、見てはいけないものを見ちゃったと感じていた。

表情に出てしまうタイプなのだろう。だから顔を逸《そ》らすのに違いないけれど、もっと上手くやってくれないと、私も騙《だま》されてあげられない。

「ゾフィーさん、私が何かお手伝いできることは？」

天幕を一人で組み立てているゾフィーさんに悪い気がして声をかけると、にこっと微笑まれた。

「風呂桶《おけ》にお湯を入れること」

「それ以外で」

「なーーーーーーーんにもないわね」

「私が役立たずだってことを、そこまで強調しなくてもいいと思う」

「髪の毛やお肌を綺麗にしてくれてるじゃない！　まるで霊泉に浸《つ》かっているみたいで素敵だわ。助かってるわよ、ルカ」

睫毛《まつげ》バシバシの素敵なおめめでウィンクされた。フサフサの尻尾がひょこんと動く。犬耳はピクピク。それだけで全てが許せてしまう。これこそ可愛いは正義、そして私の敗北だ。

その時、お風呂を控えて嬉しそうに揺れていた尻尾がピクリと止まった。

「――ルカ、あたしの後ろにいなさい」

剣呑《けんのん》な様子でゾフィーさんが立ちあがる。フィンレイさんは少し離れた場所で夕飯の用意をしてくれていたけれど、その手を止めてこちらの様子を窺《うかが》っていた。

駆け寄ってこないということは、緊急というほどの事態でもないらしい。

けれど、私とゾフィーさんに歩み寄ってくる獣人の女性たちの表情は、険しかった。

「あたしたちに何か用かしら？」

「ゾフィー、あなたがヒューマンと親しくしていると聞いて来たのだけど噂は本当だったようね」

「そうね、あたしはヒューマンと親しく、仲よくして毎晩湯を沸かすようにさせているの。たっぷりの湯を張った湯桶《ゆおけ》に浸《つ》かって、毎日の身体の疲れをゆっくりと癒やしているのよ」

「な、何てことを……！」

「しかもルカは魔法を使って、あたしの髪の毛や肌の荒れも治してくれるのよ。だから毎日毛並みは艶々《つやつや》、肌はぷるぷる！　羨《うらや》ましいでしょう！」

「羨《うらや》ましい！　わたしたちも入れてよ‼」

「いいわよね？　ルカ」

振り返ったゾフィーさんに私は頷く。

勿論《もちろん》ですとも。

というわけで、私はこの隊列に参加する全ての女性陣と一緒に毎晩お風呂に入ることになってしまった。何だこれ。

総勢二十三人。この軍勢は数百人規模なので、やはり女性は少ない。

けれど彼女たちは、全く物怖《ものお》じする様子なく、隊列の男たちを蹴散《けち》らして場所を空けさせ、ゾフィーさんが組み立てていたものの何倍もの大きさの天幕を張りだした。

間違いない。彼女たちを味方につけておけば、私はダヴィッドに勝てる！

みなさんが協力して運び終えた大きな桶《おけ》が五つ。私の仕事はその桶《おけ》に綺麗なお湯を満たすことだ。

タイムラグなく五つの桶《おけ》に同時にお湯張りをしていくと、女性陣から華やいだ歓声があがった。

野獣のように服を脱ぎ捨てた彼女たちは、我先にと身体を洗い始める。

その飢えるほどのお風呂への情熱、わかる。

——レディかくあるべし。

「生き返るわぁあぁぁああ」

「もう、汗臭《くさ》すぎて死んじゃうかと思ったぁ！」

「あと少しで女じゃなくなるところだったわ……危なかった」

犬耳や謎の角《つの》に、尾てい骨あたりから尻尾が伸びていても、彼女たちは私と同じ普通の女性なんだなあと感じる。

私もその桃色の園に参加させていただこうと、服を脱いで控えめに隅で身体を洗い始めた。ところが、途端に周囲がざわつき出す。

「あら？　あら……あらあらあらあら」

「あらあらまあまあ」

「あらまあ。あらまあ。あらまあ！」

服を脱いだ私を——というか、私の首にあるフィンレイさんにつけられた噛《か》み痕《あと》を見て、獣人のお姉様方が「あら」と「まあ」で会話をし始めた。

「あのう、一体何なんでしょうか……？」

「ルカはその噛《か》み痕《あと》の意味を知らないから、そういうことでよろしくね」

「あらーっ、そうなのゾフィー？」

「そうなのよ。あたしたちが言ってやるなんてつまらないわ。もし本気なら、フィンレイが自分で言うべきよ。そう思わない？」

思う思うと天幕中の女性たちが賛同する。

とりあえず、この噛《か》み痕《あと》の意味を教えてもらえないのは理解した。

でも私も馬鹿ではないので、予想くらいは立てている。

ただ勘違いだと死ぬほど恥ずかしいので、何か言われるまでは忘れておくことに決めた。

§　§　§

「男の子だけが参加できる遊び、男の子だけが連れていってもらえる場所、男の子だけが参加させてもらえる会議——ずるい、と思ったのよ。あたしのほうがお姉ちゃんなのに、ダヴィッドばっかりってね」

みんなでゆっくり湯船に浸《つ》かりながら、ゾフィーさんの話を聞いていた。

彼女の一族であるグレイウルフ族は男尊女卑《だんそんじょひ》の傾向があるようだ。里長《さとおさ》は直系の男がなるもので、ゾフィーさんは長子でも、初めから里長《さとおさ》候補から外れていたという。

「初めは弟に嫉妬《しっと》した。ずるい、ダヴィッドなんていなければ、なんて思ったこともあるわ。だけどある時、あたしの中で考え方が変わったの」

この話、実はシリアスな話ではなかった。

「——男の子だけが集まって、男の子同士で、男の子にしかできない何かとてつもなく素晴らしいことをしているのだとしたら、女のあたしが邪魔をしちゃいけないわよねえ、って！」

きゃーっと黄色い悲鳴が天幕中からあがる。

そう、私が今聞かされているのは腐女子の目覚めだった。女同士の裸の付き合いということで、身体だけでなく心も曝《さら》け出し始めている。

異世界まで来て、一体何を聞かされているんだ。

先陣を切るゾフィーさんには、何の躊躇《ためら》いも恥じらいもない。

私が見たところ、彼女は実の弟ダヴィッド総××至上主義という、とてつもない業《ごう》を背負っている。

この業《ごう》を育《はぐく》んだのは間違いなくグレイウルフ族の風土によるものなので、姉の趣味を憎むのであればダヴィッドは頑張ってグレイウルフ族の風通しをよくしたほうがいいと思う。

そんなことを考えている私にゾフィーさんが聞いてくる。

「ルカはどう思うかしら？」

私は雑食のオールラウンダーで懐《ふところ》が広い。嗜好《しこう》の方向性が固まっているゾフィーさんのような人からは無神経だと嫌われることがあるので、ここは慎重な回答をするべきだ。

「……実在の人物について考察をする時には、本人にバレないように配慮したほうがいいかな、って思いました」

「あら？　でもダヴィッドは知っているわ」

そうだよね、私もダヴィッドが呻《うめ》いていたのを聞いている。

「それでも、嫌がる人はすごく嫌がるものですし……」

「そうねえ。でも、嫌がるダヴィッドも可愛いわよ。おかげで、色々と想像が膨《ふく》らむの……っ」

手をよじり合わせ、身悶《みもだ》えながら恍惚《こうこつ》とした表情で虚空《こくう》を見つめるゾフィーさん。

弟への愛憎が醸成《じょうせい》され、発酵してしまったようだ。これは一体何年ものだろう。

「まあ、もうゾフィーさんはご家族だからいいと思うんですけど。でも、家族愛がなければわかりあえないこともあるじゃないですか」

「そうね。あたしはダヴィッドを家族だと思って甘えているけれど、他人に変な想像をされていたら嫌だものね」

ダヴィッドは姉に妄想されるのも嫌がっているようだったけれど、私はあまり彼のことが好きではないのでそこは放置しておく。グッドラック。

ゾフィーさんの意見を受けて、別の女性も己の意見を表明する。

「でも、わたしは恋人にわたしの何もかもをわかってもらいたいって願っちゃうわ」

恋人にこの趣味についてつまびらかにするのはチャレンジャーだと思いますよ、お姉さん。

夢見るように呟《つぶや》かれた言葉に、私はそっと注意した。

「そういう気持ちは、同志の間でのみ共有すればいいんですよ」

「同志？　共有？　……詳しく聞かせてもらえる？」

ゾフィーさんからの要求。果たしてこれ以上踏み込むべきか？

……集まる期待の眼差《まなざ》し。彼女たちは味方につけておいたほうがいい人たちだ。

ならばここで怖《お》じ気《け》づいて止まることなかれ。私はできる子、百パーセント勇気ででできている。

故に一歩、私はあえて踏み込んだ！

§　§　§

「先生、また明日お話ししましょうね！」

「またね～」

即席のお風呂場である天幕を片づけ、桶《おけ》のお湯を捨てて、獣人の女性たちが去っていく。

長風呂のせいでほこほこした身体を冷ましながら手を振っていると、フィンレイさんからの意味深な眼差《まなざ》しが突き刺さるのを感じた。

そうなるだろうよ。

「……ルカ、どうして先生などと呼ばれているんだ？」

「さあ……」

「目を逸《そ》らすな。いや、ルカにとってまずい事態でなければいいいんだが」

実は近々、グレイウルフ族の里で同人誌即売会が開かれる。それをまずい事態と言うのであれば、そうなのだろう。

概念を持ち込んだのが私だと知られたら、ダヴィッドあたりに殺されそうなものがゾフィーさんの手によって頒布《はんぷ》されるところまで、未来が確定していた。

「避けがたい未来がゾフィーさんによってもたらされる……」

「ゾフィー？　まあ、仲よくなったならいいんだが」

教えていないのに、合同誌にも誘われた。合同誌というのは同じ趣味嗜好《しゅみしこう》の人間が集まって一つの本を作ることだ……勿論《もちろん》断る。そうしたらゾフィーさんはしょんぼりしていた。

でもごめんね、私はまだ死にたくないし、ダヴィッドに対する憐《あわ》れみも一応は感じているんだ。

ダヴィッドの本なんて作れないよ。そこまでの恨みはない。

「困ったことがあればいつでも言ってくれ。俺はルカの力になりたい」

私の少し疲れた表情を勘違いしているらしいフィンレイさんが言う。

それは、恩返しのためにというわけではないんだろうか？　別の意味に聞こえるのは、私の思い違い？

「フィンレイさん……私ね、実は女神様に会ったんだよね」

「女神コーラルに？　そういう夢を見たのか」

まあ、夢の話だと思って聞いてもらえればいいや。

フィンレイさんから匙《さじ》を受け取って、私は鍋の中で煮えるお粥《かゆ》を混ぜにいった。

大体毎日同じものを食べているので飽きてきたけれど、贅沢《ぜいたく》は言えない。

「ええと、女神は二人いたんだけど」

「……それは、ドーラのことか」

「ドーラ？」

「……魔族の女神ドーラ。黒衣の女神と言われている」

それなら、私が出会った黒髪の少女のほうはおそらくドーラだ。で、金髪のほうがコーラル。やはり二人はこの世界の女神だったのだ。

「あまりその名を口にしてはいけないし、夢に見たとも言わないほうがいい。呪われた名だ」

あんなに可愛い女の子相手にそんなことを、と一瞬感じたけれど、そういえばあの子に突き飛ばされてこの世界に来た身である。確かに用がなければ名前を呼ばないほうがいいいかもしれない。

でも、あの子は靴をくれたんだよなあ。

今も履《は》いているこの金色のパンプス、足にぴったりフィットしていて靴擦《ず》れする気配もないし、壊れそうもない。汚れも全然つかない撥水《はっすい》加工つきで、本当に重宝している。

異世界に突然飛ばされはしたけれども、そう悪い子でもないと思うんだよね。

「それで、夢がどうかしたのか？」

フィンレイさんに穏やかに促《うなが》されたので、ドーラのことは置いておく。

お椀《わん》にお粥《かゆ》を注いで二人で分けあってから、私は黄金の髪をした少女――コーラルに言われたことを繰り返した。

「運命に会わせてあげます、って言われたんだ。確か……あなたの運命の番《つがい》ですって」

マフラーを巻いてあげたお礼にね。運命の番《つがい》って、たぶんだけど運命の恋人っていう意味だと思う。

「一番初めに出会った人が私の運命だって言われて、洞窟に突き飛ばされて、初めて出会ったのがフィンレイさんだったりするんだよね～」

冗談のように軽く言ってみた。一体、フィンレイさんはどんなふうに受け止めるのだろうと考えながら。顔を見るのが何となく怖くて俯《うつむ》いて火を見る。

中々答えが返ってこない。

「私、自分では異世界から来たつもりでいるんだよ。異世界人……つまり、この世界では新しい種だってことなのかな」

焦《じ》れてつい、口が滑る。こんなことまで言うつもりはなかったのに。

フィンレイさんがあまりに優しいから、全てを話しても優しくしてくれそうな気がした。

これが勘違いだったら私は大変なことになるかもしれないのに。

「……ダヴィッドさんは、もしも本当に新しい種なら、檻《おり》に閉じ込めてやるって言ってたけど、フィンレイさんはどうする？　私のこと、檻《おり》に閉じ込めちゃう？」

魔族のように危ない種かもしれないよね？　私自身が気づいていないだけで。

——言わなきゃよかったな、これ。

何だか変な雰囲気になってしまった。口は災《わざわ》いの元とは、このことか。

後悔しかない。今すぐ消えてしまいたい。

けれどもう言ってしまった。

逃げ出せば反抗の意思ありと見られて射殺されてしまうかもしれない。銃なんてものがこの世界にあるのかは知らないけれど。

諦めて顔を上げてフィンレイさんを見ると、彼は険しい顔つきをしていた。これはやっぱり、やっちまったやつ……

「ルカ――どうしてその話を、俺より先にダヴィッドに話した？」

「へ？」

「俺よりも、ダヴィッドを信頼していたということか？　反目《はんもく》しあっているように見えたのに。確かに、あの男はこの軍勢のリーダーを務めているし、里に戻ればグレイウルフ族の長《おさ》だ。皆《みな》を率いる立場だから、ルカもああいう男のほうが好ましいのかもしれないが――」

「ちょ、待って。待て待てフィンレイさん、落ち着いて」

「だがっ！」

「いやあの、異世界人、のくだりについてだよね？　ダヴィッドさんには、もののついでというか、話の流れでそうなっただけだから……しかもダヴィッドさんは全く信じていなかったしね」

「俺には話してもらえなかった」

「今話したでしょ。それに、その……そういうのが気になるってことは、女神様が言う運命については、フィンレイさんはどういうふうに思うのかな？」

まだ何も答えをもらっていないのに、心臓がうるさくなってきた。

自意識過剰みたいで嫌だな、と思うのに全く静まってくれない。

というか、これからもらえるかもしれない言葉を待ち望んでいるってことはつまり、私も嫌ではないということで、私、フィンレイさんのことを——？

「あなたこそ、はっきり言わせたがるということは……期待していいのか？　ルカ」

切なげに細めた目に見据えられ、さらに鼓動《こどう》が跳ねる。

いつの間にか伸びてきていた大きな手が私の頬をさすり、その手の熱さにどきりとした。

顔が近づいてきて、悲鳴をあげかける。嫌ではないのに、身体が逃げ出そうとするのだ。そんな私の腕をもう片方の手で掴み、フィンレイさんはうっすらと微笑んだ。

——色気の暴力。

待って。ゴールデンギープ族のギープって部分さ、羊と山羊《やぎ》のダブルのことだよね？　草食動物の獣人なんだよね!?

それなのに言葉ではなく行動で語るって、ちょっとそれ、肉食すぎない!?

「——おいフィンレイ、ヒューマンを借りたいんだが……何イチャついてんだ、てめえら！」

突如現れたダヴィッドが私たちを見ていきなりブチ切れた。

彼は【人間】大嫌いマンらしいので無理もない。フィンレイさんもまた物騒な目でダヴィッドを睨《にら》んでいる。

殺しかねない目つきだけれど、我慢してフィンレイさん。来月の今頃にはこのダヴィッド、死ぬよりも辛い辱《はずかし》めを受けることになる予定だから。

実の姉の手によって……っていうのが最高に辛くない？

悲惨な未来を知らないダヴィッドは、呑気にフィンレイさんを睨《にら》み返す。

「こんな非常時に、何をしていやがるんだ！　同胞を傷つけたヒューマンなんかと！　信じられねえ！」

「非常時……？　何かあったのか」

「勇者が暴れた！　今は取り押さえたが、仲間が一人やられて状態が悪い。その女の魔法に用がある」

「怪我人？　すぐに私が――」

ダヴィッドの言葉に腰を浮かしかけた私を、彼は怒鳴る。

「おまえには聞いてねえよヒューマン！　やらせるけどな！　――ヒューマンに仲間を預けても平気か、フィンレイ？」

「問題ない」

「簡単に言ってくれるぜ……だが、同胞の言葉だ。信じよう」

苦々しい顔つきをしたダヴィッドは、【人間】である私を直接信じることができない。

だからこんなまどろっこしい言い方をするのだろう。伝言ゲームみたいだけれど、彼には必要な儀式なんだ。

お姉さんのゾフィーさんの柔軟さを少しは分けてもらえばいいのに。

そう思っていると、腕を取られて力任せに引っ張られた。

「ちょ、痛――」

「ダヴィッド！　ルカに触るな！　手を離せ！　乱暴に扱うな！」

抗議の声をあげようとすると、私以上にフィンレイさんがすごい剣幕でダヴィッドに食ってかかってくれた。少し驚いてしまうくらいだ。

「クソッ、わかったよ！　あんたの女に触れて悪かったよ！　だったらあんたが、さっさと女を連れてこっちに来い！」

ダヴィッドが辟易《へきえき》した顔で妙なことを言う。

フィンレイさんが、ダヴィッドに掴まれた私の腕を親の敵《かたき》のように睨《にら》んだ。

「ダヴィッドの匂いがついた……！」

「いや、今はそれどころじゃないんじゃない？　仲間の獣人さんが大変なんじゃないの？」

「……仕方ないな。後で綺麗に拭《ぬぐ》わせてくれ」

ここで頷かないとてこでも動きそうになかったので、私は了承した。するとフィンレイさんは渋々といった様子で歩き出す。

渦中にいるのは私の仲間じゃなくて、フィンレイさんの仲間だよね？　何で嫌そうなの？

ダヴィッドに連れられて、私たちは隊の前のほうへ歩いていった。

その途中でいきさつを聞く。ダヴィッドは私には話してくれないので、フィンレイさんとの会話を横で聞いていた体《てい》だ。

勇者であるクラウスさんと、ダヴィッドは何らかの交渉をしようとしたらしい。

「交渉は決裂した。そしてあの勇者の野郎、魔力を解放して手当たり次第に暴れやがった！　おれを警護してくれていた、うちの里の若い奴がやられちまったんだ！」

話している内に獣人が集まっている場所につく。

「大丈夫？」

あちこちで心配の声があがっている。必死に声をかけている女性がいた。見知った顔の彼女が悲痛な表情で叫んでいる。

私は思わず駆け寄った。早く治してあげたい。

けれど、囲いの中心に入りその怪我人を目にした瞬間、フィンレイさんが私の肩を掴んで引き戻す。

「手遅れだ。ルカ、戻るぞ」

「いいや、治してもらうぞ！　戻らせるかよ！」

ダヴィッドが叫ぶが、フィンレイさんは私を腕に抱き寄せて声を荒らげた。

「これほどの怪我を治癒しようとすればルカにダメージがいく！　最悪ルカが死んでしまう！」

「ヒューマンがどうなったところで知るかよ！　命がけで治してもらう！　さもなければここで――」

「ここで、何だ⁉　俺と殺し合いでもしたいのか⁉」

「おいフィンレイ！　グレイウルフ族とゴールデンギープ族で全面戦争を起こすつもりか⁉　ヒューマン相手に戦わなくちゃならねえこんな時に、ヒューマンなんかのために⁉」

彼らの争う声を耳にしつつ、正直、フィンレイさんが私を抱きとめてくれてよかったと思った。怪我人の状態を見て、私は腰が抜けてしまっている。

映画とかドラマとかで特殊メイクを見てグロ耐性はあるつもりだったけれど、それは思い違いだったらしい。

――それぐらい酷《ひど》い怪我をしていたのだ。

フィンレイさんが言うように、もう助からないのではないかと感じてしまう。想像しうる限りの酷《ひど》い事態に見舞われたような状態で、元の人相がわからない。

けれど、息はあった。心臓も動いている。

つまり、元の世界にあった現代医療でだって命を繋げることができるだろう。ましてや、女神がくれた魔法だなんていう奇跡みたいな力でなら、治せないとは思えない。

「フィンレイさん、離して。私、治すから」

「ルカ！　俺のことは気にするな！」

「悪いけどフィンレイさんは関係ない。きっと治せる！　心ないこと言わないで、フィンレイさん。この人、たぶんまだ耳はちゃんと聞こえてる。今、頑張ってるところだから！」

私は首に巻いていたフィンレイさんの髪の毛を、念のために外した。

手遅れだなんて言わないでほしい。

すごく苦しくて、それでも生きようと頑張っている時にそんなことを耳にしてしまったら、心がポキッと折れてしまう。頑張れなくなってしまう。

「難しいかもしれない。でも頑張らせて！　きっと大丈夫だから！」

「ルカ……だが」

躊躇《ためら》いながらもフィンレイさんが手を離してくれる。

酷《ひど》い怪我を負い、か細い呼吸を繰り返して生きようと懸命になるその人の側に、私は膝《ひざ》をついた。

痛そうだけれど、可哀想だけれど、その手に触れる。ピクリと動いた指を見て、泣きそうになりながら声をかけた。

「大丈夫だよ。必ず治すから、もう少しだけ頑張ってね……できるよね」

「できるさ！　グレイウルフ族の男は誰より強い！」

ダヴィッドも側に膝《ひざ》をつき、泣きそうな顔で叫ぶ。

「まずは……気道の確保から」

心臓が動いて、呼吸ができれば生きられる。こんなに息がしづらいということは、気道のあたりに損傷があるのかもしれない。口の中、気道を圧迫する腫《は》れた舌から、喉の奥、気管を通って肺までの道のりが治りますように。

「げほっ、ごほっ！」

「大丈夫か、グラド!?」

この怪我をしている人はグラドと言うらしい。

大丈夫だよ、ダヴィッド。たぶん、呼吸がしやすくなっただけだ。

――それにしても、これだけで随分《ずいぶん》と疲れる。

それは疲労を感じるほど魔力が消費されたということ、それだけ酷《ひど》い状態だったということだ。

「次は内臓がきちんと動いているか」

内臓が傷ついていると危ないと聞く。だから、内臓の傷が治りますように。流れた血は外に出て、足りない分の血が増えますように――願うと全身から力が抜ける。

身体が重く、だるくなった。

これは思っていたよりずっと辛い。一瞬で十キロくらい走った感じだ。肺が酸素をほしがって、私は勢いよく呼吸を繰り返した。

「ルカ！　もうやめておけ！」

「いいの……っだい、じょうぶっ！」

疲れるのは魔法がきちんと使われている証拠だ。つまり、目で見える分には変わりはないけれど、この人が確実に治っているということなのだ。

「おい、どうなってるんだよ！　早く治せよ！」

見た目には全く何も治っていないように見えるため、ダヴィッドが叫ぶのは無理もない。

「治し、てる。まずは、身体の中、から……！」

「中!?　見えもしねえのに、どうやって！」

その問いに答えるよりも、治療に専念したほうがダヴィッドも嬉しいだろう。

こんなにも想像力が試される場面に遭遇したのは初めてかもしれない。

「頭部の損傷を治して」

頭を打っていたら脳に影響があるかもしれない。そこを重点的に治すように願うと、今度はさほどの力が使われなかった。脳みそは無事らしい。

内臓はあらかた治せたはず。後は、見えない場所に悪いところがあったとしても、どこがどう悪いのか想像もつかない。私にできることは、見た通りの怪我を治すくらいだ。

「頭、治らねえじゃねえか！　おれたちの誇り、全然治ってねえぞ、ヒューマン!!」

ダヴィッドの叫ぶ声が頭に響いて、ガンガン頭痛がする。

私は彼が指さす先に視線を向けた。

誇りというのは可愛らしい彼らの犬耳のことのようだ。グレイウルフ族だと名乗っているので、狼耳というほうが正しいかもしれない。

何にせよ、それを治してほしいと願っているらしかった。確かに、欠けてしまった姿は痛々しい。

だったら重い火傷《やけど》と一緒に、それも治そう。

せっかく魔法なんてものがあるのだから、普通の医療では難しい、奇跡みたいな出来事を起こさないと勿体《もったい》ない。

「大丈夫、だよ……きっと治る」

肌は水分を取り戻し、瑞々《みずみず》しく新しく生まれ変わるし、損《そこ》なわれた耳も尻尾も蘇《よみがえ》る。

だって魔法はこんなにも自由で素晴らしいものなのだ。ちちんぷいぷいと唱えれば、不遇の女性に素晴らしいドレスと馬車を用意してあげられるし、死の呪いだって回避できる。

「あなたの怪我も何もかも全部、元通りに治るから、ね――」

安心させたいと思い、囁《ささや》きながら願った瞬間、ガツン、と鳩尾《みぞおち》を殴られたような鈍い衝撃を感じた。本当には殴られていない。ただ、ものすごい勢いで私の器《うつわ》から魔力が引き抜かれていったのだ。

「っ、――ッ！」

息ができない。周囲の音がふつりと途絶えた。耳も聞こえなくなったのだ。

器《うつわ》から魔力が、肺の中からは酸素が絞《しぼ》り出され、やがて視界がブラックアウトした。

全てを奪い取っていくかのようなうねりに苦しむ私は、身体を抱きとめるフィンレイさんの掌《てのひら》の温かさを感じたのを最後に意識を失った。

# 第三章

気づくと、私は暖かい部屋の中にいた。ここは藁《わら》のような細い草木を編んで作られた小屋のようだ。藺草《いぐさ》のような、どこか懐《なつ》かしい匂いがする。

ところどころ隙間があって外が明るいのがわかった。

それなのに、なぜ暖かいんだろう？　隙間風が入ってきているみたいで、それは冷たいのに。

……私の上に被せられている毛織物が電気毛布みたいに温かい。何だろう、これ。

「電気はない世界のはず……いや存在はするんだろうけど……コンセントはないよね？」

コードでも繋がっているんじゃないかと考え探してみたものの、見当たらない。

その時、「あら」と後ろから声が聞こえた。

「起きて大丈夫なの？　身体に痛いところはない？　具合は悪くない？」

扉代わりの暖簾《のれん》をかき分けて私のいる部屋を覗き込んだのは、見覚えのない女性だ。

短髪で、髪と目の色は薄暗いからわからない。

ヤバイ、彼女が誰だか思い出せない。お風呂場で付き合いのある女性の内の一人のはずだ。身体を見たら思い出せるかと思ったけれど、無理だった。

スレンダーな体形で私よりも背丈が高そうだ。獣人の女性は大体そうだけれど。胸の大きさは控えめで、そのあたりに特徴のあった方々ではない。

「え……と、あの」

髪の毛がふわっとしていて、獣人には誰でもあるらしい、頭の上の象徴が隠れている。手がかりはない。

「あなたの服、全部洗っちゃったんだけどいいわよね？　荷物は預かっているわ。今すぐに返してほしいものはある？」

「え？　いや……そんなことより、あの、ごめんなさい」

「どうして謝るの？　どうかしたの？」

「あの……あなたのお名前が、出てこなくて」

私は忘れてしまったことを正直に謝ることにした。知ったかぶりをして後でバレるほうが気まずい。

けれど、きょとんとした後、その女性は苦笑した。

「やだ、まだ自己紹介してないんだから当然じゃないの」

その言葉に首を傾《かし》げる。

自己紹介していない？　妙な話だ。

「隊列の女性とはみんな会ってるはずなのに……」

「ここは獣人の里よ。あなたが意識を失っている内に着いたの」

「えっ⁉　里までひと月はかかるって聞いていたのに！」

「あなたは三週間も寝ていたってことよ。ルカ……ありがとうね」

知り合いではない大抵の獣人は私を見て冷たい目をするものなのに、初対面らしい彼女は私の名前を優しい声で呼んでくれた。

「同胞を助けてくれて、本当にありがとう」

彼女は部屋の中に入ってきて布団の傍《かたわ》らに座り、私の手を握る。温かい手だ。それに爪が長い。

そういえばフィンレイさんはいつからか、爪を切って丸くしていたみたいなのだ。

私が触っても怪我をしなくなっていたっけ――

「私たちはみんな、あなたの献身に心から感謝しているわ」

「怪我、していた人……助かったってことですね」

「そうよ。あなたのおかげで」

「それなら……よかったぁ」

三週間も眠っていた甲斐《かい》がある、としみじみとしていると、外から怒鳴り声が入ってきた。

「いいわけがあるか！」

暖簾《のれん》をバサッとかき分けて姿を現したのは、フィンレイさんだ。

「死ぬところだったんだぞ、ルカ！」

金色の目を怒らせて、布団の中にいる私を睨《にら》んでくる。

「想像力か、魔力、ぎりぎり足りていたからあなたは生き延びることができた。だが、あと少しでもどちらかが足りなければ……」

私は、死んでいたかもしれないらしい。

やっぱり想像力が豊かな文系でよかった。経済学部なのは関係ないけどね。

「俺がどれだけ心配したと思っている⁉　……どれだけっ！」

苦しげな表情を浮かべるフィンレイさんの存在が不思議だった。

私は自分で言うのも何だけれど人当たりのいいほうだから、誰とでも仲よくなる。けれど、誰とも深い関係にはなったことがない。だからクリスマスもぼっちだったのだ。

それに家族もいない身の上なので、私に万一のことがあってもそれほど悲しむ人はい

ないだろうとずっと感じていた。

それなのに、フィンレイさんは顔を歪《ゆが》めて、その目には涙を浮かべている。

「同胞の傷はみるみる内に治っていくというのに、代わりに折れるように倒れた蒼白のあなたの顔を見て、俺は……っ！」

「あの……その、ありがとう、フィンレイさん。心配してくれて……」

何というか、面映《おもは》ゆい。そんなふうに言ってもらっていいのだろうか、と申し訳なさすら感じてきた。

そんな私の心の内を見抜いているかのように、フィンレイさんに睨《にら》まれる。

「二度とあんな真似はするなよ！　絶対にしないと約束しろ！」

「しないしない」

たぶん、と心の中で付け加えたのがバレたようで、フィンレイさんはさらに怒鳴った。

「絶対にだ」

結構、しつこい。感動が喉元を過ぎると理不尽に思えてくる。

彼はどうしてこんなに怒っているんだろうか。

私、フィンレイさんの仲間を助けるために頑張ったんだよ？　もう少し褒めてくれてもいいではないか。

いや、フィンレイさんは手遅れだろうから諦めろと言っていた。立場が逆じゃないだろうか？

どうすればいいのか迷っていると、女性が口を挟んでくれる。

「フィンレイったら、そんな大声出さないで。ルカは病みあがりなんだから」

「しかし姉様《あねさま》」

「アネサマ」

「ええそうよ。私、フィンレイの姉のフィアナというの。よろしくね」

「あっ、はいっ。よ、よろしくお願いします」

なぜかフィンレイさんのお姉さんだとわかると緊張して、布団の上で姿勢を正してしまう。

外の光に照らされると、確かにフィアナさんの髪色はフィンレイさんの白銀のそれと似ていた。

「フィンレイ、いいわ。この子は少なくとも魔族ではないようだし、空き家への居住を許可します」

「助かる、里長殿《さとおさ》」

「弟の頼みじゃ断れないわよ」

フィアナさんは、てきぱきと話を進めていく。

彼女がこの里の長《おさ》とは驚いた。

ダヴィッドが里長《さとおさ》をしているグレイウルフ族では男しか里長《さとおさ》になれないらしいのに、フィンレイさんの里では関係ないようだ。ならばフィアナさんは、弟への愛憎をこじらせてはいないだろう。

「というか、私が魔族？　何で疑われてるの？　それにどうして疑いが晴れたの？」

一瞬の内に何かを確かめられていたらしいけれど、全くわからなかった。不用意な受け答えをしていたら、魔族と思われて嫌われていたのかもしれない。

そう考えて怖くなりビクビクしながら聞くと、フィアナさんが説明してくれる。

「魔族とヒューマンって、見た目では区別がつかないのよ、ルカ」

そういえば、魔族を見たことがないから彼らの身体的特徴については知らなかった。わかりやすく魔族だぞー、という印がついているわけではないらしい。背中にコウモリのような羽があるイメージだったのだけれど、違うみたいだ。

「見た目じゃ区別ができないってことは、人に紛れていたらわかりませんね？」

そもそも、人間の中の人種の一つなのではないだろうか……という考えが強まってくる。さすがに「黒髪黒目だから魔族！」と言われるわけではないようだけれど。

「見分ける方法がないわけじゃないわ。知りたい?」

「ぜひ知りたいです。お願いします」

「記憶がないというのはフィンレイに聞いているわ。魔族がふりをしているわけではないのはわかったから、教えてあげる。……まず、魔族は魔法を使えないわ」

「私は使えます!」

私はとっさに自分の首を触った。いつの間にか、フィンレイさんの髪の毛が元のように巻きつけられている。

「そうね。だけど、魔族は魔道具を使うことによって魔法に似た力を使うことならできるの。魔法と違って自在に様々なことができるわけではないけれどね」

「魔道具、ですか?」

「そう、女神ドーラが魔族の誕生を寿《ことほ》ぎ与える、強力な力を秘めた黄金の道具よ」

ドーラというと、あの黒髪の少女のほうだったか。

コーラルとドーラ。金髪と黒髪の少女たちは、仲が悪いという様子でもなく、マフラーを一緒に巻いてあげたら喜んでくれた。コーラルはお礼に運命に会わせると言い出し、ドーラは靴をくれたくらいだ。

それなのに、それぞれの女神を信奉する獣人と魔族、【人間】と魔族が敵対しているというのは変な話だった。

「その黄金の魔道具はね、女神ドーラの力を貸し与えるの。魔族の力の源《みなもと》ね。魔族はこれを何よりも大事にしていて、その身から引き離されるのを死ぬほど嫌がる。まるでそれが命そのものだと言わんばかりに」

「……うん？」

何か引っかかって、私は首を傾《かし》げる。けれど、フィアナさんは気にせず説明を続けた。

「だけど、ルカは持ち物を没収されたと知ってもぼんやりしているだけだったもの、大丈夫でしょう。一番確かなのはルカの持ち物を全部焼いてみることなんだけど、魔道具なら燃えずに残るはずだから。とても美しくて高価そうな図録なんかも入っていたし、燃やされるのは嫌よね」

「あ、そうですね……教科書かな。ははは、燃やされるのは困るかな……」

――黄金の魔道具？

引っかかるものを感じながら、私は尋ねる。

「えっと、魔族が必ず金色の魔道具？　っていうのを持っているなら、身体検査をすればすぐにわかるんじゃないですか？」

「普段、その魔道具は擬態しているのよ。持ち主の魔族が死ねば正体を現して黄金色に戻るものの、普段は木や布や、質素な何かに見えてしまうの。魔族同士には黄金色に見えているみたいだけれどね」

どくん、と心臓が音を立てて跳ねる。私はそれをフィアナさんに知られるとまずいと思った。

布団の下で足を擦《こす》りあわせる。今の私は、裸足《はだし》らしい。

私が黒髪の少女にもらった、黄金の糸で織られたようなあの靴は、今、どこにあるだろう？

「起きられるのなら食事にしましょう。あなたが寝ている間、起きたらすぐに軽い食事ができるようにって、フィンレイが呆れるほどたくさんの荷物を運んできていたんだから。これから二人でここに暮らし始めるのかと思ったわ」

「……それもいいかもな」

「冗談よ。だから馬鹿なことは言わないで、フィンレイ」

フィンレイさんの言葉にフィアナさんは苦笑を返す。けれど、その目は笑っていない。

……私が獣人の怪我を治したことを感謝はしていても、それ以上の感情はなく、彼女も【人間】が嫌いなのだと察した。

「ルカ、手を貸しましょうか？」

「いえ、大丈夫です」

それでも親切にしてくれるフィアナさんを、私は拒否した。

嫌な予感がするのだ。触れたらその不安を彼女に見抜かれてしまいそうで、自分の手を引っ込める。

きっと何かの間違いだ。そう信じたい。

私は魔法が使えるだけのただの普通の人間で、獣人の方々にはヒューマンと呼ばれているらしい種族だ。決して、それ以外の種族であるはずがない。

だって、【人間】だというだけでこれほど気まずい思いをしているのだ――もしも【人間】でなく魔族だったら、いやその魔族ですらなかったら、今度こそフィンレイさんにどう思われてしまうかわからない。

「ルカ、まだ本調子ではないはずだ。辛いなら手を貸してやるから、我慢はするな」

壁に手をついて、よろよろしながら立ちあがると、フィンレイさんが手を差し出してくれた。

半月寝ていたせいで身体がなまっている。ずっと手助けしてもらっていたため、自然とその手を取りかけ、フィアナさんの視線を感じた私は、再び手を引っ込めた。

「フィンレイは優しいわよね。昔から誰にでも」

「ルカには恩がある。親切にして何が悪い？」

「悪くはないけれど、それ以上になっては困るわ」

そう言って、フィアナさんは私をちらりと見た。冷徹《れいてつ》な眼差《まなざ》しだ。厄介者を見る目をしている。

私は、これまでの人生でこういう視線に何度か遭遇したことがあった。

親を亡くした子どもを見る親戚の目、そんな子どものクラスの担任になってしまった先生の目、不幸な境遇の同級生を憐《あわ》れみながらも気を使わなくてはならないクラスメートの目。

わかっている。私はフィンレイさんの邪魔になる。

彼に頼らないと生きられないから仕方ないと、これまでは思っていた。

――けれど、迷惑以上の存在になってしまうかもしれない。

獣人は、【人間】に対しては恨めしい、という気持ちを感じているらしかった。でも、自分たちも悪かったのかもしれないと、ずっと自問自答を続けている。だから残酷にはなりきれない。

比べて、魔族への憎悪は激しい。どうしてそこまで言うのだろうと思うほどだ。

獣人たちは、魔族が生まれながらに【人間】や獣人たちへの憎悪を持って生まれてくると考えている。だから、自分たちも同じような憎悪で対抗しなくてはならない、という結論に達したらしい。

魔族を見つけたら、殺される前に殺せ、と――そういう雰囲気だ。

それなのに私が魔族だとしたら、どうなるの？　フィンレイさんは一体どう思うのだろう？

まだ見ぬ未来が怖くなった私は、彼の手を避けて部屋から出ようとする。

ところが、そんな私の手を押さえて、彼は無理やり肩を抱いた。

「フィンレイさん」

「危なっかしい。あなたが倒れて心臓が潰れるような思いをするのは俺のほうなんだぞ。俺のためだと考えて寄りかかってくれ」

何て言えばフィンレイさんを引き下がらせられるか悩んでいる内に、部屋から連れ出される。

隣の部屋は、円筒形の玄関のような、居間のような空間だった。中央に囲炉裏《いろり》があり、梁《はり》にくくられた自在鉤《じざいかぎ》に鍋がかけられている。

火が熾《おこ》されているのに、部屋の中よりこちらのほうが寒い。

外に面しているから？

「ルカ、震えているが、寒いんだな？」

「だからって抱えてくれなくていいからね！　膝《ひざ》から下ろしてくれないかな」

「それではより寒くなるばかりだ。馬鹿なのか？」

「馬鹿野郎に馬鹿にされた！　腹立つ！」

「あなたに馬鹿呼ばわりされる謂《い》われはないが、喚《わめ》けば身体も温まるだろう。しばらく喚《わめ》いているといい」

フィンレイさんに抱え込まれている私を見る、フィアナさんの視線が冷たい。痛いほどに極寒なのに、それを感じない様子でフィンレイさんは私を抱きしめ続けた。

いや、絶対フィンレイさんは馬鹿でしょ⁉　交際を反対するご家族の前でイチャイチャするカップルのようなものだよ、これ！

別に、私とフィンレイさんは付き合ってなんていないから、少し例えがおかしかったかもしれないけれど……

私は彼の腕から脱出しようと暴れた。そんな私を片手で悠々と押さえつけたまま、フィンレイさんは壁にかけられていた毛織りの布を手に取る。

「これを巻いていれば温まるぞ。獣人の技術で編まれた発熱の衣《ころも》だ」

「わあい、これがあれば暖かいね！　だから離してもらえるかな」

「もう少し顔色がよくなったならな。唇が青いぞ」

話が全く通じない。

というか、これはフィアナさんの視線も私がそれを気にしていることもわかった上で、無視している。

「ほら、温かいスープを作っておいたから、飲め」

「熱っ……くない。冷めてもいないちょうどいい温かさ」

「あなたが火傷《やけど》をしないようにな」

行き届いた万全のサポート態勢だ。そういえば点滴もないこの世界で、私はどんなふうに三週間も寝かされていたのだろう。

……どうしよう。誰にどんなお世話をされていたのかを想像して怖くなってきた。

思わず縋《すが》るようにフィアナさんを見てしまうと、彼女は肩を竦《すく》めた。

「弟が魔力の枯渇で死にかけたあなたを連れて帰ってきた時は、あなたの扱いに迷ったわ。同胞の恩があるというから叩き出すわけにもいかないしね。グレイウルフ族が引き取ってくれると言っていたのに、フィンレイが断固としてうちで引き取ると言って聞かなくて」

まるで里親を探しているペットの話だ。

「自分で世話をするのならいいわよって許可を出してしまった、私の落ち度かもしれないわ……」

「あの、寝てる私を世話していたのって……！」

「俺だ」

「女の人なら、かなり仲のよかった人が他にいたはず！」

「それぞれの里に帰ったな」

「ちょ……お嫁にいけない……責任をとってフィンレイさんがもらうべき……」

あまりの恥ずかしさを誤魔化すため、私はいつものおふざけを言う。けれど彼はそれをまともに受け取った。

「勿論《もちろん》、責任は俺以外にはとらせない」

怖いくらい真剣な眼差《まなざ》しで宣言する。その意味は、改めて問いただす必要なんてないくらい、はっきりとしていた。

それをフィアナさんが一笑に付《ふ》す。

「何を馬鹿なことを言ってるのよ、フィンレイ！　私は先に行くから、その子の身繕《みづくろ》いをすませてさっさと連れてきて！　里のみんなに紹介しなくちゃいけないわ！」

フィアナさんは出入り口の暖簾《のれん》を撥《は》ねあげて出ていく。

二人きりにされてしまった。

妙に頬が熱いのは、たぶん、発熱の衣《ころも》とやらのおかげだろう。外に通じる扉も暖簾《のれん》だけれど、これも発熱しているのかもしれない。壁にかけられたタペストリーも、床に敷かれた絨毯《じゅうたん》も、何もかも温かいから。そういうことにしておこう。だから――

「……よかった」

「ひっ、ちょ、耳元でしゃべらないで！」

文句を言っても、フィンレイさんはぎゅっと私を抱きしめたままだ。

「目が覚めて、よかった。あなたが死んでしまったら、同胞を憎むところだった」

……それくらい私のことを心配してくれたということなのか。

地球を含めて、世界中の誰よりも私を心配してくれているのはフィンレイさんかもしれない。

ありがとうの意味を込めて、お腹に回る彼の手を撫《な》でた。すると私の肩に顔を埋めてくる。

「ずっとこのままでいるか、ルカ……」

「いやあの、お姉さんが呼んでたじゃない？　身繕《みづくろ》いとやらをしようよ？」

「そうだな。みなにルカの顔見せを行わないと、誰に攻撃されるかもわからないしな」

「ナチュラルに私の服に手をかけるのをやめようか……。着替えなら自分でできるからね！」

「ああ、そうだな。だが、ルカが辛いのであれば俺がやってやる」

「迷惑だから……」

フィンレイさんを押しやると、眉尻を下げられた。そんな悲しげな顔をされても困る。外に出てもらい、寝間着らしきポンチョのような服から、フィンレイさんの用意していた服に着替えた。

獣人たちがよく着ている、手の込んだ刺繍《ししゅう》の入った服だ。びっしりと刺繍《ししゅう》された模様には意味があるのだろう。赤、黄色、緑、色鮮やかな糸で作られている。

肌着はチクチクすることもなく、毛織りの上着は温かい。着る電気毛布の様相を呈《てい》している。

発熱の衣《ころも》の力、すごい。

感心している内に、フィンレイさんが戻ってきた。

「着替えは終えたな。入るぞ」

「返事してないのに入ってこないで」

「衣《きぬ》ずれの音と気配で終わったのがわかる。靴も姉様のお下がりのブーツにするか？

それとも自分の靴を履《は》くか？　足下《あしもと》だけ無地の麻靴では浮くかもしれないが」

「……トータルコーディネートしよう。服に合う靴にする」

「そうか」

フィンレイさんはそう言って、引っ張り出しかけた金色の靴を縁側の下にしまった。

……そうなのか……フィンレイさんの目には、それが無地の麻の靴に見えているのか。

私にはきんきらきんの黄金の糸で編まれた靴にしか見えないのに。

――魔族にだけは、黄金に見える？　冗談でしょう？

「フィンレイさん……【人間】は魔法が使えるのが特徴だったよね？」

「ああ、そうだな。また忘れたのか？」

「……魔族の特徴は、何だっけ？」

「生まれる時にドーラから黄金色の魔道具をもらう。また、生まれながらにヒューマンと獣人を憎悪している。だから、俺たちの祖先がどうしてヒューマンを裏切り魔族についたのか、その理由が全くわからないんだ……俺たちを憎悪している相手に利する行為をして、彼らは一体何を得たのだろう」

私は別に、【人間】やフィンレイさんたち獣人を憎んでなんていない。

それなのに黄金の靴をもらってしまった。たぶん、女神ドーラから。

そして女神コーラルには魔力の器《うつわ》らしき宝石箱をもらっている。どこかに行ってしまったあれは、おそらく私の中にある。だからこそ私は魔法を使うことができるのだろう。

——結局、この靴は何？

私には黄金の色に見えて、フィンレイさんには無地の麻に見えている、私の足にぴったりとフィットしてしまうこの靴は——

そこまで考えて、私はあることを思い出した。

「イザドルさんは？」

「あれ以来、大人しいものだ。イザドルも勇者クラウスもな」

二人の安否を知りたかったわけではなかったので、私は口をつぐむ。

軽はずみに言うべきではないことだった。うっかり口から出てきてしまったのが、恐ろしい。

——イザドルさんは私の靴を見て、「美しい靴ですね」と褒めてくれた。無地の麻の靴を美しいと感じるだろうか？

絶対にないとは言えないものの、おそらくは違う。

イザドルさんが隠し持っていた横笛が、私には黄金色に見えた。同じようにイザドルさんも私の靴が黄金に見えていたのではないか？

お揃《そろ》い、だと思った。同じ黄金色だと。

つまりイザドルさんもそう思ったのではないだろうか。

だからあの時、親切にしてくれたのだとしたら……!?

不意にフィンレイさんが足下《あしもと》に跪《ひざまず》いていることに気がついた。

「って、フィンレイさんっ、何で靴を履《は》かせてくれているわけ」

「ブーツの紐はきつくないか？」

「ちょうどいいです……って、そうじゃなくてさ！」

「ほら、立てるか？　手を貸すか？　一人で立てるか？」

「一人で立てるよっ！　……うわっ」

意気揚々《いきようよう》と立ちあがり歩き出したものの、自分の右足につんのめって、私は囲炉裏《いろり》に頭からダイブしかけた。フィンレイさんに支えられて難を逃れる。

「……いやあの、フィンレイさん。私、一人で歩けるし……本当に」

「その言葉を信用していたら、今頃ルカは顔に酷《ひど》い火傷《やけど》を負っているところだ」

「ああ……まあそうだね。助けてくれてありがとう。でもね？」

「支えるのが嫌なら、抱えるか？」

いつになく押しの強いフィンレイさんに睨《にら》まれ、私は降参する。押しの強いお節介を、迷惑だと感じるより嬉しくなってしまった。それは失ってしまうかもしれないものだからだろうか……

「それじゃ抱っこしてもらおうかな、なんて――きゃっ」

「ようやく甘えてくれたな、ルカ！」

冗談で言うと、フィンレイさんは即座に私を抱きあげ、破顔する。

何て嬉しそうに笑うのだ。その笑顔に胸が詰まって、下ろしてと言えなくなる。

けれど、開けた広場に着いた時――やはりこれは悪手だったと悟《さと》った。

私たちに向けられる無数の視線が、凍りつくように冷たい。

フィンレイさんと同じ銀の髪に金の角《つの》を持つ人たちから発せられる、視線、視線、視線。

私に対してだけならよかったのに、フィンレイさんに対しても変わらないどころか、私に向けられているそれより、冷たい。

――もしも私が魔族だとしたら、どうなる？

この眼差《まなざ》しが今よりも冷たくなることがあるかもしれないだなんて、信じられないほどだった。

§　§　§

私が目覚めたのは、この里の隅にあった小さい家らしい。

フィンレイさんはお姉さんのフィアナさんと一緒に、里長《さとおさ》の家で暮らしていたそうだ。けれど、【人間】である私を里長《さとおさ》の家に入れるわけにはいかないので空き家を借りて、今はフィアナさんの反対を押し切って私と一緒に住んでいた。

色々と不安な同居生活がスタートしている。

けれど、意外というか、むしろ予想できていた通りというか、フィンレイさんは紳士的だ。

わからないことを聞くと何でも丁寧に優しく教えてくれるし、手伝いを求めると積極的に手を貸してくれる。私の役に立つことが嬉しいみたいに。

そして、何も見返りを求めない。

ほんの少しとはいえ警戒して申し訳ないことをしてしまったと、私は反省した。

フィアナさんが直々《じきじき》に魔族ではなさそうだと確認した私は、しばらくの滞在を正式に許可され、捕虜のような恩人のような、不可思議な立場で里に身を寄せている。

里の人たちに面通しも行ったので、普通に暮らす分には問題ない……とのことらしい。

とはいえ、三日前の自己紹介以降も、里の人たちからの視線は温かいとは言えなかった。

「お母さん、あの人の頭おかしいよ。角《つの》がなーい」

「しっ、目を合わせちゃいけません！」

家の前を掃いていると、通りすがりの母子に言われる。その言葉に、ほのぼのするような涙が出てくるような。

獣人の子どもにとっては、頭に何もないのがおかしいんだなあ。

「えーと、まずは水を汲《く》んだほうがいい……のかな？」

私には、ここで普通に暮らすために何をしたらいいのかがわからない。

家の外にある水瓶《みずがめ》らしきものが二つ空になっているので、これに水を満たしてみようかと思いついた。とはいえ、井戸までこの巨大な水瓶《みずがめ》を運んで釣瓶《つるべ》で水を汲《く》むなんて、脆弱《ぜいじゃく》な私にできるわけがない。

当然、別の手段を使う。

「水瓶《みずがめ》に、水よ来い！」

イメージするのは空気中にある気体だ。

情緒もクソもない詠唱により、魔法が発動。水瓶《みずがめ》の中にこぽこぽと水が溜まっていく。

これが一番魔力を消費しない速度らしく、今より急いで水を集めようとすると、より魔力を消費する。水道を緩くひねったくらいの速度がちょうどよかった。

緩やかに減っていく魔力を感じながら、水瓶《みずがめ》の中に水が湧き出していくのをぼんやり見ている内に、すぐ近くまで人が来ているのに気づいた。

「ひっ⁉　……こ、子ども？　何してるの……？」

「姉ちゃん、水瓶《みずがめ》の中に落ちそうだなって思って見てた」

「落ちないよ～。さすがにそこまで鈍くさくないもの」

大きな黄色の角《つの》を持つゴールデンギープ族の男の子だ。両親から【人間】に近づくなとか言われていないのだろうか？　興味津々《きょうみしんしん》の目をしている。

「もしかして姉ちゃん、魔法使ってる？」

「あはは……そうだね」

「おれも見たい、見たい！」

「えー」

背丈が足りず、私が抱きあげてあげなきゃ水瓶《みずがめ》の中を覗き込めそうにもないが、かかえようにも、私は男の子を水瓶《みずがめ》の中に落っことしそうだ。

「君もお仕事中なんじゃないの？　こんなとこにいていいの？」

男の子は手に小さな空の壺を持っていた。小さいとはいえバケツ並みのサイズはある。

「おれも水を汲《く》みに来たんだけどさー。ヒューマンとそこで話ができるかなって思って。でも姉ちゃん、井戸に来ないんだもんよー」

いつもはしない水汲《く》みの仕事を率先して請け負ったらしい。目的は私と話してみたかったからだという。

何だこの少年、可愛いな。

「だから私のところまで来ちゃったのか」

「来ちゃったんだよ。……でも姉ちゃん、思ってたよりふつーだな」

なぜか、がっかりしたように言われた。どんな期待をされていたのだ。

「魔法が見たいなら、その壺を私に貸すんだね」

「貸す！」

私の提案に気づくと、すぐに元気になって、男の子が私の前に壺を置く。その壺に、魔法で水を満たしてあげた。男の子の目が輝く。

「ありがとう、ヒューマンの姉ちゃん！」

手をぶんぶん振りながら、重そうな壺を片手で持った彼は家路を走った。

獣人は子どもでも力が強いなあ、ホント。

私が手を振り返していると、フィンレイさんが朝の仕事から帰ってきた。

夜明けと共に目覚める彼は、起きた直後に私に声をかけて仕事に出る。そして戻ってきてから朝ご飯を食べるのだ。

先ほど起きたばかりの私の腹具合からして、今は九時ぐらいだろう。

「何をしていたんだ？　ルカ」

「里の子と戯《たわむ》れてたんだよー」

「そうか。ルカならすぐに打ち解けられると思った」

フィンレイさんが破顔した。爽《さわ》やかなイケメンだ。朝から目が福々しい。

厳冬に向けて薪《まき》割りの仕事をしているそうで、額《ひたい》に汗が光っている。

「水を入れてくれたのか？　助かるが……身体は辛くないか？」

「全然何ともないよ。へっちゃら！」

「ならばいいんだが。無理をしてあなたが前後不覚になった時、世話をするのは俺だからな？」

私は三週間もの間、彼に世話になりっぱなしだったらしいことを思い出す。

絶対、健康宣言ッ！　二度と倒れてはならない。日々自分の健康状態を注視していかねば。

「……お、お腹減ったねえ、フィンレイさん！　朝ご飯の時間だね？」

「そうだな。パンをもらってきたんだが、食うか？」

話題を変えた私に、フィンレイさんは手に持っていたものを見せた。

「食べる！　わあ、パンなんて久しぶり！」

「ルカはパンが好きなのか？　ならば今後は買ってくるとしよう」

旅の最中は仕方がないと諦めていたけれど、できたらお粥《かゆ》以外のものが食べたくなってきていた。

本当はほかほかのご飯なんかも食べたいし、醤油《しょうゆ》や味噌などもあると嬉しい。でもここは異世界だから、ないだろう。我がままを言うつもりはなかった。

私たちは家に入り、朝食にする。

「あっ、このパンすごく美味しい」

素材の味が生きている、というのだろうか？　色々とよくわからないものが混ざっている市販のパンよりよほど美味しい。

「バターはいるか？　チーズとベーコンもあるぞ。生の野菜は食えるか？」

「食べられる！」

丸いパンに切れ目を入れて、そこに一センチもの厚さのあるバターにベーコン、チーズと葉野菜を載せてもらった。

薄緑色の葉野菜はレタスかな？

「んー、シャキシャキ！」

「……里の娘たちが小動物を飼う気持ちがわかるな」

フィンレイさんが目を細めて微笑む。

獣人に動物扱いされている……いや、獣人を動物扱いするつもりもないんだけれども……

でも山羊《やぎ》や羊の肉を食べる習慣が私にあると知ったら、どう思うのか気になるところだ。

食事を終えると、家や里のことを色々説明してもらった。

一応、原始的な火の熾《おこ》し方も教えられたけれど、魔法でやるほうが百倍速い。

朝起きてすぐに、里の人たちはそれぞれの仕事を始めるのだそうだ。フィンレイさんは薪《まき》割りをする。それは自分の家の分だけではない、里中の分だ。

他には、里から少し離れた盆地の畑で農作業をする人や、家畜の世話をしている人、川に漁に出ている人など、色んな人がいるらしい。海は近くにないようだった。

貨幣経済はあまり盛んではなく、物々交換で生活しているみたいだ。

つまり、村八分されたら生きられないパターン……

「あの、フィンレイさん大丈夫なの？」

「何がだ？」

「私を匿《かくま》っていることでこう……冷たくされたりとか」

「ああ、そんなことか。心配はいらない。獣人は、特にゴールデンギープ族とグレイウルフ族はルカに恩がある。俺を救ってくれたし、あの若い男を命をかけて救っただろう？」

「恩返しって名目があるから問題ないってこと……？」

フィンレイさんは笑顔で頷く。

……けれど、フィンレイさんに向かう視線、冷たいじゃん？　フィンレイさん的には問題ないのかな？

いや、大ありだよね。ただ私にその不都合を言わないでくれているだけだ。

ここにいるだけで彼に迷惑をかけていると考えると胃がきりきりしてくる。

いくらか獣人側の情報を得ている私を解放するわけにはいかないとしても、ここまで厚遇しなくていいと思われているはずだ。

もっとも私は、ここを放り出されてしまったら、おそらく生きていけない。

八方塞《ふさ》がりだ。塞《ふさ》がった末にフィンレイさんに負担が行ってる形じゃん。申し訳ない……

つきつきと痛む胃を押さえながらスープをいただいていると、フィンレイさんが掬《すく》いあげたスプーンをお皿に戻して顔を上げた。

次の瞬間、出入り口の暖簾《のれん》が撥《は》ねあげられる。

「姉様？　どうなされた」

「どうもこうもないわよ！　ルカ？　あなた里の子どもにちょっかいをかけたでしょう」

「ちょっか……、え？」

フィンレイさんの姉——フィアナさんは、顔を怒りで真っ赤にして叫んだ。

「ちょっかいよ！　親から苦情が入ったわ！　子どもに魔法をかけようとしたんですって？」

「そんなことしてないですよ、フィアナさん！」

ただ男の子が魔法を見たいと言ったから、見せてあげただけだ。

説明しようとしたけれど、フィアナさんは聞く耳を持っていなかった。

「疑わしい行動をしただけで罪よ！　あなたが野放しになっていることで里のみんながどれだけピリピリしているか、わからないの？」

ぽかんとしている私を見て、彼女は深い溜め息をつく。

「あのね、ルカ……あなたに悪気がないのは知ってるわ。けれど、今獣人はヒューマンと戦っている真っ最中なのよ。あなたがいい子だとしても、あなたというヒューマンに慣れてしまった子どもたちが、悪いヒューマンにまで親しみを持ってしまわないように……親は特に神経を尖らせているの」

「ルカが何をしたというんだ、姉様」

「私たちがあなたに感謝しているのは本当よ。だから言いがかりめいた苦情については黙殺してあげていたわ。いくつもあったけれどね。でも、今回はあなたがしたわよね？　魔法を見せたりしたのよね？　……だから来たのよ、フィンレイ」

フィアナさんは疲れたように言った。

突然怒鳴り込まれて面食らっていたけれど、彼女にとっては突然のことでも何でもなかったのだ。

……苦情、そんなに入っているの？　私この里で、子どもに魔法を見せてしまった他には、息をしたり寝たり食べたり、歩いたりしかしていないよ？

「フィンレイ、ちゃんとルカに立場を教えておきなさい。じゃないと、可哀想なのはルカだわ。何も悪気はないのに、こうして私に怒鳴られることになるのよ」

フィアナさんは、私が里の微妙な雰囲気を知った上で軽はずみなことをしたと思い怒っていたらしい。

でも私、そんなの知らなかった。

「フィンレイさん……教えてもらえると助かるな」

「何を？　里の者たちが恩に仇《あだ》なすような感情を抱えているということをか？　それがどうした？　各々《おのおの》の心の問題だ。勝手に自分で整理をつければいい」

「フィンレイ！」

「姉様、ルカは何も悪くない。子どもと会話することの何がいけない？　悪い獣人がいるように、いいヒューマンがいる。それだけの話だろう」

フィアナさんとフィンレイさんが睨《にら》み合う。

私のために争わないで……本気でそう思ったけれど、絶対に言えない。

「……それだけの話だと考えているなら、ルカに聞かせたっていいじゃない。その上であなたの考えに賛同したら、ルカだって何も気にせず里のあちこちをうろついて子どもたちに話しかけるんでしょうね。けれど、ルカは違う考えを持つかもしれないわよ！」

フィアナさんはまくし立てると、暖簾《のれん》を払って外に飛び出した。

……あちこちうろつきながら子どもに話しかけまくるとか、私は不審者かよ。

だけど、フィアナさんの言葉は理解できる。フィンレイさんは問題ないと言いはしていても、私までそう思えるかは別問題だ。絶対に身を慎《つつし》もうって気持ちになる。

「フィンレイさん、少しお話ししようか」

「……ルカに悪いところなど何もないし、しなくてはならないことなど何もない」

「フィンレイさんが本心でそう思ってくれているから、私は頑張れるよ。けど、事実は知っておきたい」

私は、渋るフィンレイさんに里の状況を話させた。

それを聞いた感想は――やっぱり村八分に遭《あ》ってるじゃんっ！

恩を仇《あだ》で返すのはヒューマンのやり方、という考えが獣人にあるため、何もかもから爪弾《つまはじ》きにされているわけじゃない。けれど、フィンレイさんは私に対する態度を変えるべきだと思われているようだ。

「変えろと言われて変わるような心なら……こうしてルカと共になどいないだろうにな」

彼はぽつりと呟《つぶや》く。

その眼差《まなざ》しが、熱い。

口ほどに物を言うこの瞳を、里の人たちも見てしまったのだろうか？

恥ずかしくも嬉しくて……ものすごく申し訳ない。

「考え方を変えるのが難しいのは、里の人たちも同じだろうね」

「ああ、そうかもしれないな」

「フィンレイさんが変えられないなら、他の人たちに変わってもらうしかないけれど……すぐに変化できるわけじゃないから、それまで私は自粛《じしゅく》していようと思うよ」

「ルカ！　あなたは何も悪くないのに……っ」

「悪くないかもしれないけど……まあ、よくあることじゃない？」

時が解決してくれる種類の問題だ。すぐにどうにかなることではない。私に害がないとわかれば、ヒューマンに対する感情が和《やわ》らぐ日も来るだろう。

魔法でなければどうにもならない問題が起きたら、どんどん言ってくれればいいしね。

私、この里でたった一人の魔法の使い手として、頑張るから……

「フィンレイさんがいてくれるだけで、私は大丈夫だよ。ね？」

「……ルカがそう言うのなら、仕方ない、が」

不承不承《ふしょうぶしょう》といった様子だけれど、フィンレイさんは頷いてくれた。

とりあえず、明日からは不用意に家の外に出るのはやめておこう。外で魔法を使うのなんてもってのほかだ。家の中では綺麗な水確保のために使うけど、それくらいは許してもらおう。

そう決めると、少しは気が楽になった。

里での生活は、フィンレイさんは朝ご飯を終えるとまた山へ柴刈りに、私は家で引きこもりだ。

やることがないんだよねー。テレビもゲームもないからさ。

せめておしゃべりできる人がいればいいんだけれど、フィンレイさんと同じ金の巻き角《つの》を持った種族のお姉さんは、お風呂で見かけなかった。

つまりゴールデンギープ族の里には、フィンレイさん以外に私の味方はいないということ……

§　§　§

せっかくできた獣人の女友達を懐《なつ》かしんでいると、不意に暖簾《のれん》がバサッと音を立てて開かれた。

前から思っていたけど、ノックして？

そもそも外に繋がる出入り口が暖簾《のれん》っていうのがおかしいよね。ノックできない。

もう少し配慮がほしいよなあと思いながら見た先に顔を覗かせたのは、懐《なつ》かしい人物だった。

「いたいた、先生！　こんなところにいたのね！」

「ゾフィーさん⁉」

「目が覚めたって聞いて来ちゃったわ！　グレイウルフ族の里は山を挟んですぐ隣にあるのよ。だから、駆けてきたの！　元気そうで本当によかったわ、先生と話したいことがたくさんあるんだから、死なれちゃ困るのよ！」

豊かな胸が顎《あご》あたりに押しつけられる。

はしゃいで私に抱きついてきたのは、ゾフィーさんだった。

グレイウルフ族の里長《さとおさ》の長子であるものの、弟のダヴィッドに里長《さとおさ》の地位を持っていかれたことで様々な葛藤《かっとう》があったらしい。紆余曲折《うよきょくせつ》を経て腐ってしまった、色んな意味ですごいお姉さんだ。

「何よぉ、もう、元気ないわね。もしかしてこの里の人にいじめられてるの？　あたしの里に来たらそんな目には遭《あ》わせないわよ？」

里の空気を察したのか、彼女はありがたいことを言ってくれる。

でも絶対に合同誌に参加させようとしてくるよね？

ダヴィッド総×本になんて、ひとかけらでもかかわったら命が危ない。

「……気にしなくていいの。あんたは感謝されるべき人なんだから、ルカ」

「……あはは、そうかな……」

「そうよ！　己の命を顧《かえり》みず、我々の同胞のために力を尽くしてくれたこと、感謝しない奴なんかいないわ。事実、あんたを殺せと言う人は一人もいないの」

殺せという人が出てくる可能性があったというのが、怖すぎる。

……私は平和な脳みその持ち主だから、そんな可能性すら思い浮かばなかったよ。

「まあ、全部フィンレイが悪いのよ。本当にあんたは気にしなくていいわ」

とはいえ、私は気にしなくていいらしい。まあ、確かに、里の人たちもフィンレイさんの心のあり方について問題にしている節《ふし》がある。私なんて視界にも入っていないのだ。

そこでふと、思い出す。

「そういえば、ゾフィーさんにちょっと聞きたいことがあったんだ」

フィンレイさんに聞いたら踏み込まれそうだし、他の人に聞くには四面楚歌《しめんそか》すぎて脇に追いやっていた問題がある。

その点、ゾフィーさんならちょうどいい距離感だ。

「魔族についてなんだけど――」

私の目にだけ黄金に見える靴がある、という話をしようとしたわけじゃない。ただ、ゾフィーさんが魔族というものをどう捉《とら》えているのかを知りたかったのだ。

けれど私の言葉を耳にした瞬間、「魔族？」とゾフィーさんの目の瞳孔が開いた。

原始的な恐怖が喚起される形相《ぎょうそう》。

心臓がぎゅうっと縮みあがった私は、全力で誤魔化す。

「獣人の里にいれば混ざってる心配がなくて、安心だねえ!?」

「……ああ、ええそうよ。獣人には獣人の誇りがあるから、すぐに見分けられるのよ。だから、まだ起きあがれないのだけれど、グラドもルカにはすごく感謝していたわ」

つまり獣人と魔族なら、あの時欠損していた頭部の獣人の証《あかし》で判別つけられるということなのか。彼の耳が治っているところが見られなかったのは残念だけれど、それならよかった。頑張った甲斐《かい》がある。

「そんなことより、相談があるのよ……！」

ゾフィーさんは囲炉裏《いろり》に座ると、おもむろに抱えていた包みを開いた。

「これを見てくれない？」

「──私、文字読めないですねえ……」

僥倖《ぎょうこう》という他ないだろう！　私はこの世界の言葉はわかっても、文字が読めないことが判明した。

ゾフィーさんが人目を憚《はばか》りつつ持ち込んできたブツの内容はわからない。

でも予想することぐらいはできるぞ……っ！

「なら、読みあげるわね」

いや、大事故になってしまった。

普通の精神を持つ女性ならば恥じらうところで、ゾフィーさんは恥じらわない。

獣人の女性はみんな開放的なのだろうか？　それとも、ゾフィーさん独特のアレなのか。たぶん後者だね。

こんなにもお美しい女性がよくもまあ茨《いばら》の道に足を踏み入れたものである。余計なお世話かもしれないが。

死んだ魚の目になる私に構わず、情熱たっぷりに読みあげた後、ゾフィーさんは迫ってきた。

「ここっ、上手く表現ができないのよ。どうしたらあたしの情熱が伝わるのか、ぜひとも、ずっと、くるおしいほど！　先生に相談したかったのよっ‼」

「ああ、うん……そうだねえ、どうしようかなあ」

ゾフィーさんの同人誌朗読会に参加した感想としては……そうだね、ダヴィッドに対するいくつかの恨みが完全に消えてなくなったかな。ある種、晴れ晴れとした気持ちだ。

実の姉にこんな妄想をされて、文章に起こされ、忌《い》み嫌《きら》う【人間】相手に読みあげられる。

最高の復讐を味わっている気分だ。

「……絵、というのはどうかな？」

他人の不幸は蜜《みつ》の味。しかも私の命をどうとも思っていないダヴィッドの不幸だ。その上、不幸とはいえ邪悪ではない。

私は友達のささやかな趣味を、全身全霊をもって応援することにした。

「絵、ですって……!?」

ゾフィーさんは雷に打たれたように身を震わせる。この人のリアクションはいちいち可愛い。

「相手に想像をさせたいのなら、文章のほうが色々とかきたてられるけれど……ゾフィーさんには見せたい情熱、そのものがある。頭の中に浮かぶ光景をそのまま絵にしてしまえば、ゾフィーさんの考えが全て見る人に伝わるよ……」

悪魔の囁《ささや》きだ、自覚はある。差し詰めゾフィーさんは誑《たぶら》かされる、いたいけで無垢《むく》な天使。

「はあっ、嘘、何それ……っ、そんなっ、ああっ」

無垢《むく》は言いすぎだったかもしれない。

フィンレイさんが帰ってくる前に、悩ましげに身悶《みもだ》えるのをやめてもらわなければ。

「先生って……やっぱりすごい♡」

目にハートを浮かべた顔で見つめられた私は、子どもに悪い遊びを教えてしまった大人の気分になる。

でもゾフィーさんのほうが年上だと思うんだけれど……こんな美女を悶《もだ》えさせるだなんて、私にはジゴロの才能があるかもしれない。

「こうしてはいられない。あたし、すぐに帰るわ。そして作り直すの！　できたらまた見てちょうだいね、絶対よ！　ルカ！」

「はい、はい」

ゾフィーさんは散らばった原稿的な紙をまとめると、風のような速さで家から出ていった。そして突風のように里を突っ切っていく。さすがは狼の獣人、足が速い。

――ダヴィッドの貞操に幸あれ。

「はあ、楽しかった」

気がつくと私は、久しぶりのおしゃべりに心が満たされていた。今夜はフィンレイさんに話せることができたよ。

それにしても……ゾフィーさんでも、魔族の話には鬼みたいになるんだなあ。

いよいよ、私の靴が黄金色に見えるとかいう話は、冗談でも口にできなくなった。

でもそうなると、イザドルさんについても相談できなくなってしまう。どうしよう？

彼はクラウスさんと一緒に獣人の里のどこかに、捕まっていると聞いていた。つまり、
イザドルさんが魔族だとしたら、魔族が獣人の里に入り込んでいるということになる。

獣人なら、この状態を放置しておきたくないだろう。

だけどイザドルさんの問題を誰かに告げ口するのは、気が重い。

あの人は少し不親切ではあるけれど、邪悪かどうかは疑問だ。

そりゃあ、獣人に関して酷《ひど》い歌を歌ってはいたけれど……いや、獣人にとってはそれだけで、理由としては十分なのかもしれない。

でも、私は親切にしてもらってしまった。生き延びようと言ってもらった。

だから私は黙っていようと思う。

私が魔族かもしれないという事実さえも――それは、イザドルさんのためという理由で、嘘をつく自分を誤魔化せる、いい口実だった。

§　§　§

ゾフィーさん、あなたの里とこの里って、隣とはいえ山を挟んでいるんだよね？

なぜか今日も私のところにゾフィーさんはやってきた。

「できたわ！　見て先生！　あたしなりに考えてみたんだけれど、絵だけじゃ情景を伝えきれないから、文字も入れてみたのよ。どうかしら？　ねえ、早く見て！」

「わかった、わかった。中に入って」

またフィアナさんに怒られてしまう。

通りすがりの人がぎょっとした顔をしてこちらを見ている。「一体どういう関係？」という目だ。

何なんだろうね？　この関係。

お昼時、私が囲炉裏《いろり》の鍋で作ったお粥《かゆ》を食べていたところにやってきたゾフィーさん。

前に来てから三日経っていない。

その短い時間で山を越えて自分の里に帰り、絵を描いて、山を越えてまたゴールデンギープの里に来たの？　歩きで一時間くらいのハイキングコースなの？　バイタリティの塊《かたまり》なの？

ゾフィーさんの目の下にはくまができている。

締め切りの概念はないんだから、徹夜はやめておこう？

そう内心で思いつつ、ゾフィーさんのパッションを拝見したところ、牧歌的な絵と詩的な文章で構成されている絵本みたいなものだった。

私は新たにコマ割りという概念を吹き込んでみる。

「コマワリ？　どういうこと？」

「コマ、割りね。だから、動きがわかるように、視線の誘導をするためにね――」

「たとえばこの絵ならどうなるのかしら？　ルカ、地面に描いて説明してちょうだい！」

「えーっとね」

囲炉裏《いろり》の間は土間なので、そこに描いて説明する。とりあえず、ゾフィーさんが描いている絵の内、ダヴィッドだけは顔を知っているので、彼を描いた。

漫画調に顔をデフォルメして地面にカキカキ。……妙に静かだ。

ちらりと見上げると、ゾフィーさんの目は食い入るように地面を捉《とら》えている。まさに肉食獣の目だ。

「これ……まさかダヴィッドなのかしら……？　いえ、ダヴィッドに違いないわ……すごい、先生！　ダヴィッドだってわかるわ！　何て、何て可愛いのっ！」

ゾフィーさんが泣き出した。身を震わせながらの見事な感涙だ。

「こんなに可愛い描き方があったのね……っ、すごい、先生すごすぎるわ……ありがとう……先生に、ルカに出会えたこれまでの全てに……感謝を……っ」

大げさだなあ、と思うけれど、膝《ひざ》をがくがくと震わせながらその場に崩れ落ちたゾフィーさん的には、本気なのかもしれない。ウルトラキュートオーバーリアクション賞を授与だ。

「……ルカ、もう一人描いてみてほしい男がいるの」

「あ、うん」

男だよね、うん、わかる。男が二人登場する話だもんね。わかるよ、うん、深い納得感。

「こっちよ、来て！」

「うぇっ、ちょっと、どこに⁉」

ゾフィーさんに腕を掴まれて、あっという間に外に連れ出されてしまった。

フィンレイさんが里の仕事に出ている今、止めてくれる人がいない。いや、いたところで目を輝かせるこのゾフィーさんを止められるかは、ちょっとわからないけれども。

「あのゾフィーさん！　私、あんまり出歩かないように言われていてね⁉」

「あっちよ！　もう少しよ！　先生に会わせたい人がいるの！」

全く私の話を聞く様子のないゾフィーさんである。頬を紅潮させ瞳はキラキラ、恋する少女のように可愛らしい。

「ていうか相手役この里の人⁉」

「違うわ。でも、それもいいわね……」

うっかり変な着想を与えてしまったかもしれない。

「ダヴィッドと一緒に描いてあげたい人の、親戚がいるの。顔が似ているからルカに見てほしいのよ」

「うーんと、私やっぱり家に戻りたいなあ。フィアナさんに怒られる」

「ああっ、ルカの絵で二人が並んでいるのを見てしまったら、あたしはどんな気持ちになるのかしら……っ！」

「聞いてる、ゾフィーさん⁉　離してくれないかな……っ、くっ、馬鹿力め！」

「その台詞《せりふ》も素敵ね、いただくわ」

同人誌に使うの？　ダヴィッドの台詞《せりふ》かな？　ていうか私の声が聞こえてるんなら、手を離してくれないかな！

「おじ様いらっしゃる？」

「あらゾフィーちゃん……それに、ヒューマン⁉」

「あたしたち親友なのよ。一緒に入ってもいいでしょ？　ありがと、おば様！」

まだ誰もいいよと言っていないのに怒濤《どとう》の勢いで押し切ると、ゾフィーさんが私を引き摺って一軒家へ入っていく。私がフィンレイさんと一緒に暮らしている家よりも大きめだ。

ここの家主の奥さんと思われる人が、なすすべなく引っ張られている私を見て、戸惑った顔をしていた。

「あああ、ごめんなさい、ごめんなさい……！」

「何を謝ってるのよルカ。おじ様！　いるわよね？　匂いがするもの！」

不可抗力なんです、好きでお宅に侵入しているわけじゃないです。だからフィアナさんに苦情の申し入れをするのは思いとどまってほしい。

「どうしたんだい、ゾフィーちゃん？　山を越えてくるだなんて、何かあったのかい？」

「友達に会いに来ただけよ」

「ともだち？」

リング上の疲れきった勝者のボクサーのように片腕を掲《かか》げられている私を胡乱《うろん》な眼差《まなざ》しで見るおじさん。

ここにいるのは不可抗力だ。そしてゾフィーさん、私を友人だと紹介するのはやめたほうがいいと思うよ。手遅れだけれども……

「ルカ、この顔よ！」

「わしの顔がどうかしたのか？」

強い困惑に見舞われている様子のおじさん。

とりあえず、満足するまでゾフィーさんは止まらなさそうなので、諦めてその顔を見た。

二メートル近いので細く見えるけれども引き締まった体躯《たいく》に、四角張った顎《あご》。その頭には角《つの》ではなく、犬耳が生えている。いや、狼耳？

奥さんはゴールデンギープ族だけれど、このおじさんはどうもゾフィーさんと同じグレイウルフ族のようだ。

「おじ様を若くした感じよ。あたしと同じくらい」

「あのう、ゾフィーちゃん？　それにゾフィーちゃんのお友達？　も……お茶でも飲む？」

「いただくわ！　ありがとうおば様」

私はゾフィーさんに引っ張られるまま縁側に腰掛けた。

「はい、ルカ。ここに描いてくれるわよね？」

そう言ってゾフィーさんが用意周到にも懐《ふところ》から取り出したのは、紙とペンとインクだ。

そして、あまり聞きたくないのに、彼女は描かせようとしている男の詳細を勝手にしゃべり始める。

「ダヴィッドの護衛隊長を務めている里一番の武芸達者なの。おじ様のお兄様の子、甥《おい》っ子なのよ。里の女の子にはかなりモテているほうだけれど、全然興味がないみたい……ふふふっ」

そこで、ゾフィーさんが怪しげな笑みを零《こぼ》す。

「……興味がないどころか、女なんてくだらないと考えているに違いないわ。グレイウルフ族では女の子は家を継げないから生まれても……無意味だと思われているの。だからあたしたち、襲撃部隊に加わっていたのよ」

ゾフィーさんの瞳に暗い影が落ちていく。普段は太陽のような笑顔を浮かべているというのに。日食を見ている気分。

「勿論《もちろん》、男が全員そう考えているわけじゃないけれどね。女なんているだけ邪魔だって思っている男たちがいる……その筆頭がおじ様のお兄様で、その意志を継ぐ息子の名が、ユアンというの」

ゾフィーさんの家に次ぐ里におけるナンバー二の地位にあるそうだ。

普通そんな家のご子息なら、里長《さとおさ》の娘を娶《めと》る美味しい立場なんじゃないのだろうか。

それなのに、何でユアンという男はその里長《さとおさ》の姉に××にされそうになってるんだよ。

「女なんかどうでもいいって、自分はダヴィッドを守るためだけにいるって、いつもそう言うのよ……いつもいつもいつもいつも。あたしなんかまるで見えないみたいに扱うの。まるでダヴィッドだけしか見えてないみたいに……。うふふふふ、ふふふふふふふふふふふふふ」

もうね、完全にゾフィーさんの創作衝動はグレイウルフ族の慣習が生み出したものだからね。私のせいじゃないことは明確にしておきたい。そんな動機がなくても楽しめるものなので、もっと気楽に腐女子やらない？

この話を長引かせたくなかった私は、さっさと絵を仕上げる。

「……はい、描けた。でもあんまり上手いわけじゃないからね」

私は何でもそこそこ、中途半端にできるタイプの人間なのだ。イラスト的なものを描けなくもない、程度の画力である。期待しすぎないでほしい。

けれど私から紙を受け取ったゾフィーさんは打ち震えていた。ぎゅっとたわわな胸に紙を抱きしめると、私のことも抱きしめる。

「ありがとうルカ！　あんたって本当に最高！」

ゾフィーさんは叫び、疾風《はやて》のごとく出ていった。

この世界に一人の漫画家が生まれようとしている。とても喜ばしいことだ。しかもこの世界初の漫画が十八禁のＢＬ漫画とか胸が熱くなってくるね！

……とはいえ見知らぬ人の家に置いていかれた私の身にもなってほしかった。

「あのう……すみません。お邪魔しまして」

「はは、ゾフィーちゃんがヒューマンと友人になっているとは驚いたが、大丈夫だよ」

おじさんは優しく微笑んでくれた。わあ、いい人だ。

「家のことまで話しているのは驚いたが……それだけゾフィーちゃんと仲よくしてくれているんだね。グレイウルフ族の里は、わしが言うのも何だが閉鎖的なところだ。その空気に苦しんでいたゾフィーちゃんだからこそ、君のような友人を作ったのかもしれないな」

このおじさんはゾフィーさんが苦しんでいた頃のことしか知らないらしい。今はもう、割り切った上に裏返ってこんがらがって大変なことになっているのだけれど……知らぬが仏とはまさにこのことだ。

「どうぞ、お茶を飲んでいってね。ゾフィーちゃんたら一口も飲んでくれないんだから」

「あ、いただきます。ありがとうございます」

「ところで、わしの顔を描いていたのは何でだい？」

「アハハハハハハハハハハ……内緒です」

「ゾフィーちゃんは、たまに変わったことをするからな。あの子に付き合ってくれてありがとう」

「もしよかったら、わたしと夫の顔も描いてもらえないかしら？　ねえ」

「それはいい考えだ！」

勿論《もちろん》断る選択肢などない。里の人たちと仲よくなるチャンスを虎視眈々《こしたんたん》と窺《うかが》っていたところだ。

ゾフィーさんのおかげでゴールデンギープの里に遊びに行ってもいい家ができた。

ありがとう、ゾフィーさん。腕に青あざができているけれど許すよ。そして、ユアン、君の尊《とうと》い犠牲は忘れない。実際は顔も知らないけれどね！

§　§　§

「日が傾いてきたみたいなので……今日のところは失礼します」

「あらルカちゃん、もう少しいてくれてもいいのに」

「フィンレイさんが心配しちゃうので」

あらあらあら、と困ったような含み笑いをするのはアルバさん。以前、ゾフィーさんによって縁ができた、ゴールデンギープ族とグレイウルフ族の夫婦の奥さんだ。

「今日はお招きいただいて、本当にありがとうございます」

実は私は、ゾフィーさんの獲物であるユアンの父親の弟、レイさんに家へ招かれていた。フィンレイさんは驚きながらも、里における私の交友関係を祝福してくれている。奥さんのアルバさんは私の訪問をどう感じているのだろうと心配しながら訪ねたけれど、彼女もびっくりするぐらい好意的に私を出迎えてくれた。

「いいのよ、素敵な絵を描いてもらえてわたしたちも嬉しいわ。ねえ、あなた？」

「そうだねえ、アルバ。本当に素晴らしい絵だ」

「そんなに褒めていただけるようなものじゃないんですけど……」

写実的でもない、ただのイラストだ。それでもすごく喜んでもらってしまっている。

絵を描くという習慣がないからなのかもしれない。

本のたぐいも、獣人の里に来てから――いや、この世界に来てから見たことがない気がする。

「今クッキーを包むから、その間だけ待っていてもらえる？」

「ありがとうございます、アルバさん」

「わしとアルバの証《あか》しをよく描き分けてくれている。色の違いもわかるといいんだがな」

「色をつけたいのなら、絵の具がほしいですね……」

「絵の具か……顔料じゃな。糸の染料で何とかならんかのう」

獣人は綺麗に染色された糸で機織《はたお》りをする。男も女もみんなするのだ。フィンレイさんも家で暇ができればやっている。

美しい文様を織り出す姿に羨《うらや》ましくなって、私もやり方を教えてもらったが、機織《はたお》り器《き》が重くて固くて動かせなかった……男も女も子どもも力強い獣人が普段使いする道具に、軽量化の概念はない。

まあそういうわけで、染料ならたくさんあるのだろう。できるかどうかはわからないけれど、やってみるのはいいかもしれない。

「あんまり引き留めておくと、フィンレイくんが血相を変えて迎えに来てしまうな。そろそろ送るとしよう」

「すみません、朝からだし、だいぶ長居してしまいましたね……」

「いいんじゃよ。わしらは子どもがおらんのでね。ちょくちょく遊びに来てくれたら嬉しい」

優しい微笑みを浮かべてレイさんが言う。

こんな優しい人もいるんだもの、私はまだまだ頑張れるよ……ご近所付き合いって大事だね。

アルバさんにクッキーの入った包みをもらい、レイさんと二人で家を出た。

「井戸がやたらと広く場所を取っているのは、朝、水汲《く》みに集まるご婦人方が、重要機密の情報交換をするからだ。大抵やり取りされる機密というのは、わしら夫についてだがね」

レイさんが冗談めかして井戸を指さす。

いつかは私もその情報交換会に参加してみたい。私には夫はいないし交換できる機密はないけれど……

当然のようにフィンレイさんの顔が浮かぶ。

……うん？　いやいやいや!?　フィンレイさんの家には転がり込んでお邪魔をさせてもらっているような状況になっているだけで、やむを得ずな感じであってね！

彼は夫でも何でもないのに馬鹿なことを考えてしまった。

「さあ、ルカちゃんの家に着いたぞ」

「送っていただいてありがとうございます」

「気にすることはない。わしらが呼んでしまったのだからね」

レイさんに手を振ってその背中を見送った。そして、ふと気づく。

写真がないため、絵以外に今を留める方法がないのだ。だから私の拙《つたな》い絵でも喜んでくれたんだろう。

……つかの間の平和を絵に落とし込もうとしているかのように感じる。

フィンレイさんも誰も私には情報をくれないため、本当のところはわからないけれど……【人間】との争いの戦況はあまりよくないのかもしれない。

ぼうっとレイさんの背中を見送っている時、不意に声をかけられた。

「ルカさん、ここで何をしているんだい？」

ハッとして振り返ったそこにはイザドルさんがいて、私の心臓は跳ねあがった。

「なっ、何でここにいるの!?　……逃げてきたの？」

ここは端とはいえ、里の中だ。彼はクラウスさんとどこか一カ所に固められていると聞いていたのに、どうして自由の身でいるんだろう？

薄々イザドルさんの正体について思うことがあるので、びっくりした。

「ううん、そうじゃない。私は獣人と【人間】の間に立つ使者の役割を与えられたんだ。これから出発するんだけれど、それまで比較的自由でね」

「役割……？」

「勇者を取り戻したがっている【人間】に、獣人から出された要求を運ぶのが私の役目だよ」

予想が正しければ、イザドルさんは魔族だ。それなのに獣人から勇者を取り戻したい

【人間】への使者が魔族のイザドルさん？

何というか、ろくなことにならない気配しかしない……

「ルカさんも上手いことやっているようだね？」

「う、上手いこと？」

「グレイウルフ族の雌を誑《たぶら》かして、面白いことを企《たくら》んでいるんでしょう？」

イザドルさんがうっすらと笑う。

私はゾフィーさんを誑《たぶら》かしてしまったのだろうか……そう遠くない未来に一部が、阿《あ》鼻《び》叫喚《きょうかん》の様相を呈《てい》するのは予想できているけれども。

私はそれを誤魔化すようにへらっと笑った。

――それにしても、雌って。言い方ってものがあるんじゃないのか。

「何だかルカさん、いつもと雰囲気が違うような」

「え？　そうかな」

「何かがおかしいよ……この間のルカさんはちゃんと仲間に見えたのに」

イザドルさんが端整な顔を歪《ゆが》めて近づいてくる。

「おかしい、おかしいよ絶対に。ルカさんから【人間】みたいな腐った匂いがする！」

「ヒッ!?」

鼻先が擦《こす》れあうくらい間近にイザドルさんが迫ってきた。思わず悲鳴をあげたのに、彼に気にする様子はない。

「どうして？　この間は仲間だと思ったのに！　何で!?　ルカさんは仲間じゃないのか？　私たちの仲間ではなかったのか!?」

ヤバイ、と感じた。イザドルさんの目がきりきりと見開かれていく。眦《まなじり》が裂けてしまうのではないかと思うほどだ。

その異様な形相《ぎょうそう》には、圧倒的なやばみしか感じない。

「私は間違えた？　ルカさんが仲間だと思ったから、何でも話したのに、情報を口にしてしまったのに!?　間違えた？　私が？　どうして私が！」

「いや～あの、人目があるから、落ち着いて!?」

「監視の獣人は撒《ま》いてきた。だからルカさんと、仲間と、話せると思ったのに、何で？　どうして？　なぜなんだ？　吐き気がするような【人間】の異臭がする！」

イザドルさんはうるさいくらい声を張りあげているのに、本当に人が来ない。

日中、大体の健康な獣人たちは仕事で家を出払う。助けを求めて叫んでも、誰にも声が届かないかもしれなかった。

だとしたら、このままイザドルさんに【人間】だと思われているのはまずい。

「待って、ちょっと待って落ち着いて、クールダウン」

「ルカさんが【人間】だというのなら……私が間違えてしまったというのなら、過《あやま》ちを正さなくては」

　完全にイってしまった目をした彼を前に、脳がフルスロットルで稼働する。

　以前、暴走するクラウスさんに絡まれた時、彼が助けてくれた。愛想がよかったあの時は、私を仲間だと認識していたってことだよね？

　つまり魔族だと思われていたのだ。

　加えて彼は、私の靴を美しいと言ってくれた……そう、私が女神ドーラにもらった靴を履《は》いていたからだ。

　女神ドーラはこの靴をくれた時、私を助ける者を遣わす、と言っていた。それなのにイザドルさんは初めて会った時は、あまり愛想がよくなかった。

　おそらく最初は【人間】だと思われていたのだ。金の靴はトートバッグに入れてちゃんと持っていたのに、助ける気になれなかったのだろう。

　――足にぴったり履《は》かなくちゃ、効果はないということじゃない!?

「過《あやま》ちを正すために、私は――」

「ちょっ、待って――あっ天馬だ！」

追い詰められた私は使い古された手を発動した。発動した瞬間、己の愚《おろ》かさと死が頭に浮かぶ。

なのにどういうわけか、イザドルさんは思いきり仰向く。

まさか効くとは思わなかった。

――クラウスさんが探していた天馬、イザドルさんも探していたの？

彼がよそ見をしている隙をついて私は家の中に駆け戻った。心臓が耳の奥で爆音を奏でている。

縁側の下に放置していた黄金の靴を引っ張り出して、震える手でもたつきながら紐をほどき、ブーツを脱いで履《は》きかえた。その瞬間、イザドルさんが恐ろしい形相《ぎょうそう》で家の中に押し入ってくる。

「ちょっ、いきなり、勝手に入らないでもらえると――！」

「あれ？」

イザドルさんの表情が、怖いくらいコロッと優しいものに変わった。その様《さま》はまさに豹変《ひょうへん》だ。

「ああ、何だあ、やっぱり、ルカさんは仲間だね。さっきまで漂《ただよ》っていた濁った汚らし

「何だって⁉」

い沼みたいな臭《くさ》さはなくなっているよ。よかった」

「あ、あはは、は……」

予想通り、だった。

イザドルさんはなぜか、黄金の靴を履《は》いていると私を魔族だと誤認するようだ。そして、靴を脱いでいる私は【人間】に見えているのだろう。

おそらくこの靴に、そういう力があるのだと思われる……何でなの、ドーラちゃん？

「金色の靴はあなたを助ける者を遣わす、ね……」

「それはドーラの言葉だね？」

「っ、うん、たぶん」

まさか言い当てられるとは思わず頷くと、イザドルさんは目を細めて笑った。とてつもない幸運に遭遇したような、嬉しそうな笑顔だ。

「ドーラがそういう靴を与えたのなら、私はルカさんを助けてあげないと。私には私のやるべきことがあるけれど、入り用だったらいつでも呼んでね。ルカさんの助けになりたいから」

「い、いやいや、別に、全然いらない大丈夫」

「どうして？　遠慮なんてしないでよ。確かにルカさんからはどことなく助けてあげたくなるオーラを感じる。女神ドーラのオーラなんだね。とても心地がいい」

「待って、近い！　離れて！」

「どうしてそんなことを言うんだい？　このゴミ溜めみたいに不愉快な獣人の里で、私とルカさんはたった二人きりなのに」

「つまり、二人きりの……魔族、だって言いたいの？」

「こんな場所で確かな言葉を口にするのは危ないよ、ルカさん。一応気配は感じないけれどね」

イザドルさんは注意深く周囲の気配を窺《うかが》う。

これで確信した。私の勘違いではなく、彼は間違いなく魔族だ。

そして本当に私、思いっきり魔族だと思われているんだね。

「あのっ！　どうしてその、アレなのに、クラウスさんと一緒にいたの？」

「勿論《もちろん》、作戦の一環だよ。【人間】というだけでも気持ち悪いのに、勇者だなんて吐き気がするけれど、仕方がないよね。彼を天馬と会わせるわけにはいかないんだから」

ものは試しと聞いてみると、イザドルさんはすらすらと作戦について教えてくれた。

とはいえ、その作戦内容の意図が私にはよくわからない。

「天馬と会わせないために、一緒にいたの？」

「そうだよ。――私はこれから獣人の里の外に逃げられるけれど、ルカさんは大丈夫？　もしも捕まっているのなら連れ出してあげようか？」

「いや、ええと、逃げるのは無理なんじゃない？　イザドルさんが外に出られるのは、クラウスさんが人質、だからだよね？」

「うん？　そうだけれど、助ける義理はないよね？　もしかして作戦の全容が掴めてない？」

仕方ないなあ、と。

愛《いと》おしいものを見るような目で私を見ながら、イザドルさんは教えてくれた。

「これは【人間】と獣人を永遠に敵対させるための作戦、その序章だよ。勇者が獣人に捕まり、そして殺される。あるいはクラウスは生き延びても構わない。獣人への憎悪を煮えたぎらせながら、ならばね？」

柔らかい視線と、口から出てくる言葉とは、内容が合っていない。

「――いい案配《あんばい》さ。私の笛の人を操る力と愚《おろ》かな獣人たちの協力のおかげで、クラウスは獣人を憎んでいる。これで、獣人に殺された家族の死体でも見た日には、クラウスはもう戻れないところまで行くだろう。私はその下準備をするつもりなんだけれど……ルカさんも一緒に来ないかい？」

「下準備って、何？」

「クラウスは孤児院育ちだから、家族がいっぱいいるんだよ」

その情報だけで大体のところを理解してしまって、ぞっとした。

優しい顔をして、イザドルさんは何て恐ろしいことをしようとしているのだろう。

「その家族の死体を彼の前に転がすために細工《さいく》するんだ。私がやってもいいけれど、できたら本当に獣人の手にかけられたほうがいい」

彼は【人間】と獣人をさらに憎み合わせようとしているのだ。そのために、とてつもなく酷《ひど》いことをしようとしている。

「何でそこまで――っ、【人間】と獣人が、憎いの？」

「……？　だって、反吐《へど》みたいな、汚物みたいな異臭がするし……ルカさんもここにいるんだ、わかるだろう？　その姿を見るだけで嫌悪感がわいてくる。平和主義を唱える奴らは誰一人として【人間】や獣人を直接見たことがないから、そんなふうに言うんだ」

魔族の中にも平和に物事を解決したいと考えている人がいるらしい。希望を見た気がしたけれど、それはすぐに絶たれてしまった。

「私たちは女神ドーラにそう作られた……魔族だけが繁栄する世界を夢見るように、魔族以外の人族を全て嫌悪するように生まれついている。仲よくなんて無理な相談だ」

イザドルさんは、金の靴を履《は》いていない私を臭《くさ》いと言った。本当に異臭を感じるのかもしれない。理由は顔かたちでも、肌や目の色でもない、宗教的な考え方が合わないわけでもない。

本能的に受け入れがたく、嫌悪感を覚えるように生まれついているのだとしたら？

……本当にそういうふうに作られているというのなら、確かに【人間】や獣人と上手くやることはできないだろう。

とはいえ、【人間】と獣人を仲違《なかたが》いさせるわけにはいかない。

「もしかしてルカさんって、平和主義者なのかい？　……すごいね、【人間】と会話して、獣人の里にまで来て、そこまで意志を貫《つらぬ》いている仲間は初めて見た。でも、我慢は身体によくないよ」

イザドルさんは心配そうに言う。

私の主義が自分と違うものだと理解して尚、彼は同族だと思い込んでいる私を心配してくれる。

その破格の優しさのわけがわからなくて、頭がおかしくなりそうだ。

「あの獣人の男はルカさんのことが好きみたいだし、一緒にいるのはとんでもない苦痛だろう？　何かやりたいことがあるのかもしれないけれど、ここは数日後には戦場となる。危ないから兄さんと一緒に国に帰ろう」

「に、兄さん？」

「魔族はみんな仲間で、家族だ。私たちは【人間】や獣人たちのように同族同士で争うことはない。君は私の可愛い妹で、友達にも、恋人にだってなれるだろうね。醜《みにく》く争う人の世に固執する理由なんて、何もないだろう？」

ギリシャ神話の神様みたいに綺麗な顔に、優しく温かみのある笑みを浮かべて、イザドルさんは思いやりたっぷりに私に手を差し伸べた。

彼の言う通りであれば、魔族の国は、きっととてつもなく優しい世界だ。同族ならば争うことのない人々の国だなんて、理想郷以外の何ものでもない。

けれどこの人は、これからクラウスさんの家族だという、孤児院の子どもたちを殺しに行こうとしている人でもあった。

同族以外の存在に対する思いやりに、恐ろしいほど欠けている。

「イザドルさん、私は行けない……私は、【人間】だから」

「え？　何を言っているんだい？」

「ごめんなさい、騙《だま》したみたいになってしまったけれど、私は魔族じゃないの」

「……まさか。からかおうとしているね？　私の気を引きたいの？　そんなことをしなくとも、私は君のものだよ、ルカさん」

優しい笑みを浮かべたイザドルさんの顔が近づいてくる。危害を加えようという気持ちがかけらもないのは、その微笑みを見ていればわかった。

天使のように邪気のない顔をしていたから、気づくのが遅れる。

彼はその整った唇を私の頬に押し当てたのだ。――それを、見ている人がいた。

「貴様、何をしている!?」

「――邪魔が入ったね」

うんざりした顔をして鼻の頭に皺《しわ》を寄せ、イザドルさんが私から離れる。それをさらに無理やり引《ひ》き剥《は》がしたのは、フィンレイさんだった。

「ルカに何をしていた!?　――クソがっ」

「またねルカさん。こんな場所から必ず救い出してあげる」

「さっさと出ていけ！　使者に立つんだろう!?　勇者の命が惜しくないのか！」

フィンレイさんはいつになく荒っぽい口調で叫ぶと、イザドルさんを追い出した。暖簾《のれん》を叩きつけるように下ろし、壁に立てかけていた戸板を出入り口に嵌《は》める。それは夜の戸締まりの時に嵌《は》めるものだ。木の角材を渡して鍵とし、外から開けられないようにしてしまう。

そうして、フィンレイさんは炉端で座り込む私に向き直った。

激しい怒りが滲《にじ》んだ顔をしている。

「あの男とこの家で、何をしていた？　――その頬に唇で触れていたな！」

フィンレイさんが大きな掌《てのひら》で造作もなく私の頭を掴む。イザドルさんとは比べものにならない乱雑さで私の頬に噛《か》みついた。

柔らかく生ぬるい舌の感触に、心臓が飛び跳ねる。私自身も飛び跳ねて距離を取ろうとしたのに、がっちりと首を押さえられてしまって動けない。

フィンレイさんは私の頬の肉を唇で何度も食《は》みながら、軽く吸った。

一緒に暮らしてきた中で、こんなに乱暴な扱いをされたのは初めてだ。彼の瞳には、私を責める怒りが燃えたぎっている。

それなのにイザドルさんの時とは違って――怖くはなかった。

私は、まだ、怖くなかった。

これから口に出そうとしている言葉によって、もしかしたら恐ろしい事態になるかもしれないけれど……

「どうして泣く！　そこまで俺に触れられるのが嫌か!?」

「違う！　そうじゃない……」

「ならばなぜ泣く!?　あの男が好きだからではないのか！」

「私が好きなのはフィンレイさんだよ、馬鹿！」

フィンレイさんを罵《ののし》ったのに、彼は一瞬にして驚くほど優しい顔になった。

「俺もあなたが好きだ、ルカ」

「……知ってる」

というか、気づいていた。

フィンレイさんはわかりやすかったし、周りの人にも隠そうとはしていなかったから。

「あなたがあまりに優しかったので、その優しさに縋《すが》ってしまった。そうしたら、あなたが応えてくれて……俺はその優しさが、愛《いと》おしくてたまらない」

フィンレイさんが私の頬を伝う涙を指で拭《ぬぐ》ってくれる。

この優しさがなくなるかもしれないことを、私は言おうとしていた。

「ならば、どうして泣く？　……まさかイザドルに何かされたのか!?」

「そうじゃない。……私が嫌なのはフィンレイさんに嫌われることなの」

「嫌うわけがない。俺があなたを愛しているんだ。あなたがヒューマンでも構わない。里の者たちに何と言われようと、姉様に勘当されたって――」

「私、【人間】じゃないかもしれないのに、それでも好きって言ってくれる？」

「……ヒューマンではない？」

フィンレイさんが怪訝《けげん》そうに眉を顰《ひそ》めた。そして、そっと手を伸ばして私の頭を撫《な》でる。もしも私が獣人ならば頭にあるはずの、種族の証《あかし》を探しているのだろう。探るように指を動かすからくすぐったくて笑ってしまった。けれど、笑っている場合じゃないんだよね。

「ヒューマンでも、獣人でもない、ということは……あなたは、まさか」

フィンレイさんが息を呑む。やはり、彼でもそういう反応になるのだ。

私の人柄が原因でも、見た目が嫌われたわけでもない。

もしも私が魔族なら、フィンレイさんはそれだけで私を憎むのだ。

でもたぶん、私は魔族でもない。そうなのかもと疑った時もあったが、違う。——このナゾナゾの種明かしをしようとした時、フィンレイさんの顔が不意に迫った。

「ふっ、ぅんっ⁉」

唇をぴったりと重ねられ、言葉が出ない。

すぐに離れて話をしたいのに、唇の間の開いた隙間からフィンレイさんの舌が伸びてきて、言おうとした言葉を奪われた。

長い舌が荒々しく口の中を探っていく。何かを探しているかのような必死さだ。

見つからなかったものの代わりに、探り当てられた舌を吸われて目眩《めまい》がした。

全身が痺《しび》れるような感覚に襲われて混乱していると、奥深くまで侵入していた舌が引き抜かれる。

「ふ、ぁ？」

「吐き気がするほど、嫌か？」

「魔族はっ、生まれながらに他の人族を生理的に嫌っていると聞いている……っ！　俺に口を吸われるのは嫌か!?　耐えられない、のか……？」

フィンレイさんの顔が泣きそうに歪《ゆが》められているのを見て、愛《いと》おしさで胸がはち切れそうになる。

魔族だからというだけで嫌われはしなかった。

それどころか彼のほうが、私に嫌われるのを恐れてくれた。

嬉しくて、フィンレイさんの頭に腕を回して離れた唇に私の唇を押しつける。すると彼は、目を丸くした。

「嫌なわけがないでしょう。好きだって言ってるのに！」

「だが！」

「魔族でもないよ。……たぶんね」

私は囲炉裏《いろり》の上にピッと足を伸ばしてみせた。フィンレイさんは怪訝《けげん》そうな顔をしている。

「この靴、何でできているように見える？」

「普通の白い……布では、ないのか？」

「見ていてね」

私は足をひょいと動かして、自分の目には黄金に見える靴を囲炉裏《いろり》の火の中に放り込んだ。

思った通り、靴はいくら火に炙《あぶ》られても、いっこうに燃える気配がない。

それを見てフィンレイさんも理解したのだろう、深い息を吐く。

私はその横顔をじっと見つめていた。彼が努めて動揺を押し殺そうとしているのが、わかる。

今にも嫌になって、私を突き飛ばそうとするかもしれないと、身体を強ばらせていたのに、不意に抱き寄せられた。私の懸念《けねん》にフィンレイさんは気づいてしまったらしい。

「……魔道具だな。だとしても、ルカはたまたま拾ってしまっただけなのでは？」

「私の目には黄金の靴に見えるんだよ」

「そう、か……それはつまり、そういうこと、だな」

現実を受け止めながらも、私を強く抱きしめてくれる彼に、また泣きそうになった。

「――だが、魔族ではないと言ったな？」

希望に縋《すが》るように彼は言う。私が魔族でも、嫌われるのをまず恐れてくれる。それでも、彼にとって私は魔族ではないほうがいいに違いない。

獣人は、フィンレイさんたちは、本当に魔族を嫌い、恐れているのだ。

それも仕方のないことかもしれない。だって魔族は――イザドルさんは恐ろしい人だから。

「私の考えでは、私はこの世界に連れてこられた新しい種なんじゃないかな、と思ってる」

「――確かにあなたは前から、女神に異界から連れてこられたと言っていたな。あれは事実だったのか」

「信じてなかったの？」

「信じたかったが、信じがたいほどに……その、俺にとって都合がよすぎた」

都合がいい？

意味がわからなくて首を傾《かし》げると、フィンレイさんにジト目で見られる。

「……この世界で初めて出会ったのが運命の番《つがい》だと言われた話は、嘘だったのか？」

「あ、それね。本当だよ」

「初めて出会ったのが俺だというのは？」

「それも本当」

「つまり……俺たちは、女神コーラルに祝福された運命の番《つがい》だということなんだな」

「うん。そういうことになるのかな……」

フィンレイさんがあまりにも嬉しそうに顔をほころばせるので、面映《おもは》ゆくなって俯《うつむ》く。すると、目を逸《そ》らすのは許さないとばかりに手で頬を包み込まれて、彼のほうを向かされた。

「どうして顔を逸《そ》らすんだ、ルカ？」

フィンレイさんの、私を好きだと隠しもしない視線が恥ずかしいからだ。けれど、それを口にするのすら恥ずかしい。——それに、幸福に浸《ひた》っている場合でもない。

もしかしたらフィンレイさんに嫌われて憎まれるかもしれないのに、この話をする決断を下したのは、どこか遠くで危険な目に遭《あ》おうとしている、罪もない子どもたちを救うためだ。

「フィンレイさん、私がどうして、こんなことに気づいたと思う？　この世界のことなんて何もわからなかったのに、どうやったと思う？」

「……まさか、イザドル、か？」

「そう。イザドルさんの目にも、私の靴は金色に見えていた。だから私、イザドルさんに魔族だと思われていたの。仲間だって」

「イザドルが魔族だとっ⁉　あいつの持ち物の中に金色の物はあったか？」

「横笛が金色だった。……イザドルさん、その笛でクラウスさんを操っていた、みたいなことを言っていたの。あの横笛にはそういう力があるみたい。人を煽動《せんどう》するのかな？　イザドルさんたちの目的は、獣人と【人間】を仲違《なかたが》いさせることだって」

「魔族がどうして獣人とヒューマンを争わせようとする？」

「そんなの、私にはわからないよ」

「そう、だな。だが、それならば俺たち獣人のやっていることは、魔族に利する行為だというのか……？」

　おそらくはそうなのだろう。獣人が自分たちの意思で【人間】と争おうと決めたことは、イザドルさんの目的にとって好都合だったに違いない。

「私、この世界に連れてこられる時、二人の少女に出会ったの。一人は黄金の髪と目の子。一人は黒髪と黒目の子。双子みたいにそっくりで、それぞれにプレゼントをもらった」

「……女神コーラルと、ドーラだな」

「コーラルにはたぶん、魔力の器《うつわ》というやつかな？　それをもらった。運命の番《つがい》に会わせてあげるとも言われたよ。そして、ドーラにはこの燃えない靴をもらった。この靴を履《は》いていると私を助ける人が遣わされるんだって」

「魔族が遣わされるということか？」

「そういうことなんだろうね……別に、呼び子にはなってないらしいけど。でも、この靴を履《は》いている私は、魔族の目には仲間に見えてる。そして、脱ぐと普通の【人間】に見えるみたい。この靴にはそういう力があるの」

炎の中から火かき棒で靴を拾いあげる。今の今まで焼かれていた靴は、触れるとひんやりと感じるほど冷めていた。火の中にあったのがまるで嘘のようだ。

「だから、私を仲間だと思い込んで、イザドルさんは色々しゃべってくれた……私を助けようとして、この里から連れ出そうともしていたの。そして、ここから出たら【人間】との交渉に出向かずに、そのままクラウスさんの故郷に行って、彼の家族を獣人に殺させようとしている……っ」

私はフィンレイさんをまっすぐに見上げ、懇願した。

「お願い、助けてあげて。クラウスさんは孤児院の生まれだというの。イザドルさんは、そこにいる子どもたちを獣人に殺させようとしている！　イザドルさんは同族の魔族以外には何の思いやりもない、本当に、生理的に異種族を嫌悪しているみたいで……！」

今、フィンレイさんたち獣人は、【人間】と争っている。戦いになれば関係のない人たちの命が奪われるのは当然で、こんなこと、フィンレイさんは放っておけと考えるかもしれない。

けれど私は、罪もない子どもの命が奪われるのを見過ごすなんて、耐えられなかった。

「助けてあげて、フィンレイさん。ダメなら、クラウスさんに会わせて」

「……あなたはとても優しい」

「フィンレイさん!?」

「落ち着いてくれ、ルカ。勿論《もちろん》、罪もない子どもの命が奪われてはいけない。それが獣人のものだろうと、ヒューマンのものだろうとだ。一緒にクラウスに会いに行こう」

当然のことのように言ってくれたフィンレイさんに、私は深い安堵《あんど》に包まれた。

「うんっ……フィンレイさんを好きになってよかった」

「っ！」

近づいてきたフィンレイさんの大きな口で唇を塞《ふさ》がれる。

こじ開けるようにして温かな舌が唇を押し開き、歯と歯の間に滑り込む。抵抗する隙もない。

私の咥内《こうない》の粘膜を舐めるように探り、逃げようとした舌をあっという間に掬《すく》いあげる。逃れる術《すべ》なく捕まってしまった舌をそっと伸ばして触れてみると、フィンレイさんの牙はとても鋭かった。

「んっ……！　ふ、っ」

もう、舌は伸びきっているのに、彼は水音が立つのも構わず吸いあげ続ける。

息が苦しかった。けれど、幸せだ。でもやっぱり苦しい。息もそうだし、胸も苦しい。すごい速さで心臓が脈打つ。こんなことを何度もしていたら、その内心臓が止まってしまう。

彼の分厚い舌が急所を探るように咥内《こうない》を撫《な》でると、目の前がチカチカとしてくる。ふわふわとした気持ちになり、朦朧《もうろう》としてフィンレイさんにしがみつく力もなくなろうとした時、やっと解放された。

「……俺の運命の番《つがい》、ルカ」

どろりと蕩《とろ》けそうなほど甘ったるい声で名前を呼ばれる。

「フィンレイ、さん？」

「愛している」

フィンレイさんの瞳孔が開いているように見えて、心臓が跳ねた。

怖いわけではないけれど、危険を感じさせる顔になっている。

彼は猛禽類《もうきんるい》の獣人ではなかったはずなのに――？

「たとえあなたが魔族であろうと、俺はあなたを愛しただろう」

「……っ、それは！」

「里の者に聞かれたら、殺されてしまうな。だがそれでいい」

おそらく今、彼は――この世界の人が決して言ってはいけない言葉を口にした。

他ならない、私のために。

「あなたが死ぬ時は俺が死ぬ時でもある。ルカ、俺と同じ時を過ごしてくれ」

元の世界のことが思い浮かぶ。

初めから熱心に帰る方法を探していたわけではないけれど、私は、もう一度女神たちに出会って交渉すれば、おそらく帰れるのではないだろうかと考えていた。

だって、私をこちらに連れてきたのは彼女たちだ。

けれど今度あの子たちに出会ったとしても、私は帰還を願わないだろう。

あの世界には私をこれほど強く想う人はいない。

それに、私自身がこれほど強く惹かれる人もいないのだから――

§　§　§

日暮れ前にクラウスさんのところへ連れていってもらった。それなのに私は、上手く説明できなかった。

「イザドルが魔族ぅ？　んなわけねえだろう！　オレとずっと旅をしてきた男だぞ！」

「で、でも……」

「イザドルを陥《おとし》いれようってのか？　そうするように獣人に唆《そそのか》されたのか、ルカ！　てめえはどこまで【人間】に仇《あだ》なせば気がすむんだよ⁉」

怒鳴るクラウスさんに何も言葉が出てこない。

初めから、きちんと話せなかったのが悪かったのだ。ちゃんと伝えられていなかった。だからクラウスさんは信じてくれない……それに、こんな状況で冷静になれる人がいるだろうか？

彼は、檻《おり》の中に入れられていた。

里長《さとおさ》の大きな家の裏に、それはあり、地上部分に見張りの獣人が常駐していて、地下に暗い牢獄が設けられているのだ。

最奥の一番大きな部屋の檻《おり》の中がクラウスさんの居場所だった。絨毯《じゅうたん》は敷かれているけれど、調度品なんてそれぐらいだ。彼がこんなところに閉じ込められている間、私は呑気に一人だけ快適な住まいで暮らしていた。クラウスさんが怒るのも無理はない。

罪悪感で言葉に詰まる私の代わりに、フィンレイさんが前に出て説明してくれる。

「イザドルの横笛は魔道具だそうだ。あの魔族が奏でる音楽を旅の間中、聴かされ続けたあなたのほうこそ、魔族に唆《そそのか》されている可能性が高い」

「あんな木の笛にそんな力があるわけないだろう！」

「イザドルはあの横笛を大事にしていなかったか？」

するとクラウスさんが口をつぐんだ。思い当たる節《ふし》があったのだろう。

「それは……あの笛が、吟遊詩人《ぎんゆうしじん》の親父から受け継いだものだから、だ」

「そう言っていたのか？」

「ああ、そうだよ！　そりゃ大事にするさ！　形見ならっ！」

「魔族はよく魔道具を形見だと偽《いつわ》って持ち運ぶ。よく知っているはずだ。勇者クラウス」

「……もしイザドルが魔族だったとして、どうしてそうだと知った？　イザドルが魔族ならそれを巧妙に隠していた。オレ相手には隠し通せていたのに、どうしておまえらはそれと気づくことができたっていうんだ!? 横笛が魔道具だと気づいた理由は何だ!」

それを説明できないために、私たちの主張は弱い。

フィンレイさんは淡々と繰り返す。

「イザドルがルカに暴露した」

「どうしてそうなる!? イザドルがよほど阿呆な魔族だったってことか? オレ相手には愛想笑いをしてみせるくらい狡猾《こうかつ》な魔族なのに、ルカ相手には底抜けの大間抜けだったって?」

クラウスさんは失笑する。

「そんなことがありえるかよ。獣人に乗せられてんじゃねぇよ、ルカ」

クラウスさんを納得させるには、イザドルさんが私を魔族だと勘違いして気を許した経緯を説明する必要がある。けれど、説明したとして、彼は真実を理解してくれるだろうか?

私が魔族ではないのだと、この世界に連れてこられた新しい種であると、わかってもらえる?

もしもそこまで信じてもらえず、火で焼いても燃えない靴を持っているということだけが伝わってしまったら、クラウスさんにとって私はただの魔族だ。

「フィンレイさん、やっぱりもう、説明しないと……っ！」

「ダメだ」

フィンレイさんは私を睨《にら》んだ。全てをクラウスさんに説明してはいけないと、止める。

もしも知られて、クラウスさんに信じてもらえず、彼が生きて魔道具の情報だけを【人間】の国に持ち帰ると――私がとんでもないことになると、フィンレイさんは言うのだ。

「おまえら、何の話だ？」

「……イザドルはヒューマンと獣人の仲を徹底的に裂くつもりだ。どうしてそうしたいのかは知らないがな。だからあなたに獣人を心の底から憎ませようとしている。そのために、あなたの故郷の家族を獣人に殺させようとしていると――」

「オレの家族を⁉」

「イザドルさんが……クラウスさんは孤児院の出だって言っていました」

目を見開いたクラウスさんが、私とフィンレイさんを交互に見据えた。

「そんな……だがっ、うう……っ、――いや！」

俯《うつむ》き、苦悩し、クラウスさんは歯がみして頭を押さえ唸《うな》る。彼が再び顔を上げた時、その黒い瞳に金の光が見えた気がした。

「獣人が……オレの家族を既《すで》に殺したんだろう⁉　その罪を、イザドルになすりつけて、オレの怒りを逸《そ》らそうって腹だな！　そういうことなんだろう⁉」

クラウスさんの黒い瞳の中に、やはり金の光がぐるぐると渦巻《うずま》いている。私の靴やイザドルさんの横笛の黄金の光と同じだ。

「信じられねえ！　やっぱり獣人は信じられねえんだ！　獣人を見つけたら殺すべきだった！　決して生かしてはいけなかった！　おまえらは邪悪な裏切り者だ‼」

イザドルさんが歌っていたものと同じフレーズを、クラウスさんは繰り返し叫ぶ。

これが操られるということなのかもしれない。

恐ろしい力を目の当《ま》たりにして、もう言葉が出てこなかった。

巧妙に【人間】の中に紛れ込み、こうもたやすく人の心を操っておいて、何の痛痒《つうよう》も覚えないのが魔族だ。

だとしたら、確かに【人間】は魔族を恐れ滅ぼしたいと思うだろう。だっておそらく魔族は、大嫌いな【人間】と獣人を争わせて、どちらも滅ぼそうとしているのだから。

そんな大変な状況で、私のような曖昧《あいまい》な存在を生かしておこうと考えてくれる人はいるだろうか？

――私を好きだと、愛していると言ってくれるフィンレイさん以外で。

「何を言っても無駄だな……行くぞ、ルカ」

「うん……」

「ルカ！　おまえは【人間】だろう⁉　獣人なんかに騙《だま》されるな！　心を強く持って、強くあれ！」

私が獣人に誑《たぶら》かされていると信じているクラウスさんは、励まそうとしてくれる。

厳密には、私はこの世界で言う【人間】ではないのに。けれど、クラウスさんは私をまごうことなき【人間】だと思ってくれている。

……まるで誰もかれもを騙《だま》しているような気分だ。

「ルカ、気にするな」

私の肩を抱いてフィンレイさんが言う。

私たちは二人で牢のある建物を出た。

「姉様に――里長《さとおさ》に相談して獣人の兵士を勇者の家族とやらのもとに向かわせよう。最悪、勇者があまりにもこちらの要求を呑まない場合、家族を人質に取るという案はあったんだ。だが、殺そうとまではしていない……」

クラウスさんの家族の喉元に突きつける、その脅しの刃《やいば》がそのまま食い込むように、魔族が操作しようとしている。

身を寄せ合う私とフィンレイさんの姿を見て、守衛の獣人は顔を顰《しか》めていた。

だから、私はフィンレイさんから離れようとする。それなのに、押しのけようとした私の手を捉《とら》えて、彼はますます身を寄せてきた。

「あなたを連れていきたいところがあるんだ」

微笑んでそう言い、私の肩を引き寄せたまま歩き出す。里のど真ん中へ、まだ日が落ちる前で人目があるのに。

往来にはいつもより人がたくさんいて、私たちの姿を見て顔を歪《ゆが》めたり、背《そむ》けたりした。

「フィンレイさん、離れよう？　フィンレイさんに悪い噂が……」

「どうして構う必要がある？　俺たちは女神に認められた番《つがい》だろう？」

でも、フィンレイさんを大事に思っているからこそ、心配している人たちだ。どうして気にせずにいられるだろう。

そう思っても、涼しい風に首を竦《すく》める私を守るように、彼が抱き寄せてくれるのは、嬉しい。

「何かあったの……？」

歩いていると次第に人通りが多くなった。ここは都心のように大勢の人が暮らす里ではない。里中の人が集まっているんじゃないかと思うほど、人が多くなっていく。

一方に向かって歩いていく人たちの顔色は、明るい。

そして目的の場所に着いた私たちは、美しい光景を目にすることになった。

「あれは何……？　花の家？」

「求婚だ」

フィンレイさんは微笑んで答えた。

私は視線をみんなが見ているものに戻す。

それは花で全体を飾りたてられた家だった。

色とりどりの鮮やかな花が、家の屋根や壁、窓枠などあちこちに飾られている。

里の家は藁《わら》や木、茅《かや》で作られていて、内側こそタペストリーが貼ってあり賑《にぎ》やかだけれど、外側は地味だ。そんな家々の中で一軒だけ、カラフルに彩《いろど》られ、春を先取りしたかのような華やかなものがある。

「成人した男が結婚を申し込む時は、相手の女の家を花で飾るのがしきたりなんだ。毎朝早くに起きて朝露《あさつゆ》に濡れた瑞々《みずみず》しい花を摘み、女の家を飾る」

「それじゃ、あれは女の人の家なんだ」

「ああ。成人した女の子はみんな家を一つ持つ。里中の男たちが協力して建てるんだ」

つまり、あの家の女性は今プロポーズを受けているということだ。

彼女が成人した時に里のみんなで家を建てたなら、里中の人が彼女のことを知っているのだろう。そんな彼女に、みんながわかる形で結婚を申し込むだなんて、中々勇気のいる行動だ。

「……ええっと、断られたらどうなっちゃうの？」

「普通は前もって了承を得ておくものだな。家族ぐるみの付き合いをしておいて、正式に関係を里に広める時に、このしきたりを行うことが多い」

「だよねえ！」

そうでなければ公開処刑待ったなしだ。男性たちの勇気もくじけそうなものである。

「求婚を受ける意思があれば、女は、男が持ってきた花で花冠《はなかんむり》を作り、それを被って出てくる。今の時間なら、家の中で花冠《はなかんむり》を作っているところだろう」

この家を取り巻いている人たちは、花冠《はなかんむり》を被った花嫁が出てくるのを待っているところなのだ。

背伸びをして見ると、家の前には少し遠巻きにされている一人の男性が立っているようだった。

彼の様子にプレッシャーは見られないので、きっとご家族にも本人にも話を通しているに違いない。

ちなみに、滅多にないことではあるが、求婚を受けない場合、女性はいつも通りの生活を送ればいいらしい。花が枯れて花冠《はなかんむり》も作れないような状態になったら、男がそれを片づけるそうだ。切ない風習である。

女性がプロポーズを受けても受けなくても、里の人たちにとってはお祭りになるとも聞いた。

二人がくっついたお披露目会にしても、残念会にしても、飲み食いするチャンスで、それを待っている人もいそうだ。

若い獣人たちは羨《うらや》ましそうに花の家を見ている。

「英獣ザクリスがやっていたので皆《みな》が倣《なら》うようになったと伝わっている」

「えいじゅう？」

「獣人の英雄。その身体は里長《さとおさ》の家よりも大きくて、空を駆けることができたともいわれている。どうしたらそんなことができるのかは知らないがな」

おとぎ話のようなものだろう。大体、家よりも大きかったら、その家を飾るための花を摘むのにも苦労するはずだ。明らかに話の内容が矛盾している。

それにしても、美しい家だ。それに、美しい風習だ。

本人たちだけではなく、家族だけでもなく、里中の人たちが二人の行く末を見守っている。

「そうだろう？」

「いいしきたりだね」

フィンレイさんは自慢するように笑った。彼は自分が獣人であることを、その里で生まれたことを誇りに思っている。こんな人から家族を、里の仲のいい人たちを奪っていいのかと心に陰がさす。

「イザドルのことも、この里のことも——何もかも俺に任せてくれ。心配しなくていい。俺が必ず、全てがルカにとってよくなるようにするからな」

フィンレイさんは確かに私にとってよくなるように考えてくれるに違いない。

けれど不安だった。彼は私のことを好きで、大切にしてくれるからこそ、自分を蔑《ないがし》ろにしてしまわないだろうか？

花で飾られた家を見つめながら、私は、誰もに祝福される未来を夢見ずにはいられなかった。

§　§　§

花の家を後にして、私たちは二人であの家に戻った。

フィンレイさんは私を好きでこの家にいてくれているようだ……結構前から。

これまで一緒に暮らしていて何も問題は起きていない。だから、想いが通じあっても何も起こらないと考えていたんだよね!?

「ここね、私の寝室だから出ていってもらえる?」

「一緒に眠ればいいだろう?　俺たちは運命の番《つがい》なのだから」

ニコニコと笑顔でフィンレイさんが寝言を言う。

その手には毛織りの布団が抱えられていた。本当にここで寝る気で来たらしい。

夜の帳《とばり》がすっかり落ちて、明かりは囲炉裏《いろり》の熾火《おきび》だけ。

いつもは薄暗い中で身を寄せ合って今日一日のことを語らい、眠くなれば各々《おのおの》の寝室へ下がっていく。そんな日々のルーティンがここに崩れ去った。

私たちの部屋を隔《へだ》てるのは暖簾《のれん》だけなので、くぐればすぐに出入りできてしまう困りものだ。当初はそれにヒヤヒヤしていたものの、フィンレイさんが紳士的なおかげで全く危機感を覚えなくなっていたのに。

「そうだとしても、出ていっていただきたい」

私は出入り口を指し示す。

フィンレイさんは紳士なので、きちんと要求すればちゃんと聞いてくれるはずだ。

けれど、私が本気で出ていってほしいのだと察した彼は、顔色を変えた。

「なぜだ⁉　俺のことがもう嫌いになったのか⁉」

「いや、違う違う違う。そうじゃなくて」

「せっかくルカが俺を好いてくれているとわかったんだ。俺は片時も離れたくないというのに、ルカは違うのか？」

狭い寝室で詰め寄られ、私は思わずのけぞる。発熱の衣《ころも》に織り込まれた文様が淡い光を放っていて、フィンレイさんの悲しげに歪《ゆが》んだ顔を照らし出していた。

「……っ、俺は、ルカを愛している。だが、ルカが俺を厭《いと》うというのであれば仕方がない。俺は出ていく。ルカの意に添わないことはしたくないからな」

「ま、待て待て待って」

私がフィンレイさんを厭《いと》う？　とかいう誤解をされたまま出ていかれては困る。

思わず呼び止めると、フィンレイさんが目を輝かせて振り返った。

「あの、その……文化の違い、みたいな？」

「獣人とヒューマンでは違うというのか？　ヒューマンにも恋人と共に眠る風習はあるはずだが」

「わ、私……異世界人だから」

だからそういう風習はない……勿論《もちろん》、とんでもない嘘だ。

私の世界でだって恋人同士は普通に夜一緒のベッドで眠る。眠るどころじゃなく、色々なコミュニケーションだって取るだろう。

けれど私の心の準備ができていないため、どうか今日のところはお引き取りいただきたい。

フィンレイさんと同じ寝室にいると思うだけで、自分でもびっくりするくらい緊張してしまっているのだ。

「……そういうことであれば仕方がないな。ルカの世界では婚前に同衾《どうきん》はしないんだな」

「う、うん。ごめんね……」

「だが、口づけならばいいんじゃないか？」

私たちはいわゆる恋人同士、なわけである。

私はフィンレイさんを好きと言って、フィンレイさんも好きだと言ってくれた。

勘違いの余地もなく、間違いなく両想いのこの状況で一緒に暮らしている。

これを恋人関係と言わずに何と言うのだ、順序が違ってはいるけれど、些末《さまつ》なことだ。

……嘘をついてまで私のペースに合わせてもらおうとしているのに、これ以上を求めるのはちょっと欲張りすぎのような気がする。

それに私だって、キスがしたくないわけじゃない。

「あの、優しいキスにしてくれる？」

「ルカにはいつだって優しくしていると思うが」

フィンレイさんの金色の目が闇に浮かんで艶《つや》やかに光る。

完全に獣の目だ。草食ではない。絶対に私の言いたいことが伝わってない！

「唇に触れるだけのキスにしてって意味！」

「なぜ？　そんなものは口づけではない」

「ちゃんとしたキスです！　口づけです‼」

「どうして……以前に俺のした口づけに不満があるのか？　ルカをよくできなかったのか？」

心底不安そうに聞かれてしまった。

その聞き方もそうだけれど、年齢イコール恋人いない歴を更新してきた身としては、この状況に頭が沸騰《ふっとう》しそうだ。全身が心臓になってしまったかのように心音がうるさい。

ゾフィーさんのえぐい話はいくらでも平気な顔で聞けるけれど、それはあくまでファンタジーだから……！　あれは、彼女の情熱を聞かされているにすぎないのだ。

「フィンレイさんがしようとする、あんなキス、いつもされたら、おかしくなりそう、で。

あの、私、変な顔してそうだし、そういう顔を見られるのが、恥ずかしい……」

夜一緒に寝るのなんて問題外だ。

キスだって、前にした時は不安で頭がおかしくなりそうだったから受け入れられたし、嬉しくも感じた。けれど、今されるのは確実に無理！

「フィンレイさんのこと、もっともっと、好きになっちゃいそうで……甘えて、しまいそうで」

今だってぐずぐずに甘やかされているのに、これ以上思いあがってしまったら、二度と自分の足では立てなくなってしまいそうで怖い。

フィンレイさんが私を好きな理由なんて、優しい、くらいなのだ。

優しい人間なんてこの世にいくらでもいるのに、たまたま彼が辛い時に優しくしたから好きになってもらってしまった。

いつか私への気持ちなんてなくなってしまう可能性は高い。

そうなったら私は生きていけないんじゃないだろうか……

フィンレイさんが不誠実な人だとは絶対に思わないのに、そんな不安が頭をもたげてくる。

「一体、フィンレイさんが私のどこを好きになったのかも……わからないし、自信ない、から……」

怖いくらい、惜しげもなく与えようとするのをやめてほしい。私はまだ、フィンレイさんと想いが通じあっているという幸福を受け止めきれていないのだ。

そんなことを、ぐずぐずと話すと、彼は深い溜め息をついた。

「フィンレイ、さん？　……鬱陶《うっとう》しくてごめんね」

「鬱陶《うっとう》しいなど。──俺がどれほどルカを愛して求めているのかを今すぐ実感させてやりたい」

「そんな実感ができたらいいんだけどね」

「っ、はは……。そうだな、ルカの種族が婚前の男女の同衾《どうきん》を許してくれていたのであれば教えてやれたのに、残念だ」

「へっ⁉」

そんな意味で言っていたの⁉　わからなくて変な返事をしてしまった！

私がとっさに布団にくるまると、フィンレイさんは明るく笑う。

「ルカにそんな気がないのはわかったよ。仕方がないな。あなたの可愛さに免じて俺が我慢すればいい、そういうことだろう？」

「私が可愛いかどうかは知らないけど……そういう感じでお願いします」

「だが、触れるだけの口づけならば構わないんだな」

「……うん」

「ならば、それだけでいいから許してくれ」

私は結構肝が太いはずだし強心臓の持ち主だ。

けれどそれはつまり、ものすごくドキドキしても心臓が破裂せずに耐えられるってだけだった。

近づいてきたフィンレイさんの優しい表情を見ていられず、目をぎゅっと瞑《つむ》る。壊れ物を扱うかのように頬を撫《な》でられて、思わずその手を掴んでしまった。

やめてほしかったわけじゃないのに、フィンレイさんの手は頬に触れるのをやめて、私の手を掴む。

目を閉じていたから、フィンレイさんがどれくらい近づいてきているのかわからない……と思っていたのに、不意に唇のすぐ近くに熱い吐息を感じて、思わず身を引こうとしてしまった。

それを防ぐようにフィンレイさんがもう片方の手で私の首を掴んで、引き寄せる。

「んっ、……っ！」

確かに、前の時のように舌が入ってくることはない。

けれど、唇を食べられてしまいそうだと感じるキスだ。

「っ、――ん、っ！」

身体が逃げそうになる。まるで嫌がっているみたいだ。けれど、そうじゃない。ただ驚いているだけなのだと伝えたくて、唯一自由な右手でフィンレイさんの服を必死に掴む。

長い長い触れるだけのキスを終えて離れると、私はもう身体に何の力も入れられなかった。

そんな私を見下ろすフィンレイさんは、濡れた唇を舐めながら言う。

「俺の可愛い嘘つきめ……あなたは嘘をつくのが下手だな？」

「っ、嘘、なんて」

「騙《だま》されてあげよう。触れるだけの口づけで、あなたはこんなにも可愛くなってしまうのだから」

「……っ」

私の世界において結婚前の男女は同衾《どうきん》しないという話、普通に嘘だとバレている。恥ずかしくて死にそうだ。

布団の中に丸まっていると、フィンレイさんはそんな私に顔を近づけて囁《ささや》く。

「だが、結婚したら覚えておけよ？」

私の心臓が震えるのを見たかのように、彼は目を細めて笑っていた。

§　§　§

数日後のある朝、肩を軽く揺さぶられたような気がして目が覚めた。けれど、傍《そば》には誰もいない。

耳を澄ますと、とても静かだ。いつもなら賑《にぎ》やかな子どもの声が聞こえてくるのに。

獣人は大人でも子どもでも、大抵夜明けと共に目を覚ます。

けれど、私は明るくなってからだ。

フィンレイさんは私を無理には起こさないので、私が起きる頃には里はとっくに活気づいている。

今日はそれがない。

特別なタペストリーのおかげで熱のこもっている寝室を、私は出た。喉が渇いている。

土間に置かれた水瓶《みずがめ》の水を一杯もらい、天井から漏れ入る光を見た。

いつもよりも空が暗い気がする。もしかしたらまだ夜が明ける前なのかもしれない。

外の空気が吸いたくなった私は、毛織りの上着を纏《まと》って表に出た。

すると、爽《さわ》やかな甘い匂いがする。花の蜜《みつ》の匂いだ。

「ルカ」

優しく名前を呼ばれて振り返り、屋根を仰《あお》ぎ見る。——そして、驚いた。

屋根が、色とりどりの花を挿《さ》されて鮮やかに彩《いろど》られていた。前に見たあの家よりも、さらに華やかだ。

吐いた息も白く凍りつくようなこの季節に、こんなにも様々な花を集めるのは大変だったに違いない。どれも朝露《あさつゆ》に濡れていて、摘まれたばかりのように瑞々《みずみず》しく色づいている。

花畑となった屋根の上にいたフィンレイさんはそこから飛び下り、私のほうへ歩み寄った。その手には花冠《はなかんむり》が握られている。

「すまない。すぐに被ってもらいたくて、つい作ってしまった」

「……うん、うん……っ！」

「それは嬉し涙だろう？　ルカ」

勿論《もちろん》、そうに決まっている。

どれほどの気持ちで私の住む家を飾ってくれたのだろう？　こんなことをしたら早晩、

里中の人にフィンレイさんの私への気持ちが伝わってしまう。

今だって彼に対する視線は私に対するものよりさらに冷たいのに、こんなことをしたらどうなるのか？　フィンレイさんのお姉さん、フィアナさんはどう思うだろう？


「これ、プロポーズ、だよね？　結婚の申し込み、なんだよね……っ」

「そうだ。知っているだろう？」

「うん、その花冠《はなかんむり》、私が被っていいんだよね？」

「当然だ。ルカのために摘んできた花なのだから」

「被らせて、フィンレイさん！」

フィンレイさんは微笑むと、私の頭にゆっくりと花の冠《かんむり》を載せた。

「ルカの黒髪によく似あう」

シロツメグサのような白い花を中心とした、可愛らしく清楚《せいそ》な印象のある冠《かんむり》だ。

もしかして、私の髪色に合わせて花を選んでくれたのだろうか。

これを編んでいたフィンレイさんの顔にはきっと優しい笑みが浮かんでいたと、少しの疑いもなく信じられる。

「フィンレイさん……私、今すごく抱きつきたい気分……！」

「遠慮せずに、いくらでも抱きついてくれ」

腕を広げて待ってくれる彼に、私は助走をつけて飛びついた。彼はびくともせずに受け止めてくれる。

「……お父さんもお母さんも身体の弱い人で私が小さい時に死んじゃったから、私ずっと結婚するなら絶対に、丈夫な人とにしようって思ってたんだ」

「俺を頑健《がんけん》な肉体に産んでくれた亡き母には感謝しなくてはな」

フィンレイさんのお母さんは、彼が幼い頃に山の事故で亡くなったと教えてくれる。お姉さんしか家族を紹介されなかったためあえては尋ねていなかった私は、今初めてそれを知った。

「これを見た人全員に、フィンレイさんの気持ちがバレちゃうね……本当にいいの？」

今も半《なか》ばバレているようなものだけれど、それでもこれは決定的すぎる。

「花冠《はなかんむり》を被るルカを見れば、ルカの気持ちも露見してしまうのだから、お互い恥ずかしがる必要もない」

恥ずかしいという意味じゃない。でも、そんなのはフィンレイさんもわかっているはずだ。

私たちの間にはたくさんの障害がある。それを本気で乗り越えようとしてくれているのだ。その末に、きちんと私と結ばれたいと思ってくれている。

里中の人に嫌われてしまうかもしれないのに、その気持ちを行動で示してくれた。申し訳なくも、とても嬉しい。

「大好き……っ！」

「俺も、ルカが好きだ」

ぎゅうっとフィンレイさんの首に回す腕の力を強める。

全力で抱きつくと、フィンレイさんもきつく私を抱きしめてくれた。でも彼は手加減してくれているに決まっている。どこも締めつけられはしない。

顔が見たくなって、抱きあげられたままフィンレイさんから少し身体を離そうとしたのに、抗《あらが》うように抱き寄せられて、身体に回された腕の力がさらにきつくなった。

「んっ……フィンレイさん？」

「どうして離れるんだ、ルカ？　もう少しこのままでもいいだろう」

「フィンレイさんの顔が見たいのになあ」

そう言うと、すぐに身体が離れる。私はフィンレイさんの腕の中からその顔を見下ろした。

花を摘んだ時にはねたのか、土のついた彼の頬を拭《ぬぐ》って、そこにキスをする。

「ルカからしてくれるとは」

フィンレイさんは私を下ろして嬉しそうに頬に口づけてきた。

恥ずかしいけれど、雨のように降ってくる彼のキスが嬉しい。

くすぐったさに目を閉じた私の瞼《まぶた》に、優しく唇が押し当てられる。嬉しくて、泣きそうだ。

「ルカ、俺を見てくれ」

その言葉に瞼《まぶた》をゆっくりと開く。

そして私は朝の光の中で煌々《こうこう》と輝く金色の瞳に射抜かれた。

「あなたはまだ幼いのだろうから、俺はもうしばし耐えることにしよう」

「幼くなんてないよ。私、もう二十歳だよ？」

「それは若いな。そして幼い」

これくらいの文明の世界だと、私の年齢って割といきおくれだと思っていた。違うんだろうか？

「たとえ世界中の誰に反対されたとしても、たとえこれが、女神のもたらした運命でなくとも――」

フィンレイさんがくれようとしているプロポーズの言葉に耳を澄ましていた時、小さくも甲高《かんだか》い叫び声が聞こえて、彼の言葉は途切れた。

「あなたたち、何をしているの」

「……姉様」

「何これ……！　どうしてルカの家に飾られた花から、あなたの匂いがするの!?　フィンレイ」

フィンレイさんは庇《かば》うように私の前に出た。

フィアナさんが彩鮮《いろどり》やかな花で飾られた家を見て、激昂《げきこう》している。

「ルカは、いい子よ。だけどヒューマンよ？　私たちの同胞を傷つけた、憎い敵なのよ！」

「すまない、姉様」

「すまないじゃないわ！　あなた、冗談でしょうフィンレイ？　ヒューマン相手に、こんなこと！」

フィアナさんは激しく怒った。

思わず謝ろうとした私を、彼女は掌《てのひら》を向けて押しとどめる。

「やめて、ルカ。いいのよ。これは男が行動しなければ起きないこと。たとえあなたが強請《ねだ》ったのだとしても、関係ないわ。謝らないで！」

あくまでも、フィンレイさんとフィアナさんの問題――獣人同士の問題だと言いたいらしい。

出端《でばな》をくじかれ言葉を失った私をよそに、フィアナさんは改めてフィンレイさんを睨《にら》みつけた。

「今、謝れば許してあげるわ、フィンレイ・ゴールデンギープ。すぐに花を片づけなさい！」

「断る」

「里長《さとおさ》としての命令よ！　これに従えないなら、あなた、どうなるかわかっているんでしょうね」

「勿論《もちろん》だ、里長《さとおさ》殿」

フィンレイさんは怒るフィアナさんを、姉様ではなく里長《さとおさ》殿と穏やかに呼んだ。

「あなたの決定を聞かせてもらいたい。しかし、どんな決定にせよ、俺はルカと共にある」

「……ッ！　いいわ。もう手遅れだもの。里の人たちに見られてしまった！　もはや処分は免《まぬが》れないわよ、フィンレイ」

少しずつ夜が明けていく。里の人々はとっくに起きていて、この騒ぎを聞きつけ集まってくる。

前に見かけた時とは違って、明るい顔をしている人は一人もいない。みんなの顔は一様に曇っていた。

【人間】である私とフィンレイさんとの関係を、みんな受け入れがたいのだ。

「これから会議を催《もよお》すわ。そこであなたの処分を決めてあげる。私の弟だからって処分の緩和は望まない」

「それでいい。公平で素晴らしい里長《さとおさ》だ、あなたは」

「どうしてこんなことになってしまったのかしら……！」

フィアナさんの視線が私に向こうとするのを、フィンレイさんが身体で遮《さえぎ》った。

「ルカに助けられなければ俺の命はとうにない。だから、ルカのせいにはしてくれるな」

「ヒューマンと結ばれるくらいなら、死んでしまえばよかったんだわ！」

フィアナさんの鋭い刃のような言葉に、フィンレイさんは息を呑んだ。

「そうすれば、私は弟を誇りに思ったままでいられた。ゴールデンギープ族の恥にならずにすんだもの！　戦って死ねばよかったのよ」

「フィアナさん！　やめてくださいっ！」

それは絶対に言いすぎている。

思わず名前を呼んだけれど、彼女は私の言葉に何の反応もしなかった。存在ごと無視しようというのか、見てもくれない。

好きな人の実のお姉さんにこんなふうに扱われてしまうだなんて、恐ろしい体験だ。

私が顔色をなくしたのを見て、フィンレイさんは険しい顔つきになり、声も硬くなった。

「……里長殿《さとおさ》がそう言われるのであれば仕方がない。俺を勘当でも何でもするといい」

「私一人の意思では決められないけれど、みんな、そうするべきだと言うに違いないわね。決定が下るまでのひと時を大事に過ごしなさい、フィンレイ。おそらくあなたがこの里で過ごせる最後の時間よ」

きっとフィンレイさんが困ったことになるだろうと、予想はできていた。

けれど、【人間】である私と結ばれるというのが、これほどに言われてしまうようなことなのか。私との関係が露見したというのは、それほどに罪があることだろうか？

わからない。言い返したい。

けれど――当のフィンレイさんが痛いほど我慢している。

「フィンレイさん、唇、噛《か》まないで……私にできることはある？」

「……傷を治してくれ」

「うん、治すよ」

フィンレイさんの言いたいことはちゃんと理解できた。

彼が噛《か》みしめすぎて、血が滲《にじ》んだ唇に私の唇を寄せる。よく見えなくとも、押し当てた唇から魔力が流れ、フィンレイさんの唇の傷が立ちどころに癒えたのがわかった。

「役得、だな」

「……馬鹿だなあ、フィンレイさんは」

　里中の獣人が集まってきた。

　暴言を吐きかけるでもなく、労《いた》わるでもなく、ただ誰もが呆然とフィンレイさんを見ている。

　ここでじっとしているのは時間の無駄になりそうだ。残された時間、フィンレイさんはどんなふうに過ごしたいだろう。

「里を歩く？　家の中にいる？」

「そうだな……歩くか。里中の者にルカとの関係を知ってもらいたい」

「いいの？」

「求婚は、そのためのものだからな。英獣ザクリスは愛妻家だったという。可愛い妻に求婚したことも、求婚を受け入れてもらったことも、見せびらかしたかったんだそうだ」

「ザクリスさんって、何だかすごいね。どんなことをした人なの？」

「さあ？　文献が残っていなくてな」

「そうなの!?」

「英獣と言われるほどすごいことをした、ということはわかってるんだが、それだけだ。ただ、ザクリスの名は他の里にも残っているので、複数の里にまたがる偉業を成し遂げたのは間違いない」

「でも、後世に残っているのは愛妻家だったっていう情報のみ？」

「そういうことだ」

「あはは！　何それ、面白いね」

「ああ、面白いだろう？　だから獣人たちは逆説的に、英雄たるもの妻を大切にせねばならないと考えるわけだ」

「それはいい考え方だね」

「大事にせずとも、獣人の女はみんな男より強いがな」

「あははははは！　……はは」

多少乾いた笑いが出たのはゾフィーさんを思い出したからだ。

彼女は私たちの関係を知って、どんな反応をするだろう？

あの人なら受け入れてくれそうな気もするけれど残念なことに、この里にはゾフィーさんはいないのだ。

次に来てくれるのは、いつになるのかな？　その頃、私たちはこの里にいるだろうか……

「……フィンレイさん、私があなたを幸せにするからね。任せておいて」

　女が幸せにしてもらうだけの時代は、古生代《こせいだい》に終わっている。

　私にプロポーズしたことで彼が多くのものを失ったというのであれば、その分、多くを私が返すしかない。

「随分《ずいぶん》と頼もしいな。だが、俺を簡単に幸せにできる方法をルカは既《すで》に知っているはずだが」

　フィンレイさんに熱のこもった目で見つめられ、私は目を逸《そ》らした。

「……さて、あっちのほうにも行ってみたいなー」

「あちらには池くらいしかないぞ、ルカ」

「池を見よう！　沼でも見るよ！」

「全く、ルカは可愛らしい」

　池のほとりでフィンレイさんの手を取って繋いだ。

　そうしたら、彼は嬉しそうに笑ってくれて、幸せそうな顔をする。

　本当にお手軽に幸せになってくれる人だ。

　私もその笑顔を見られただけで幸せになれてしまうのだから、お互いにコストパフォーマンスのいい夫婦になれそうだ。

「フィンレイ、議堂に行きなさい。結論が出たから」

「姉様は？」

「ルカを見ているわ。この子を議堂に入れるわけにはいかないし、放っておくのも心配でしょう？」

§ § §

そうフィアナさんが言ってきたのは、フィンレイさんが私の住む家を花で飾りたてた、一週間後の朝のことだった。しぼみ始めた花もあるものの、まだ生き生きと咲き誇る花の家は、獣人の里中の注目を集めている。

心ない言葉をかけられることはない。ただ誰もが、固唾《かたず》を呑んで行く末を見守っていた。

当然、私がフィンレイさんと結ばれることは歓迎されていない。

「……わかった、姉様なら問題ないだろう」

「いってらっしゃい、フィンレイさん」

「行ってくる、ルカ。どんなことがあろうと、ルカと共になら乗り越えられる」

議堂というのがある、里長《さとおさ》の家へフィンレイさんが行く。

いうなれば、フィンレイさんのご実家だ。危ないことにはならないはずだ。

彼を見送った私は何をしていようか困っていると、フィアナさんに腕を掴まれた。

「フィアナさん？　どうしました？」

「あなたに会わせたい人がいるのよ」

「会わせたい、人？」

「ええ、あなたも知っている人だわ。お礼を言いたいんですって」

「お礼？」

首を傾《かし》げている内にも、フィアナさんはずんずん歩いていく。

歩幅が広い。歩くのが速い。私はほとんど小走りになってしまった。

「フィ、フィアナさん！」

「え？　ああ、ごめんなさい。急ぎすぎたわね」

「あの、山のほうにいるんですか？」

「そうなのよ。グレイウルフ族なの。この忙しい中、うちの里までわざわざ来てくれたのよ」

「ゾフィーさんですか？」

「ゾフィーじゃないわ。……あの子、あなたと仲がいいのよね。意味がわからないけれど」

フィアナさんは例のアレのお仲間ではないらしい。軽率に話題を振らなくてよかった。

小走りになりながら連れていかれたのは、山に少し入った林だった。

そこまで来るとフィアナさんは足を止め、じろりと睨《にら》むように私を見る。

「鼻のいいグレイウルフ族はみんな魔族狩りのために走り回っているというのに、あなたのために二人のグレイウルフ族が時間を割《さ》いてくれたのよ」

魔族というのはイザドルさんのことだろう。フィンレイさんからどんなふうに報告されているのかは知らないけれど、捜索はされているらしい。そして、まだ見つかっていないようだ。

……クラウスさんの家族も守られているといいな。

「それじゃあ、一体誰？」

「……ゾフィーじゃなくて悪かったな」

「あっ、ダヴィッドさんだ！」

そういえば、この人の名前はダヴィッド・グレイウルフだった。

グレイウルフ一族の里長《さとおさ》で、【人間】の町を襲った獣人グループの隊長。ゾフィーさんの弟にして、やがてゾフィーさんが頒布《はんぷ》する被造物の主人公である。

「あんた、おれの里の女に何したんだよ……あんたのこと先生って呼んでんだぞ、あいつら。あんたに会いに行くだなんて教えたら一緒に押しかけてきそうだったんで、苦労したんだからな」

「あら～……それはお手数をおかけしまして。どうも、どうも」

「じゃ、ねえだろ⁉　何なんだあんたは！」

黙秘権を行使する。弁護士を呼んでいただきたい。

「まあいい。あんたに礼を言うために会いたいっていうのは、こいつだ」

その横には見知らぬ獣人がいた。いや、どこかで見たような――？

灰色がかった褐色《かっしょく》の髪と犬耳。若い獣人の青年は、私の視線を受けて照れたようにはにかむ。

「その節は――勇者に襲われて重傷を負った僕を治していただき、ありがとうございます」

「あっ、あの時の？」

「ええ、そうです。僕を治すために、貴女は限界まで力を使われたと伺いました。本当に、いくら感謝をしても、し足りません。本来なら僕が貴女を看病すべきだったのに、お役に立てず申し訳ありませんでした」

あの時は、こんなにも立派な犬耳が生えているとは気づかなかった。それぐらい酷《ひど》い怪我を負っていたのだ。それを治したために私も倒れてしまった。

そして治ったところを見ていなかったので、彼だと気づかなかったのだ。

「仕方ねーだろ。グラドだってつい最近まで寝込んでたんだからよ」

「グラドくんって言うんだったね。元気になって、本当によかった」

「はい。これからは恩返しのため、僕がルカ様のお役に立てるよう励みます」

初対面の獣人にこんなに礼儀正しく接してもらったことがなかった私は驚いてしまった。

面食らう私を見て、ダヴィッドが肩を竦《すく》める。

「ヒューマン相手なんだからよ。適当にしておけばいいんだよ」

「ヒューマンだろうが何だろうが、命の恩人ですよ、ダヴィッド様」

山まで連れてこられたのは、グラドさんに会わせるためだったらしい。

三週間も寝込むほど頑張って、彼を治したのは確かだが、こんなふうにお礼を言ってもらえるとは夢にも思っていなくて、感動してしまう。

ヒューマンにお礼なんて言えるかよ、みたいな反応を予想していたのだ。……ダヴィッドのような。

何だかすごく報《むく》われた気持ちだ。

胸いっぱいになっている私の肩を、フィアナさんが掴んだ。その力はあまりに強く、鋭い爪が肩に食い込む。危《あや》うく悲鳴をあげるところだったほどだ。

「私、本当はあなたを殺すつもりだったのよ、ルカ」

「……えっ？　フィアナ、さん？」

「あなたは弟を助けてくれたけれど、獣人としてのフィンレイを殺したじゃない？　だから、恩はもうない。そう思うの。なのにグレイウルフ族があなたを庇《かば》ったのよ」

「――助けられた同胞の命と同じ重さの価値が、そいつにはあるってだけだ」

ダヴィッドが無表情で答えた。私に情があるわけではなく、同胞に情があるのだと言う。

フィアナさんはその言葉を受けて、諦めるように深く息を吐いた。

「……そう、そのせいで私はあなたを殺せない。でもフィンレイには、あなたは死んだと伝えるつもりよ。というか、そろそろ長老たちから伝わっている頃かしら」

指先や、足の感覚がない。冷気が這いあがってくるかのようだ。

血の気が引いた私を見ても全く心動かされた様子なく、フィアナさんは冷徹《れいてつ》な目をしている。

「フィンレイの人生に、あなたは邪魔なのよ、ルカ」

フィアナさんの言葉は簡潔だった。私への配慮が一切ないからだ。

ただ、フィンレイさんへの愛情には満ちている。

そのため、あまり嫌な気持ちにはならない。私の愛する人を思う言葉だ。

「殺したかったけれど、殺せないから遠ざけるの。あなたに助けられたグレイウルフの子がしばらくお守りを請け負ってくれるそうよ。魔族に遭《あ》わないように、気をつけて行きなさい」

「……フィアナさんのお気持ちはわかります。でも、私は行けません」

「行かないと殺すわ。何？　首だけにされてもフィンレイのところに帰りたいということ？」

フィアナさんの唇の端からちらりと覗いた牙は、とても鋭そうだ。

ぞくりとする。喉笛を食いちぎられる想像に、全身の肌が粟立《あわだ》った。

「フィンレイにはこれからがある。私が結婚したらあの子に里長《さとおさ》を任せたいの。こんなところでヒューマンなんかに足を引っ張られるなんて可哀想だわ」

「でも……フィンレイさんは私が死んだって信じない」

「信じさせるわ」

フィアナさんがどんな方法を使うのかは知らない。けれど、フィンレイさんは確たる証拠を持っている。

家に置いてきた私の黄金の魔道具は、持ち主が死ぬまで擬態を続けるはずだ。その黄金の正体を現すのは、私が死んだ時だった。

あの魔道具が擬態を解くまでは私がこの世のどこかで生きている、とフィンレイさんは知ることができる。

「フィンレイさんは私をきっと探しに来る……フィアナさん、こんなことは無駄です！」

「万が一、フィンレイが私の言葉を信じずにあなたを探すのなら、私もあなたを探すわ。そしてフィンレイよりも先に見つけ出して殺す」

「おい、フィアナ！」

「ダヴィッド！　あなたたちがグレイウルフ族の誇りにかけてその子を守るというのなら、そうすればいいわ！　私は姉として弟のために戦う！　それだけの話よ！」

「ルカ様、あの人は感情的になっているみたいで、危険です。いったんここから離れましょう」

私の腕を引いたのは、グラドくんだった。

その場に踏みとどまろうとしていても、年下の男の子にしか見えないグラドくんが軽く腕を引いただけで、私は簡単に引き摺られてしまう。

「グラドの言う通りだ、おいルカ。呆けてないで歩け！」

「嫌だ……行きたくない。やだ！　引っ張らないでよ、グラドくん、ダヴィッドさん！」

「子どもじゃねえんだから聞き分けろ、ヒューマン！」

「やだ……嫌だ、だって！」

首に巻いた、フィンレイさんの髪の毛で編まれた組み紐を掴む。

どうか伝わればいいのに。ここにいるって、フィンレイさんに！

「私、フィンレイさんと結婚するんだから！」

叫んだ瞬間、それとも一瞬前、いや後だろうか――微妙なタイムラグで、身体の中から大量の血が引っこ抜かれるような感覚と共にドッと疲労感が襲ってきた。

足が萎《な》えて、その場に立っていられなくなる。

頽《くずお》れた私を、グラドくんが慌てて支えてくれた。

「大丈夫ですか」

「う、ん？　何か、急に、身体の力が――？」

その時、轟音《ごうおん》が響き、白い煙が目下の里からもうもうと上った。

「魔族の襲撃!?」

フィアナさんはそう叫ぶと、わき目も振らずに里のほうへ走っていく。

私とダヴィッドさんとグラドくんは、思わず顔を見かわした。

「魔族が襲ってきてるかもしれないのに、私を連れていく暇なんてあるの、ダヴィッドさん？」

「ないな」

「仕方ないですね、緊急事態ですから、みんなで行きましょう。ルカ様、手をお貸しいたします」

「ありがとう、グラドくん」

走り出したはいいものの、足に力が入らない上に、そもそも私の足は遅い。五十メートルは十秒台だ。

「おい遅いぞ、鈍足ヒューマン」

「人間なんだから仕方ないでしょ！　狼と一緒にしないで！」

「いえ……平均的なヒューマンよりも遅いような……あの、具合が悪いのですよね？ここで待っていていただくことはできませんか？」

ここで待っていたら、面倒事が全て片づいた後、二人が戻ってきて、フィアナさんによって企《たくら》まれた計画が完遂《かんすい》されてしまう。大人しくしていられるわけがない。

「こんな女置いていけ！　着いてきて巻き込まれて死んだら自業自得だ！　ヒューマンどころじゃねえだろ、グラド！」

「ルカ様は僕の命も同然なんですよ、ダヴィッド様！」

「言い方に気をつけろ。気色悪い意味に聞こえるからな！」

「あの、ルカ様すみません。先に行きます。大したことがないようであればすぐに戻ってきますので」

ダヴィッドとグラドくんが先行し、私はどんどん置いていかれる。

引っ張ってくれる人がいなくなって、私はひいひい言いながら見えなくなった二人の背中を追いかけた。ようやく二人に追いついたのは、里のすぐ外だ。

彼らがまだ里の中に入らず呆然と立ち尽くしていたため、追いつくことができた。

「な、何だあれは……」

ダヴィッドが恐ろしいものを見たような顔で呟《つぶや》く。その視線の先には不可思議な存在がいた。

土煙を上げる、倒壊した家々。その近くに対峙する大小二つの影。

片方は簡単だ。小さい影の正体は見ればすぐにわかる。

「あれは、クラウスさん？」

「どうして勇者が自由に里を出歩いてんだ」

「そんなことよりダヴィッド様、あちらは何ですか？　……神様でしょうか？」

「神様だとしたら、獣人だけを守護する神だろうな！」

グラドくんが神様といい、ダヴィッドさんが獣人の神と言ったのは、巨大な獣だった。

白銀の毛並みを持ち、四足で立っている。金色の巨大な目で、ぐるりと巻いた金色の角《つの》が側頭部にくっついていた。

その見た目に見覚えがある――それ以上に、身体からじわじわと抜けていく魔力の行き先が、私には感覚で理解できる。

フィンレイさんの髪で編まれた、首の組み紐を通じ、魔力があの獣に流れていた。

「……フィンレイさん、なの？」

「あれがフィンレイ？　おれたちは獣人だからって、あんなモンにはなれねえぞ」

「まさか、魔族の干渉ですか……？」

「それにしては随分《ずいぶん》と、神々《こうごう》しい姿だが……絵巻物に描かれた神獣、おれたちの祖みたいだ」

ダヴィッドが眩《まぶ》しそうに目を細める。

あの巨大な獣の姿は、獣人の目には好ましく神々《こうごう》しく映るらしい。

私の目には巨大な見たこともない獣にしか見えなかった。

ただ、可愛らしさなら、見出そうと思えばいくらでも見つけることができる。

――あれは、フィンレイさんだ。

間違いなく、私にはそう感じられた。

「あれはきっとフィンレイさんだから大丈夫。今はフィンレイさんよりもクラウスさんのほうを見て！　様子がおかしい！」

「そりゃおかしいだろうさ！　この里をめちゃくちゃにしたのは、あいつに違いない！」

「そうじゃなくて、あのキラキラ……っ」

「きらきら？　確かにあのフィンレイの姿は輝いて見えるが、それこそ今言うことか!?」

クラウスさんにまとわりつく、金色のキラキラとしたエフェクトのようなものがある。ダヴィッドにはそれが見えないらしかった。

もしかしたら、私以外には見えないのかもしれない。

正確には、黄金の靴を持っている私や、イザドルさんのような魔族以外には、だ。

「イザドルさんの――魔族の気配がする！　クラウスさんが暴れたのは魔族のせい！　たぶんクラウスさんは魔族に操られてる！　もしかしたら近くに、イザドルさんがいるのかもしれない！」

「なぜわかる!?」

「魔力の流れ的な！　そういうやつ！」

「ヒューマンだからわかるっていうのかよ……おれたちには魔力なんてわからねえ。何を目印に探せばいい？」

「……音、だと思う。イザドルさんの魔道具は横笛。それでクラウスさんに音楽や歌を聴かせて、獣人を憎むように仕向けていたんじゃないかな」

「だが、フィンレイ？　は、あのままでいいのか」

ダヴィッドさんが、クラウスさんと対峙する大型トラックみたいな大きさのフィンレイさんを指さす。

「大丈夫。たぶんだけど、フィンレイさんがああなってる原因、私だから！」

「あんた何してんだよ⁉」

「やりたくてやったわけじゃないよ！　でも、このミサンガから魔力が吸い取られるの！　何かすごい勢いで、フィンレイさんに持ってかれてる！」

「意味わかんねえよ！」

私にだってわからないけれど、原因が私なら、いつでも止められる。この首から紐を外せばいいだけだ。

だけどフィンレイさんは今、クラウスさんと戦っている。

あの状態は、おそらくパワーアップしているのだと思う。だって見るからに、力に満ちている。

どうにかして、剣を持っているクラウスさんに戦いをやめてもらってからでないと、フィンレイさんを元に戻せない。

――あの状態のフィンレイさんと互角にやりあっているクラウスさんこそ、化け物だ。クラウスさんの剣を扱う速度が速く、目で追えない。その身のこなしは漫画みたいだ。ワイヤーで身体を吊っていないのが信じられない。

そんなクラウスさんが無慈悲《むじひ》なイザドルさんに操られているなんて、悪夢みたいだ。

「音っていうと、何だか里の東のほうから、楽団の奏でる音色みたいなのが聞こえますけど……」

「楽団？　いや、笛の音のはずなんだけど……」

「僕はこの音の出所を探ってきます！」

「お願いします、グラドくん。私たちはイザドルさんを探します！」

「勝手に決めんな！　それに魔族をさんづけしてんじゃねえ！」

そうは言いつつも、ダヴィッドは私についてくる。協力しようとしてくれているらしい。

鼻がいいとは聞いていたけれど、すごい勢いで匂いをかいでいる。

そして瓦礫《がれき》をひっくり返し、埋まっている人を救助した。すごい。

「クソッ、あっちにも人が埋まってる。助けに行ってくるから、あんたは待ってろ、ルカ！」

「うん！　ありがとうダヴィッドさん！」

「あんたに礼なんか言われる筋合いはねえ！」

そうだね。でも謝る筋合いならあるかもしれない。主にお姉さんのことで。

――そんな馬鹿みたいなことを考えていると、ふと足が動いた。

なぜ足が動くのだろう？

疑問に思うのと、笛の音が聞こえたからだとその理由に気づいたのはほぼ同時だ。

そして、私はイザドルさんを見つけた。

瓦礫《がれき》の間に立つイザドルさんの前へ現れた私を見て、彼は顔を顰《しか》める。

「今日のルカさんは、何だか……気持ち悪いねえ」

「イザドル、さん……っ！　んぐっ」

「叫ばないでくれ。頼むよルカさん。どうして君が私の正体を獣人に話してしまったのか、知りたくて君を呼んだんだ。教えてくれないかな？」

私が裏切ったことを、既《すで》にイザドルさんは知っていた。そんな彼に口を塞《ふさ》がれて、恐怖を感じる。

イザドルさんは私に怒っているだろうと思っていた。けれど、それが私の勘違いだとすぐに気づく。

「怒らないから、教えてくれないかな？　私は君を怖がらせてしまったのかな？」

イザドルさんは労《いたわ》りと優しさと、こんな時だというのに申し訳なさすら滲《にじ》ませた顔をして、私を見ていた。その目には私を思いやる柔らかな光が浮かんでいる。

「大丈夫、私は怒っていないよ？　ルカさんのことが心配なだけ」

本当にイザドルさんは私を心配しているように見える。

……もしかして、それは、真実そうなのかもしれない。

同族同士では争わない種族である魔族のイザドルさんは、魔族だと誤認している私には、怒りすら抱かないのか。

「……それにしてもどうして、今日のルカさんはゴミのような異臭がするのかな？　もしかして、体調が悪いのかい？　何かの病気なの？」

「私は、【人間】だから」

「まさかそんなはずはない。だって君は女神ドーラから賜《たまわ》った黄金の靴を――」

「あの靴を履《は》いている時だけ……魔族のあなたたちの目には、同族に見えるみたい」

「……え？」

「ねえ、ごめんなさい。私、本当に【人間】なの。あの靴を履《は》いていない時には、ただの【人間】なの！　あなたたちの敵なの、イザドルさん！」

だから、優しくしないでほしい。

【人間】だとバレたら恐ろしい目に遭《あ》うかもしれない、と考えないでもなかった。けれど、仲間だと思い込まれているのは別の意味で恐怖だ。

お願いだから憎んでほしい。恨んでほしい。裏切り者だと罵《ののし》ってくれたほうがマシだった。

「ごめんなさい……私は、本当に」

元からイザドルさんの敵の立場なのだ。味方のふりをしたつもりはない。優しいイザドルさんを裏切るつもりなんて、かけらもなかったのに、そんなふうになってしまった。

騙《だま》すのも、信じてもらってしまうのも、それを裏切るような形になってしまうのも、何もかも嫌だ。

全てを暴露した私に、イザドルさんは目を見開いた。

「――靴を履《は》いている時だけ魔族。なるほどだから、今のルカさんは【人間】臭《くさ》いんだね」

イザドルさんは、納得したように頷く。

「なら、靴を履《は》けばいいだけだ」

それで全ての問題が解決したとばかりに彼は笑う。

なぜそんなふうに笑えるのかがわからない。

「それじゃあ、靴を取りに行こう。どこにあるの？　隠されてしまったのかい？」

「私は【人間】で、獣人を愛していて、あなたの敵なの！　わからないの？」

私の言葉を聞いて、イザドルさんは眉尻を下げた。

「そんな悲しいことを言わないで、ルカさん。君は私の可愛い妹、可愛い恋人、可愛い妻だ。……靴を履《は》いてくれればね。確かにその状態では愛せないけれど、女神ドーラは君を仲間にせよとおっしゃっている。私たちはルカさんを受け入れるよ。だから、共に行こう？」

彼は私の全てを許して全てを受け入れようとしてくれる。ぞっとするほど穏やかな笑みを浮かべて、私を理想郷に誘おうとする。

恐ろしいほど優しい人だ。

イザドルさんの言うように魔族の国に行けば、きっと誰もが私を受け入れてくれるのだろう……そういう種族だから。

フィアナさんのように私を冷たい目で見たりしない。殺そうとしたりもしない。フィンレイさんに感じたみたいに、秘密を打ち明けたら嫌われるかもしれないなんて恐れる心配すらない。

この美しい魔族ならきっと、全てを優しく受け入れてくれる——

「でも、帰る前にあの英獣を何とかしないとね」

イザドルさんの言葉で正気に戻った。思わず差し出しかけていた手を引っ込める。

「英獣を蘇《よみがえ》らせてはならないのに、一体誰が供給者なんだろう」

「……英獣？　それって」

「かつて勇者と共に空を駆けた獣。——あの獣がいなければ、勇者の刃は魔王様に届かなかったのに。そして魔族だけの優しい世界が完成するはずだった」

イザドルさんは無念そうに言う。

——ああ、だから、魔族は【人間】と獣人を仲違《なかたが》いさせようとしていたのだ。

「今度こそ、あんなことが起こらないように、英獣なんてものが生み出されないようにしないといけない。国に帰る前に、せめてあの英獣に魔力を供給している【人間】を探し出して、殺さないといけないんだ」

少し待っていてね、と言ってイザドルさんは優しく私に微笑んだ。

【人間】が獣人に魔力を供給することで、獣人が強くなる。その強くなった獣人を英獣と呼ぶのだろう。

かつて魔王を倒す力を持った勇者と、その勇者の力を魔王に届かせた英獣。その関係をぶち壊すためにイザドルさんたち魔族は暗躍しているに違いない。

「その【人間】は、私だよ、イザドルさん」

「……そんな。ルカさんが⁉　ありえない！」

案の定、イザドルさんは驚愕《きょうがく》の顔つきで頭を横に振った。

「だってあれは、獣人と【人間】との間に強い絆《きずな》がなくてはならないと聞いている！」

「そうなの？　教えてくれてありがとう。私とフィンレイさんの間には強い絆《きずな》があるんだね……嬉しい」

「喜ぶようなことじゃないよ、ルカさん。全然違う！　獣人なんかに心を渡してはいけない！」

「ごめんなさい、イザドルさん。私のことを想ってくれてありがとう……だけど私は、あなたを想えない」

穏やかだったイザドルさんの顔つきが豹変《ひょうへん》する。

私をどんな目で見たらいいか、わからないとばかりに混乱していた。

「なん、で――そんな。いいや、違う。ルカさん、違うよ、そんな……っ！」

申し訳ないけれど、イザドルさんと私は相容れない。優しくしてくれるのは嬉しくても、彼は私が大切にしたい人たちに、優しくない。

「イザドルさん、お願いだから……子どもを犠牲にするだなんて言わないで」

獣人もまた、勇者の家族に手を出そうとした。けれど少なくとも獣人たちは、勇者が家族を思う情があるのを理解しているだろうし、孤児院の子どもたちに憐《あわ》れみを抱きもする。

けれど、イザドルさんたちにはそれがない。

「ルカさん……それが気にくわなかったの？」

それだけではない。でも、大きな分岐点がそこにあったのは確かだ。

私は小さく頷く。

「わかった……【人間】や獣人の、子どもだけは見逃すようにしようね。ルカさんが嫌だというのなら、そうしよう。身長で区別しようか？　それとも年齢？　年齢はすぐには確かめられないから、できたら身長で判断させてもらえると助かるのだけれど――」

まるで動物を間引くための線引きをするかのように無機質な条件だ。

それが恐ろしい。私に優しいだけじゃ、とてもじゃないけれど相容れなかった。

退こうとした私の腕を、イザドルさんが掴む。

「ルカさんは、悪くないよ。私にはわかっているから大丈夫。何もかも全部、獣人と【人間】が悪いんだ！」

「おい、ヒューマン！　どこにいる⁉」

戻ってきたダヴィッドが叫ぶのを聞いて、イザドルさんは美しい顔を憎悪で歪《ゆが》めた。

「必ず助けに来るよ、ルカさん」

私を引き寄せ耳元で囁《ささや》くと、彼は私を突き飛ばして駆けていった。

「おい、大丈夫かよ……今の、魔族か⁉」

「そう、イザドルさん……！　追って！　私のことは気にしないで」

「あんたのことなんか誰も気にしてねえよ！　だが、あんたが引きつけていたおかげか、勇者の様子がおかしいぜ。弱ってやがる！」

クラウスさんを操るために、イザドルさんは笛を吹いていたのだろう。私と話していたことで、それを中断できたのか。

物陰から覗き見ると、クラウスさんが耳を押さえている。そこが痛むようだ。

魔族の笛の音に耳を傾けるのは、苦痛が伴うのかもしれない。

「今の内にあの勇者を叩きのめして――」

「ルカ様！　ダヴィッド様もいらっしゃいましたか！」

そこへグラドくんがかけ込んでくる。

「どうした、グラド？」

「あのですね、大変です！　里の外に、ヒューマンの軍勢が来ています。その数三千はくだりません！」

「三千⁉」

ダヴィッドが悲鳴じみた声をあげた。この小さな里なら包囲できる人数だ。

「軍を呼んだのも……イザドルさんかも」

「そんなことわかってんだよ！　ヒューマンどもと正面切ってやりあうってのは現実的じゃねえ。ならば道は一つだ――勇者クラウスを正気に戻して交渉させる！」

「そうだね、今の自分の状態がおかしいことくらい、クラウスさんならわかってる。きっと今度はイザドルさんが魔族だったたって、信じてくれるよ」

「だが、今の勇者を取り押さえるのは楽そうだが、問題はフィンレイだ！　……つうかアレ、本当にフィンレイなのかよ⁉」

「まあ、見た目が全然違うからそう思えないのも無理はないけど――」

「そういう問題じゃねえ！　クソッ……っ、怖《こ》ぇえんだよ！」

「えっ、怖いの？」

そりゃ身体は大きいけれど、フィンレイさんはフィンレイさんのままだ。

いや、いつものフィンレイさんのままかどうかはわからない。随分《ずいぶん》と気が立っているようにも見える。

「おい、グラドはどうだ⁉　イケるか！」

「えっ……何ですか？　僕をどこへ行かせようとしているんですか？　フィンレイさんに近づいて止めてこいって？　無理ですよ、これ以上は近づけません！」

気づけば、グラドくんはかなり後方の瓦礫《がれき》の陰に隠れていた。

ダヴィッドは一応その場に踏みとどまっているけれど、長いフサフサの尻尾は足の間に挟まっている。

犬は怖がっている時、尻尾を足の間に挟むよね。あんな感じで、本当に怖《お》じ気《け》づいているらしい。

「えーと、二人ともどうしたの？　今のフィンレイさん、そんなに危険なの？」

「危険ってこたぁねえだろうが……何であんたは平気な顔してんだ！」

ダヴィッドに怒鳴られる。けれど、平気じゃない顔をする理由がどこにも見当たらない。

もしもあの巨体で大暴れされたら、そりゃ怖いけど――

「って、クラウスさんが危ない！」

頭を抱えてその場に膝《ひざ》をついた勇者――クラウスさんをフィンレイさんが見据える。

フィンレイさんは、クラウスさんがイザドルさんに操られていたことを知らない。

フィンレイさんは右前足をゆっくりと上げた。

まるでクラウスさんを踏み潰そうとするかのように――っ！

「フィンレイさんっ！　やめて！」

物陰から躍り出る私を見て、ダヴィッドが叫んだ。

「おい、戻ってこい！　今のフィンレイはヤバイ！　危なくはないがヤバイ！」

「意味がわからない！」

ダヴィッドの言っていることは支離滅裂だ。私より強いくせに何を怯《おび》えているのか。

「フィンレイさん！　もういいの。クラウスさんはもう魔族に操られていないはずだから！」

見上げるほどの大きさだった。白銀の毛並み。巨大な金の瞳。牙のびっしりと生えた口元はやっぱり草食動物には見えない。

私の知るどんな動物とも、どこかが違っている。

それでもその瞳は私のよく知るフィンレイさんのものに見えた。だから私は、怖くない。

その目がぎょろりと私に向けられる。うん、怖くはないけど、思わずのけぞる程度には迫力があった。

「フィンレイさん？　どうし――きゃあっ」

「言わんこっちゃねえ！」

ダヴィッドが叫んだ。

私はフィンレイさんに押し潰されてしまった。――彼の、モフモフのお腹に。

「ふわっ、わふ、ふわふわっ！　何このお腹！　ふわふわ！　すごい！」

いや、のしかかられたけれど、潰れはしない。地面に転んでしまったものの、フィンレイさんの前足が私の背中に滑り込んでクッションになってくれたので、痛くもなかった。

「オオオオオオオオオオオオオオオオオン！」

「きゃあっ、フィンレイさんっ、大きな声を出すなら言ってよ！　びっくりするからっ」

「クゥ、ォオ、ゥン？」

「何言ってるの……っ、ちょっと！　重い……っ！」

「ォオオン、……クゥ？」

「ごめん……何言ってるのか全然わかんない……重いぃ！」

痛くはない。けれどすごく重かった。足なんて挟まって身動きもできない。

ぐいぐい押すと、一応私の言葉はわかるのか、か弱い鳴き声をあげながらどいてくれ

た。足は解放されたけれど、まだ脱出は叶わない。

「前足が邪魔……きゃっ、わぷ、舐めないでよ！　何なの！」

フィンレイさんは何かを必死に訴えかけながら舐めてくる。

目前にすると、本当に巨大な獣だ。眼球だけで私の頭くらいはある。

見上げるほど大きな白い獣を、フィンレイさんだと理解している理由は何だろう？

美しく長い白い毛並みが同じだから？　その立派な黄色の角《つの》のうねり方が似ているから？

それとも、金色の瞳が巨躯の獣らしく大きく鋭くなりながらも、フィンレイさんそのままだからか。

「……何で泣いてるの？」

その大きな瞳からぽろぽろと大粒の涙が零《こぼ》れ落ちた。

大きな涙の粒は私の掌《てのひら》くらいある。

それを手で拭《ぬぐ》ってあげながら、フィアナさんの目論見《もくろみ》を思い出した。

そういえば私は、フィアナさんによってフィンレイさんには死んだと伝えられていたのだっけ――

「もしかして、私が死んじゃったと思ってた？　……わっ」

肯定するように舐められる。フィンレイさんは私を心配してくれていたのだ。

「……クラウスさんが自由になっていたのって、もしかしてフィンレイさんが牢屋を壊しちゃったから？」

フィンレイさんが低く唸《うな》り、これも肯定しているのだとわかった。

どうしてクラウスさんが自由に動き回っていたのだろうと疑問だったのだ。クラウスさんが魔法を使えないように、対策をしてあるはずだったのに。

クラウスさんを自由の身にしてしまったのはイザドルさんだと考えていたけれど、違ったらしい。

「私が死んだって聞かされて……怒ったの？」

私の掌《てのひら》に、控えめに鼻面を押しつけてくる。

だからフィンレイさんは、里長《さとおさ》の家でこの姿になり、暴れたのかもしれない。

崩壊する数々の家。壊れ方が何となく、魔法によってなされたものには見えなかった。

まるで巨大な力にねじ伏せられたかのようだ。

魔法で風を起こしてこの状態にするのは難しい。

家を、里を、めちゃくちゃにしたいなら、火の魔法のほうが効率的だろう。

私のためにフィンレイさんがやろうとしたことを察して、私まで涙が溢《あふ》れてきた。

「まさか、私のためにこの里に復讐しようとしていたの？　……何でそんなことを！　フィンレイさんの同胞が、家族が！　フィンレイさんのためにしようとしたことなのに……っ！」

理由なんて、聞かなくてもわかっている。私のためだ。

「フィンレイさん、馬鹿じゃないの⁉　馬鹿だね、大馬鹿！　あの靴を見れば、私が生きてるってわかったでしょ……！」

【人間】の私を愛してしまったフィンレイさんは、私を殺そうとした仲間や家族に牙を剥《む》いた。

こんな悲しいこと、きっと魔族の間では起こらない。

けれど彼の抱いた矛盾を、私はとても愛《いと》おしく感じてしまう。

その広いフサフサの喉元に抱きつく。馬鹿なこの人を思いきり抱きしめてあげたかったのに、その身体は大きすぎて全然腕が回らない。

「馬鹿なフィンレイさん……っ、大好きだよ」

フィンレイさんの喉元の毛を掴んでクシャクシャにしながら、私は流れていく魔力を堰《せ》き止めた。

引き摺られそうになるのを堪《こら》える時に踏ん張るような要領だ。

魔力の供給を止めても、フィンレイさんはすぐに巨大な獣の姿から戻るわけではなかった。おそらく、私から渡った魔力がなくなるまではこの姿のままだ。

「おお、マジか……それマジでフィンレイなのかよ……マジかよ」

「神々《こうごう》しいお姿ですねフィンレイさん……すごいです……すごいです」

語彙力《ごいりょく》を失った二人のグレイウルフ族の獣人が呆然としている。

けれど、拝むグラドくんを尻目に、ダヴィッドが気を取り直したように叫んだ。

「って、言ってる場合か！　おい勇者！　どさくさに紛れて逃げようったってそうはいかねえぞ！」

クラウスさんは確かに逃げ出そうとしていた。けれど足を怪我しているのか、地面を這いずるみたいに動いていて、すぐにダヴィッドに捕まる。

「ダヴィッドさん、乱暴にしないで！　……クラウスさん、大丈夫？　耳から血が出てるよ」

「もう治した。まだ痛むが……この耳鳴り、ルカ、おまえがやったんじゃないのか？」

「私が？　どうやって？」

「……獣人は魔法を使えないが、ルカなら使えるだろう」

クラウスさんは言いにくそうだ。実のところもう一人、魔法を使えるはずの人物に心当たりがあるからだろう。

「イザドルさんだとはまだ考えられない？　あの人は、魔法は使えないと思うけれど……」

彼には横笛がある。魔法が使えない代わりに、女神ドーラから与えられた魔道具だ。あれは人心を操る力を持っている魔道具のようだった。何らかの条件を満たせば、人を意のままに動かせるに違いない。私も一瞬、あの音色に従わされて、イザドルさんの前まで歩かされた。

誰でも、無制限に、何人でも操れるわけではないはずだけれど、それでも恐ろしい力だ。

操られていたクラウスさんは、苦い顔で言う。

「……ずっと頭の中で、獣人を殺せって、獣人は悪だって……イザドルの歌声と、笛の音が聞こえていた」

「おい勇者、そこまでわかってて、何でこの女を疑う？」

「信じられないからだ！　イザドルとは半年近くずっと一緒に旅をしていた！　あの彼が魔族だなんて、とてもじゃないけどそうは思えない……！」

「思えなくてもそうなんだよ！　あんたは操られていたんだ、勇者！」

無神経に叫ぶダヴィッドの言葉から逃れたいかのように、クラウスさんは頭を抱えた。

「どうしてだ!?　何の目的で！　【人間】の希望であるオレをあんなそばで見守りながら、殺さずに生かしておいた理由は一体、何なんだ!?」

長いこと信じて旅をしてきた仲間が敵だったとは信じたくなくて、現実を拒もうとするクラウスさんに、同じ【人間】に見える私が引導を渡そう。

クラウスさんがこれ以上、獣人を憎まなくてすむようにしなくてはならない。

「イザドルさんは、クラウスさんに天馬を見つけられないために、それを妨害するために、一緒にいたの」

「……オレが探している、かつて勇者が魔王を倒した時に駆った、あの天馬をか？」

「そう。できればクラウスさんだけでなく、この世の全ての【人間】が天馬を見つけられないようにしようとしていた」

「一体それと、イザドルがオレに獣人を殺させたかったことと、何の関係がある？」

「その天馬はおそらく、英獣――獣人だった」

クラウスさんが愕然《がくぜん》として何かを言いかけて、けれど言葉を見失う。

ゆらりと動いた視線は、未だに巨大な獣と化したままのフィンレイさんへ向かっていった。

「おまえ、空を駆けることができるのか？」

フィンレイさんは無反応だ。

えっと、聞こえてないの？

「……できるの？　フィンレイさん」

私も聞いてみると、可愛らしく小首を傾《かし》げてみせた後、ぐっと膝《ひざ》を折る。

次の瞬間、ぴょんと跳びあがった。

次にフィンレイさんが着地したのは、空中だ。さらにもう一段空中に駆けあがってみせる。

けれどすぐに、その巨大な輪郭《りんかく》が解けるように消えてしまった。

「うわっ⁉」

魔力切れだろう。

フィンレイさんは空中の足場から足を踏み外して地面に着地した。着地の衝撃が足に来たらしく、そのまま地面にごろりと横になって無言で足を押さえている。

「よ、よかった……服は着てるんだね」

「心配するところはそこかよ」

ダヴィッドが何か言っているけれど、私にとってはそこが一番の問題だった。

「……ルカ！」

フィンレイさんは気を取り戻したように立ちあがり、私の名前を叫んで駆け寄ってくる。そして私を抱きしめた。大きな腕に抱き竦《だすく》められるのが心地いい。

「よかった、あなたが生きていてくれて……よかった！　これで姉様を、この里の者たちを、誰も憎まずにいられる……っ、俺はゴールデンギープのフィンレイでいられるっ、よかった……っ！」

獣の姿だった時よりは、腕が回しやすい。それでも大きいけれど、肩口に埋められた頭を撫《な》でてあげることくらいはできる。

「心配かけてごめんね、フィンレイさん」

「あなたが死んだと、今頃、姉様が殺していると言われた時、目の前が真っ赤になった」

そしてフィンレイさんは、気づいた時にはあの姿になっていたらしい。

「魔王を倒すための立役者である天馬が獣人だった……か」

クラウスさんが低い声で言う。

私とフィンレイさんがそちらを見ると、彼は顔を歪《ゆが》めて唇を噛《か》みしめていた。

「なるほどそりゃあ、魔族が隠したくなるわけだ！　だがどうしてこんな回りくどいことをした⁉　オレはイザドルを友人だとすら思っていた！　獣人に関しては口汚いが、父親を殺されたと聞いていたから、仕方がないと思っていた……なのに！」

「獣人があの姿に——英獣になるには、【人間】の魔力が必要みたい」

「そうなのか？　あんたはそういや、フィンレイの毛で組んだ紐を首に巻いているよな。だが、そこから魔力が流れたんだとしてもおかしい。これまで何人もの首に組み紐を巻いてきたが、魔力を封じることはできても、おれは英獣になったことがねぇぞ！」

ダヴィッドが憤慨したように言った。

そりゃ、ダヴィッドには無理だろう。

「特別な絆《きずな》で結ばれた【人間】と獣人でなければいけないんだって。イザドルさんは、そう言ってた。だから【人間】と獣人が二度と仲よくなれないようにしたかったんだ、と」

「イザドルは頭のいい奴なのに、何でそんなに口を滑らしてんだよ……」

「あんたが相当に鈍いか、この女が相当の悪女かだな」

ダヴィッドはうるさいな。何で私を貶《けな》すためなら【人間】の勇者と仲よくしゃべれるの？

とはいえ、クラウスさんがそこに違和感を覚えるのは正しい。それでも彼は私を魔族と疑うこともなく、今度こそ私の言葉を信じてくれたようだ。

「なるほどそれで、獣人と【人間】の仲を徹底的に裂こうとしたわけだ……納得しちまった」

クラウスさんは放心したように溜め息をつく。

「オレは魔族の企《たくら》みのダシにされたってことなんだな。魔族に乗せられて、いいように利用されたのか。――おまえら獣人も、そうなのか？　魔族に唆《そそのか》されて【人間】の町を襲ったのか？」

「おれが襲撃の首謀者のダヴィッド・グレイウルフだ。だが、魔族に唆《そそのか》されたとは考えていないぞ。あんたらヒューマンを憎んで行動を起こした理由を、魔族になすりつけるつもりはない」

頷いておけば、クラウスさんの態度は軟化しただろう。それなのに、ダヴィッドは魔族の関与を否定した。あくまで【人間】の町への襲撃は、獣人の意思だと明言してしまう。

「――だが、万が一何らかの方法によって煽動《せんどう》されていたとしたら、おれは自分を許せねえ」

ダヴィッドの、潔いまでに素直な言葉をクラウスさんはどう思っただろう？

できたらクラウスさんを説得してほしいのに、何でダヴィッドは余計なことを言うんだと、内心腹が立つ。けれど、クラウスさんは笑った。

「あくまで責任を転嫁はしないか。……オレ、嫌いじゃないぜ、そういうの」

クラウスさんはダヴィッドを見る眼差《まなざ》しを緩めた。

「おまえのことは信用できそうだ、ダヴィッド、と言ったか？」

「ああ。おれのほうに、あんたを信じる理由は今んとこ何にもねえけどな」

「……軍歌が聞こえる。オレに【人間】の軍を引かせてほしいんじゃないのか？　リップサービスくらい使えないのかよ」

クラウスさんに気を悪くした様子はないものの、疲れたような笑顔だ。

「少しは相談に乗ってくれ。……仲間だと思ってた奴の中に魔族がいたんだ。他にもいたっておかしくない。魔族は【人間】への憎悪が凄《すさ》まじすぎて、混じって暮らしたりなんてできないもんだといわれていたのに。……こんな状況でオレが相談できるのは、獣人くらいなんだぞ？」

「魔法が使える奴に相談すりゃあいいだろう」

「誰もが普通に魔法が使えるわけじゃないんだ。苦手な人もいる。魔法が使えるように見せられる魔族もいた。とっさには判断のしようがない」

「だからどうしたって言うんだ!?」

「オレといがみあったら魔族の思うつぼだぞ。落ち着けよ、ダヴィッド」

「気安くおれの名を呼ぶな！　――ああクソ！　これも魔族の思い通りってことかよ!?」

「まずは、勇者のオレを助けに来たって名目だろう軍隊を追い返す方法を考えようぜ。オレ、あんま頭よくないんで、どうしたらいいか本当にわかんないんだよ……助けてくれ」

クラウスさんの素直さときたら、ダヴィッドの百倍は行っていた。

真正直に助けを求めるクラウスさんに、ダヴィッドはキレ散らかしながらも一緒に作戦会議をしてあげている。

「ダヴィッドさん優しい～」

「うるせえぞ、ヒューマン！」

「えっ、オレのこと？」

「ちげえよ勇者！　わかってんだろ余計な茶々入れんなよ！」

「わからないから、きちんと名前を呼べよ、ダヴィッド。おっと、おまえの名前を呼ぶのはここに獣人がたくさんいるからだ。わかるだろ？」

「うぐぐ……」

クラウスさんは律儀に全レスする。

私やフィンレイさん、グラドくんはそれを遠巻きに見守っていた。そして、グラドくんがぽつりと零《こぼ》す。

「不思議な光景ですね……ヒューマンの勇者と獣人の里長《さとおさ》が対等に会話をしているだな

んて」

意気投合したから、というわけではない。魔族と戦うために今、協力しようとしているのだ。

「昔、獣人がヒューマンを裏切って魔族についたなんていわれていますけど、きっとこれも、魔族が流したデマなんじゃないでしょうか？　だって、絶対にありえないことですから。僕ら獣人は、たとえ死んでも自らの誇りを守ろうとすると思うんです」

「……そうだろうか」

「え？」

「俺は、そうは考えていない。理由があれば裏切るだろう。仕方なく、魔族につくこともありえる」

「フィンレイさん⁉　何てことをおっしゃるんですか！　ゴールデンギープ族の里長《さとおさ》の弟ともあろうお方が！」

困惑しながら言い返すグラドさんを、フィンレイさんは暗い目で見据えた。

「なぜ、天馬についての情報や英獣についての手がかりが、獣人の歴史から消えてしまっているると思う？」

「いきなり話を変えないでください！」

「いいや、変えていない。つまり、獣人の内の誰かが裏切って情報を遮断したということだ。だから英獣についての情報が残っていないに違いない。あるのは英獣ザクリスが愛妻家だったというような与太話くらいで……」

「そんなことありえますか!? 誇り高き獣人が、一体なんの理由があれば仲間を裏切るって言うんです？　たとえ家族が人質に取られたとしても、その家族の獣人としての誇りを守ってあげるために見捨てます。それが獣人でしょう？」

「だが、人質に取られたのがヒューマンであったら？　俺たちよりか弱く、脆《もろ》くて、守ってやらなければならない存在だとしたら……そんなヒューマンを愛してしまっていた者たちなら」

裏切るだろうと思うのだ、フィンレイさんは。

私のためなら、彼は魔族について仲間を裏切ることさえできると言うのだ。

グラドくんはぽかんと口を開けて固まってしまった。想像の埒外《らちがい》だったらしい。

――【人間】の魔力をもらって獣人が姿を変える。

その姿を変えた獣人こそが勇者と共に魔王を討伐した英獣。その情報がここまで徹底的に消えているのはおかしな話だ。いくら千年の時が経っているとはいえ、自然に伝承が途絶えるとは思えない。

【人間】側の情報については、魔族が【人間】の中に入り込み、徹底的に消したのだろう。とはいえ魔族が擬態できるのは【人間】だけだ。獣人のふりはできない。

だから、獣人の記録は獣人自身に消させたに違いなかった。

獣人は、同胞のために同胞を裏切ることはないという。けれど、愛した【人間】のためになら同胞を裏切れる。

「英獣ザクリスも、そうだったのかもね。……きっと、相手の家を花で飾りつけて、里中に結婚を言いふらしまくりたくなるくらい、仲よしのラブラブカップルだったんだね」

グラドくんが目をまん丸に見開く。

「ザクリスの妻って、ヒューマンだったたってことですか……!?」

将来を誓いあうレベルの親密さがあって初めて、魔力の行き来が可能になるのだ。もしかしたらグラドくんの言う通りだったのかもしれない。

「英獣の姿はとても美しいし、僕もなってみたいけれど……それじゃ、諸刃《もろは》の剣《つるぎ》じゃないですか」

「かもしれないな。だが、愛してしまう気持ちは止めようがない」

フィンレイさんの言葉を聞いたグラドくんは深い溜め息をついた。そしてちらっと私を見る。

「ヒューマンを愛する、かあ……興味がないわけではありませんけど……」

「グラド、なぜルカを見た？」

「うわあっ、怒らないでくださいよ。僕が知ってるヒューマンの女性って、ルカ様くらいしかいないんですから、仕方ないじゃないですか！」

「ヒューマンならそこにもいるだろう！」

「勇者⁉　男じゃないですか！」

「……男でも別に問題はないんじゃない？」

心を結ぶ絆《きずな》の深さが問題だとしたら、性別は関係ない。

私は真面目な指摘をしたつもりだ。決してゾフィーさん的なアレな意味合いで口にしたつもりはない。

けれどフィンレイさんは冷徹《れいてつ》な目をしてグラドくんに言う。

「同性であっても魔力の供給者にできるのか確かめてこい。具体的に言うと恋人になれ」

完全に嫌がらせ目的である。グラドくんはこの感じだと異性愛者なんだけれども……

「逐一情報をよこせ。この情報は獣人全体に共有する」

「嫌ですよ⁉」

「同胞たちの今後の選択にあたって大いに役に立つ情報だろうに、収集の協力を拒むのか？」

「僕はグレイウルフ族なので、ゴールデンギープ族のましてや里長《さとおさ》でもない方の言うことを聞く義理はありません！」

「英獣としてグレイウルフ族の里長《さとおさ》に要請しよう」

「やめてくださいよおっ！　本当に通っちゃいそうじゃないですか⁉」

「ルカを妙な目で見る者には全て相手を見繕《みつくろ》ってやる」

「せめて女にしてください！」

「……英獣に興味があるのだろう？　ルカ以外のヒューマンは今のところ、勇者クラウスしか心当たりがなくてな」

まるで悪気のなさそうな微笑みを浮かべてフィンレイさんは言う。

「わーん、ルカ様ぁっ、フィンレイさんがいじめますーっ！」

「ルカに触るなクソガキが！」

泣きつくグラドくんが私から引き離される一方、クラウスさんとダヴィッドの話し合いは終わったようだ。

クラウスさんを解放して数刻、日が落ちる頃には里の東に張られていた陣が片づけられ、総勢数千にのぼる軍勢が引いていった。

§　§　§

「英獣……魔力供給者……ヒューマンとの特別な絆《きずな》……はうっ」

私の目の前でわなわなと打ち震え、身悶《みもだ》えるのはゾフィーさんだ。

――あれから二週間が経った。

里の壊れた家々はあらかた建て直し、どんな軽傷でも怪我をした人たちは私が魔法で治療させてもらった。

フィンレイさんがしてしまったこと、しようとしてしまった事実は消せないけれど、失ったものを少しでも取り戻すために頑張っているのだ。

フィアナさんとは、あれから私もフィンレイさんも一言も話せてはいない。

けれど少なくとも、私をどうにかしたいという気持ちは失せているそうだ。

彼女と幼馴染《おさななじ》みだというゾフィーさんが確認してくれたので間違いない。

ゾフィーさんと言えば、明日、正式に発表しようとしている英獣の秘密について、試しに彼女に話したところ、何かが色々と頭の中で化学反応を起こしたみたいだった。明日の催《もよお》しについて打ち合わせをするダヴィッドとクラウスさんを物陰から見つめながら、ぶつぶつと呟《つぶや》いている。完全にヤバイ女だ。

「性別を超越した……異種族の絆《きずな》……これは奇跡……っ！」

その美しい顔に一筋の涙が流れる。感動の涙だ。

さすがにクラウスさんがこちらに気づいて、近づいてきた。

傍観の態勢を取っている私を怪訝《けげん》そうに見やってから、ゾフィーさんに声をかける。

「あー、大丈夫か？　何で泣いてんだ？　【人間】のオレがここにいるのが気にくわないのか？」

ゾフィーさんは万感を込めて首を横に振った。むしろ、彼女は今この時点から熱狂的な勇者支持者となるであろう。

ダヴィッドに関連するとある役割を勇者に期待しているのだ。具体的な言及は避けたい。

もっとも気にくわないと言われても、ここは私とフィンレイさんの家である。そもそもがヒューマンの家だ。

「今後ともに……末永く弟をよろしくお願いします……っ」

「え？　ああ、ダヴィッドのことか。おまえの姉ちゃんめちゃくちゃ綺麗だな！」

涙ながらに頼まれたクラウスさんは、ダヴィッドを振り返る。

「綺麗なのは見た目だけだけどな」

「へ？　腹黒って感じじゃないだろ。おまえの将来を心配してくれてるぜ？」

「……おれは姉貴の将来のほうが心配だ」

遠い目をするダヴィッドに、私は全面的に同意する。

ゾフィーさんは綺麗と言われても喜ぶそぶりを一切見せず、ダヴィッドとクラウスさんのやり取りを食い入るように見つめていた。その目は何かを期待している。

「まさか姉貴よりも先にヒューマンの女が婚儀を挙げるとはな……悔しくないのかよ姉貴！」

「悔しくなんかないわ。嬉しいに決まってるじゃない。ルカは大切な友人で先生だもの」

「何でそこまで仲よくなってんのか、何度考えてみてもわかんねえんだよ」

……ダヴィッドだけには何としても絶対にバレてはならないと、グレイウルフ族中の女性が協力しあっているからね。バレたらグレイウルフ族の里での同人誌即売会は即刻中止となるだろう。

きっと一生わからないと思うし、そのほうが絶対に幸せだよ。

「それにしても、ルカが同胞と結婚するなんて夢みたい。先生とより近くなれたようで嬉しいわ」

「呑気なこと言ってる場合か。問題が起きなきゃ奇跡だぜ。ヒューマンとの結婚なんて！」

「おまえらが信奉してる英獣ザクリスとかいうヤツの愛妻も、ヒューマンらしいって話なんだろ？」

そう、天馬は英獣ザクリス、勇者はザクリスの奥さんだったのではないか、と私たちは予想している。

クラウスさんの指摘にダヴィッドは呻《うめ》いた。

「おれはまだ信じてねえんだよ！　そのあたりの確証のない話はな！」

「夢がないねえ、ダヴィッドは。オレはいつかオレの天馬と出会えるって信じてるぜ！」

「頭がパッパラパーだからだろ」

ダヴィッドは辛辣《しんらつ》に答えるけれど、クラウスさんはニコニコしてめげる様子がない。鋼《はがね》のメンタルの持ち主だ。

これならイザドルさんが多少のボロを出していたとしても、クラウスさんは気づかなかったかもしれない。何しろクラウスさんは気にしないのだ。

そして、二人の様子を見ているゾフィーさんの感涙は止まらなかった。

どんな理由にせよ、クラウスさんを受け入れる土壌が獣人の里にあるのはいいことだ。

今、彼は家族である孤児院の警護を拡充《かくじゅう》した後、拠点を獣人の里に移して活動中だった。

警護に起用する人間の選抜には苦労したという。

子どもの頃から見知っている人。これは問題ない。

次は、結婚している者の内、両親にそっくりな子どもを儲《もう》けている人を選んだそうだ。

魔族による【人間】との偽装結婚を警戒してのことらしい。

代々の家系図がはっきりしていて、その家系図に記された親や祖父がきちんと【人間】らしく年を取っているのが確認できることでもわかるという。

魔族の寿命は【人間】よりも四、五倍くらい長く、老化もゆっくりだと聞いている。

他にも色々対策は取ったそうだけれど、【人間】と魔族を見分けるのは至難の業《わざ》だそうだ。

「獣人の里は落ち着くな……魔族が紛れ込む心配がないもんなあ」

「寛《くつろ》いでんじゃねえ、仕事しろ」

「へいへいわかったよ。ダヴィッドがそう言うんじゃ仕方ねえ」

クラウスさんの当初からの目的は天馬を手に入れること。

【人間】から魔力を供給された獣人こそが天馬と呼ばれた存在であるとの結論に達した今、彼は獣人との絆《きずな》を深めようとしていた。その切り替えの速さには驚かされる。

ダヴィッドのほうはどうだか知らないけれど、クラウスさんには英獣として絆《きずな》を結ぶならダヴィッドと思い定めているらしい様子があった。

彼は、女神の戦士ではない女性は守るべきものだと考えている節《ふし》があり、魔族との戦いに駆り出すのは男だと思っているからみたいなんだけれどね。

つまり、ゾフィーさんにしてみれば格好の趣味供給源だ。

ユアンはもういいのかな？　今の内にクラウスさんを描く練習をしておこうか……

「で、花婿はどこに行きやがった⁉　このクソ忙しい時に！」

明後日《あさって》、私とフィンレイさんの結婚式が行われる。

ダヴィッドやフィアナさん、里の上層部はそれを了承した。

私たちの結婚式に先立ち、英獣についての正式な発表をする。

里に突如現れ、荒らしもしたフィンレイさんの姿は、里中の獣人たちを魅了してしまった。あの姿は獣人にとって、本当にたまらないものがあるらしい。

ダヴィッドですらあの姿のフィンレイさんには遠慮しようというそぶりを見せていた。

そんな英獣という存在だけれども、【人間】の魔力によってしかもたらされない姿であるのだと、結婚という冷や水を浴びせながら説明したいのだというのが上層部の言《げん》だ。

それは里の人々の異様な興奮状態を、里の上の人たちがあまり快く思っていないかららしい。特にフィアナさんが。

で、なぜかその結婚式を取り仕切ってくれているのがダヴィッドである。世話好きなのかな？

そしてクラウスさんはダヴィッドに協力するためにここにいる。

「花婿はねえ……どこに行っちゃったんだろうね？」

「呑気か！　あんたの花婿だろ！　演舞の打ち合わせがしたいってのにっ」

「その演舞、やりたくないって言ってたじゃん……無理やりやらせるのやめてあげよ」

ダヴィッドは里の人たちに英獣についてわかりやすく説明するために、【人間】にも獣人にも伝わる、勇者が魔王を倒した一場面をフィンレイさんに演じさせようとしているのだ。

勇者役はクラウスさんになり、私以外の人間を背中に乗せるのを拒否しているフィンレイさんはずっと前から嫌がっている。

「子どもの我がままみたいなこと言ってんじゃねえよ」

「……本当に無理なのかもしれないぜ、ダヴィッド。英獣というのは、真実のパートナー以外には自分の身に触れさせせない生き物なんじゃないか？」

「明日魔王が現れてもクラウスを乗せて戦うのは嫌だって言い出したら、そりゃ本物だな」

ダヴィッドが心底嫌そうに顔を歪《ゆが》める。

「それじゃ、予定変更だ……だが、どうやって里の連中にわからせる？　伝え方を間違えて、またこの情報が失伝したら目も当てられねえ！　魔族が恐れるほどの力だ。ヒューマンが憎いなんて感情はねじ伏せてでも、この事実を受け止めるべきだ！」

「で、あわよくば【人間】と仲よくなろうって気にさせて、英獣を生み出そうっていうんだよな。おまえ意外と柔軟な考え方してるよな」

「獣人の里で暮らし始めたあんたには負けるよ勇者様……帰ってきたな！」

ダヴィッドがクラウスさんと話していると、フィンレイさんとグラドくんが帰ってきた。

二人はその手に大荷物を抱えている。

……そしてその後ろには、私が話をしたくてたまらなかった人がいた。

「フィアナさん！　あ、あのっ、いらっしゃい！」

「……よく笑顔で私を出迎えることができるわね、ルカ。私がしようとしたことを忘れたの？」

「わ、忘れてはいません。でも、フィンレイさんの大切な家族ですから、できたら仲よくしたくて」

「私がフィンレイの大切な家族？　……あなたのためなら殺せる程度の存在よ」

ピリピリとした空気がフィンレイさんとフィアナさんの間に流れている。

フィンレイさんは私が殺されたと聞いて、頭に血が上ったのか、言ってしまったんだそうだ。

――必ず復讐を遂げてみせる、と。

私を殺したのはフィアナさんだと説明されていたということは、その主な復讐の対象はフィアナさんだ。

「えーっと、それぐらいヒューマンを大事に思わないと英獣にはなれないってことですよね？　それぐらい大事な存在を見つけるだけでも、大変そうですねぇ～！」

グラドくんが努めて明るい声を出して、場の空気を変えようとしてくれる。

ありがとう、という目で見ていると、フィンレイさんが荷物を放り出して私に抱きついてきた。

「きゃっ、どうしたの？」

「俺以外の男と目で語り合うな」

「いやいやいや、あの、語ってなんかいないからね……っ、ひゃっ⁉」

「堂々と舐めてんじゃねーよフィンレイ。ヒューマンと結婚なんぞする自分を恥じて、せめて隠れてやれ」

うんざりしたように言うダヴィッドだけれど、制する声には力がない。もっとお腹から声を出して！

「そもそもこんなとこで首を舐めないで！　フィンレイさん」

「俺が獣の姿の時はいくら舐めても嫌がらなかっただろう……？」

不思議そうに言われても困る。それは動物に舐められてるみたいな気がしたからだ。

だけどあれはフィンレイさんだったわけである。

動物だからいいだなんて言うのは失礼かもしれない。そう思うものの、人の姿のフィンレイさんと獣の姿のフィンレイさんとではやはり違う！

「ならば再び英獣になればいいわけだな……ん？　英獣になれない？」

フィンレイさんが私の中の魔力を引っ張ろうとするのを力《りき》んで阻《はば》んだ。魔力の流れを止めるために力が入って、右頬が膨《ふく》らむ。

それをダヴィッドが怪訝《けげん》な顔で突こうとした。

やめて！　フィンレイさんに舐められる!!

「冗談言ってないで、さっさとドレスを着せてみなさい。寸法直しが間に合わなくなるわ」

「ああ、そうだな」

フィアナさんとフィンレイさんは互いに顔を合わさずに会話しながら、私のほうにやってきた。

広げられたドレスはとても美しい。見とれる私に、フィアナさんが言う。

「母の形見なの。……次に着るのは私なのだから、汚したりしたら許さないわ」

「あっ、あの……貸してくださって、ありがとうございます、フィアナさん」

「フィンレイにしつこく頼まれたからよ。あなたのためじゃない」

そう答えるフィアナさんは、穏やかな顔つきでドレスを私の身体に合うように繕《つくろ》い直してくれた。

§　§　§

「それじゃ、外に行くわよ。実際に英獣になってみせてちょうだい、フィンレイ。……いつまでもイチャついてないで！」

フィアナさんに怒られ、私は首を竦《すく》めた。けれど、フィンレイさんはどこ吹く風で私を抱きしめている。

今日は結婚式前日。夜明けから、ゴールデンギープ族の里中の人が広場に集まってくれている。

挙式の前に、集められた里中の人に説明しなければならない重要なことがあった。

フィアナさんの家――里長《さとおさ》の屋敷の中で、私とフィンレイさんは向き合っている。

「あのー、フィンレイさん？　英獣になってくれないかな？」

「何のために？」

フィンレイさんは笑顔で言う。

お姉さんが頼んでいるからだよ……聞こえているでしょ？

だけどフィアナさんのためにって言ってもテコでも動かないだろう。

打ち合わせもしていたはずなのに、フィンレイさんは里の人たちを納得させるという理由があまり好きではないらしい。よくわからないけれど、真実必要だと思うからこそ、姿が変わるのだと言う。

だったら、フィンレイさんが好きそうな理由を言ってみよう。

「……私のために」

「ルカのために、か？」

「ここにいる人たちに、私は【人間】だけど、フィンレイさんの役に立っているんだぞってとこ、見せてやってほしいな」

「そういうことなら、任せておけ」

フィンレイさんは破顔して頷いた。

二人で外へ出る。すると、集まった獣人たちのざわめきが水を打ったように静まりかえった。

これから起こることの概要は、既《すで》にフィアナさんやダヴィッドからみんなに説明されている。

私とフィンレイさんの関係がわかりやすいように、今回は首にフィンレイさんの髪の組み紐を巻いてではなく、彼に直接触れて魔力を送りこむ予定だ。

フィンレイさんの頬に触れて、私たちを隔《へだ》てる境界なんてなくなってしまえばいいのにと願う。

「おお……！」

私の器《うつわ》から、フィンレイさんへ魔力が流れ込み、フィンレイさんの輪郭《りんかく》が曖昧《あいまい》になった。

周囲の人々がどよめく。

渡す魔力の量によって、フィンレイさんのほうでできることが変わるようだ。英獣になるだけならそれほど多くの魔力は必要にならない。空を踏みしめる時は、かなりの魔力を消耗《しょうもう》するらしい。

今は英獣の姿になるだけなので、本当に一瞬だった。

毎度、服がどこに行くのだろうと不思議になるが、どうやらフィンレイさんの骨や皮が伸びて英獣になるわけではなく、元の身体に魔力で肉づいて見えるだけのようだ。元に戻った時は、ちゃんと彼は服を着ている。

英獣の姿になったフィンレイさんを前に、獣人たちからため息が漏れた。

「何て美しい姿なんだ……！」

やはり、里の人たちはその姿に美を感じるらしい。

私はフィンレイさんのことが好きだから、この姿も可愛いなとは思う。けれど、獣人たちが感じるような感動は覚えない。つまり獣人ならではの感慨なのだろう。

予行演習で何度か見ているフィアナさんやダヴィッド、グラドくんまでもが、ほうっと嘆息していた。

ここで私と気持ちを共有できるのはクラウスさんくらいかな？　そう思って視線をやると、彼は彼で夢見る少年みたいな顔をしている。そういえば彼は、天馬に乗って空を駆ける勇者に憧れていたのだった。

「英獣になるには本当に、ヒューマンの力を借りねばならないのか？」

「魔力が必要らしいわ。しかも、心を隔《へだ》てる壁がなくなるほどに親密な関係になった相手のね」

「無理やり奪うのでは、いけないということか」

【人間】の首に、獣人が自分の髪で編んだ特別な組み紐を巻きつけると、そこから魔力を奪うことはできるという。魔力を封じることもできる。

けれど、捕虜から奪った魔力で英獣になれたという獣人は、フィンレイさん以外にいない。

二人の間に絆《きずな》がなかったからだろう。

ざわめく人々に、ダヴィッドが説明する。

「……おそらく、獣人のほうも心を明け渡さなきゃならないんだ。ヒューマンを惚れさせるだけでは足りないぜ、お歴々。おれたちの見たところ、フィンレイが英獣となったタイミングは、このヒューマンの女のためなら同胞だろうと——家族だろうと殺す決意を固めた瞬間だ」

ダヴィッドさんの考察にさらなる沈黙が落ちた。けれど、実際にそんな感じみたいなのだ。

フィンレイさんはフィアナさんよりも、私を選んだ。

「ヒューマンどもの勢力の中には、どうやら魔族がしれっと混ざっているらしい。この勇者の名を冠《かん》する男が調査中だが、おれたちも全員が気をつけなきゃならねえ。今後ヒューマンから攻撃があっても、一度引いて頭を冷やせ。ヒューマンが攻撃しているように見せかけただけの、魔族の攻撃の可能性が高い」

「どうやって見分けろと？」

「方法は今のところない。困難だが、やり遂げるしかねぇだろう？　魔族を打ち倒すためにはな」

あんなに【人間】嫌いだったダヴィッドが、むやみに【人間】と敵対しないようにと他の里の人たちに現状を説明している。

感動してしまった。あんなにも態度の悪かった彼が、こんなにも変わるなんて。

「おいっ！　何でおれを見て涙ぐんでるんだよっ」

「立派になって……！　我が子の成長を見守る母親の気分……！」

「……ルカ、この男の年齢は四十歳だからな」

いつの間にか獣人の姿に戻っていたフィンレイさんがつっこむ。

「フィンレイの年齢は四十九歳だ！　さらに上だぞ！」

「ダヴィッドのおねしょは今のルカの年齢まで続いていたという噂だが！」

「やめろおおおおおおおおおおおおおおお！」

「えっ……ルカってオレより年上だろ……マジかよダヴィッド」

「そんな目で見るなクラウスゥ！」

獣人は【人間】より寿命が二倍くらい長いと聞いていた。

ダヴィッドのおねしょは十歳くらいまで続いたようなものだと考えればいい。まあそれなら、可愛いものじゃない？

「つーわけで、だ！　――明日、フィンレイとフィンレイに魔力を供給するヒューマンの女――ルカが結婚式を行う。おいフィアナ、ゴールデンギープの里長《さとおさ》だろう。あんたがちゃんと説明しろ」

「……今、グレイウルフの里長《さとおさ》が言った通り、そういうことになったわ」

気乗りしない様子であるものの、フィアナさんは言ってくれた。

「英獣を、英獣たらしめているのが深い絆《きずな》を結んだヒューマンの魔力だというのなら――これはきっと正しい行いに違いないのだと、私は信じることにしたの。……みんなはどう？　すぐには思いを定めなくてもいいの。私に反対してくれてもいいわ。仕方のないことだもの」

「おいおい、弱気だな」

ダヴィッドが肩を竦《すく》めて横やりを入れる。それを横目で鋭く睨《にら》んでから、フィアナさんは続けて言った。

「だけど反対の声をあげるのであれば、正々堂々とお願いするわ」

フィアナさんの朗々《ろうろう》とした言葉に、ゴールデンギープ族の人たちは静かに耳を傾けている。

「私も、一度はこのヒューマンを――ルカを、殺そうと思った側の存在よ。けれどそれは魔族の思惑《おもわく》通りなのかもしれないと考え直したの。本当にそうかしらと、まだ自分で自分を疑ってもいるけれど……魔族に躍らされているんじゃないかという懸念《けねん》が拭《ぬぐ》えないのよ」

睨《にら》むような強い視線で、フィアナさんは里中の人たちを見据えながら言う。

「もしもルカを殺したいのなら、私の懸念《けねん》を払拭《ふっしょく》するような根拠を持ってきてちょうだい。そして里の誰もが理解できるような形で、説明するのよ。ルカを殺すということは、ゴールデンギープ族から英獣を永遠に殺すということ。そうするべきだと思ったのなら、私に話を持ってきなさい」

「ルカを殺させはしない」

「うるさいわよ、フィンレイ。黙っていて」

「だが俺は決して許さない」

「わかっているわよ！　あなたがそう言うってことはねっ！」

「ルカに手を出そうとする者は、俺の敵だ」

広場中が静まりかえっている。

フィンレイさんの言葉に、一挙一動に、視線が集まっていた。

英獣の姿に神々《こうごう》しさを感じる獣人たちは、フィンレイさんの言葉を重く、重く受け取るだろう。フィンレイさんはそれをわかった上で、一人一人の顔を注視してから言う。

「たとえ同族であろうとも――俺は敵の存在を、許さない」

肩を抱かれ、引き寄せられる。

フィンレイさんは私のために、本当に深い決断を下し、それを表明した。

大事な家族に、同胞たちに、どう思われるのか気にならないはずがないのに、私のためだけに。

「ありがとう――フィンレイさん」

「あなたのためなら何でもできる気がするんだ……不思議な、だがとても幸福な気持ちだ」

私にそんなことをしてもらう価値があるのかはわからない。けれど、これからの時間を使ってその想いに報《むく》いようと決意する。

フィンレイさんが私にしてくれたことを決して、忘れはしない。

§　§　§

「誰か来たな」

クラウスさんが一番初めに気づいて、次にフィンレイさん、ダヴィッド、フィアナさん、ゾフィーさんの順番で気づいたようだった。

……アレ？　獣人だから匂いとかで接近とかがわかるんじゃないの？　何で一番先にクラウスさんが気づいているの？　クラウスさんは【人間】だったはず……勇者ってすごいね。

私はあれから家に戻り、ちょうど寝室から出たタイミングで、訪問者が暖簾《のれん》の向こうから顔を覗かせた。

「今、少し時間をもらえるかね？」

「レイおじ様じゃない。アルバおば様も。どうしたの？」

　ゾフィーさんが真っ先に出迎えると、レイさんとアルバさんはニコニコしながら顔を見合わせた。

「結婚式の前日には友人が贈り物を持って駆けつけるのが慣例だろう？」

「あら！　おじ様、フィンレイと友達だったの？」

「フィンレイくんの、というよりルカちゃんの友人かのう」

「わたしたちの可愛らしい友人の結婚を祝って、心ばかりの品ではあるのだけれど……」

　薄々、そういう慣習があることは聞いていた。けれどまさか、片割れが【人間】である結婚式にお祝いが届けられるとは、私とフィンレイさんも思っていなかった。

　驚きながらフィンレイさんを見やると、とても優しい目をして私の背を押す。

　はにかみ笑うアルバさんは、私に美しい幾何学文様《きかがくもんよう》の織り出された色鮮やかな布を渡してくれた。

「さあ、中を見てくれないかしら？」

「気に入ってくれるといいんじゃがのう」

　この美しい布がプレゼントというわけではないらしい。

　なぜか震えてしまっている指で包みを開くと、中には刺繍《ししゅう》のされたワンピースや布靴、帽子や下着なんかまで、何組か入っていた。

「ルカちゃん、里に来てまだ日が浅いでしょう？　それまでの荷物はほとんど持っていないみたいだし。だから着替えなんかがあると便利かと思ったのよ」

「フィンレイくんが求婚をしていたのを見て、用意していたんだ。フィアナちゃんに結婚を許してもらえてよかったね」

　フィンレイさんが私へのプロポーズに、家を花で飾ってくれた、あの日。お姉さんのフィアナさんには激しく詰問《きつもん》され、里の人たちの視線は冷ややかだった。

　誰もが私とフィンレイさんの結婚に反対していて、フィアナさんの言葉に従わない私たちを苦々しく思っているに違いないと信じていたのに。

　フィンレイさんのあのプロポーズを見て、私たちの門出をお祝いしようと考えてくれた人がいたのだ。

「この服……大きくない。わ、私の、身体にぴったり……っ」

「ルカちゃんの身体に合わせて作ったもの。まあまあ、泣かないでちょうだい」

　アルバさんに抱きしめられた私は、その胸に顔を埋めて泣いてしまった。

「こんなに喜んでくれるとは嬉しいのう。この靴の布はな、わしが織ったんじゃぞ」

「服の刺繍《ししゅう》は全部わたしが考えたのよ。ルカちゃんによく似合う可憐《かれん》なアルリィの花なのよ」

アルリィとは一体どんな花なんだろう？

私の腕の中にある服を見下ろしてみたけれど、涙で滲《にじ》んで何も見えない。

けれどきっと私はこの花を好きになるだろう。そんな確信があった。

§　§　§

来訪者は長居しないものらしい。贈り物を渡して引きあげるのだそうだ。

名残惜《なごり》しくもレイさんとアルバさんに別れを告げて、私はぐしゃぐしゃになった顔をゾフィーさんがくれた布で拭いた。

「おじ様とおば様に先を越されちゃったわね」

「……ゾフィーさん？」

「ちょっと慣例とは違うけれど、少し外に付き合ってくれないかしら、ルカ？　すぐそこまでよ」

ゾフィーさんがちらりとダヴィッドを見た。何でダヴィッドを見たの？

「ね、ルカ？　ルカならわかるでしょう？　……セ・ン・セ？」

何かとてつもなく不吉な予感がする。これはゾフィーさんに従って外へ出たほうがよさそう。

　感動の余韻がスッと冷め、私は立ちあがった。

「フィンレイさん、ちょっと出てくるね」

「わかった。あまり遠くまでは行くなよ」

　ゾフィーさんは私とフィンレイさんの結婚を祝ってくれようとしているのだと思う……思うのだけれど、どうしてだろう？　レイさんとアルバさんがくれた感動をかき消すほどのこのやばみ感は、一体。

「みんな、ルカが来たわよ」

「やっと来たのね、先生！」

　連れてこられたのは、明日の結婚式に出るために来てくれたグレイウルフ族の女性たちが泊まる家だ。彼女たちはこぞって私を笑顔で出迎えてくれた。

　ゾフィーさんから聞いた話では、グレイウルフ族は男尊女卑《だんそんじょひ》の気風が強いらしいのに、その中にあって曲がらないのが不思議なほど、明るく可愛らしい人たちだ。……まあ、発酵はしてしまったんだけれども。

「あたしたちからルカにお祝いの品があるのよ」

　彼女たちから包みを受け取ったゾフィーさんが、代表で私に差し出してきた。

赤を基調とした布に、美しい幾何学文様《きかがくもんよう》がカラフルな糸で織り出されている。とても美しい布なのに、なぜか異様な雰囲気を放っていた。

「あたしたちの全てを詰め込んだわ」

やり遂げたと言わんばかりの、爽《さわ》やかな笑みを浮かべるゾフィーさん。背筋がゾクゾクするようなやばさしか感じない。

けれど、この世界でできた初めての友人とも言える彼女たちからの結婚の贈り物を受け取らないなんて選択肢は存在しなかった。

受け取って包みを開き、そっと中をチラ見する。

冊子が入っていた……

――うん、何もかも全てを把握した。

期待に満ちた目で、私のコメントを待つ面々へ向けて、震える声で言う。

「表紙に絵は……つけなかったんだね……？」

「事《こと》が露見しやすくなるわ」

ゾフィーさんが真顔で言う。怖い。

「ダヴィッドに見られたら大変だわ。寝室の枕の下にでも隠しておくのよ。夫婦の寝室にならば絶対に誰も近づかないから」

「うん……わかった」

たぶん、これが見つかったら私はダヴィッドに殺されてしまう。何て危険なブツを結婚祝いに贈りつけてくれたのだ。

嬉しいよ？　嬉しいけれどね……この世界初の漫画じゃない？　これ。

「さ、早く戻りましょう。話し込んでいたら、またダヴィッドに怪しまれるわ」

堂々たる態度で音頭《おんど》を取るゾフィーさん。もう既《すで》にダヴィッドにはいくらか怪しまれているようだ。

「読んだら感想を聞かせて！」

「また素敵な考えが浮かんだら教えてね、先生！」

目をキラキラと輝かせる彼女たちに笑顔で頷いてみせる。……私ちゃんと笑顔できてる？

「ルカ、何もかもあんたのおかげよ、誇ってね」

私はとんでもない人材を発掘してしまったのかもしれない……

誇るのはちょっと難しいけれど、友人たちがとても楽しそうに生きているのを寿《ことほ》ぐことくらいならできそうだった。

§　§　§

その夜。

「ルカ、まだ起きているのか？」

「ひゃいっ!?」

「――今、何を隠した？」

フィンレイさんに見られてはいけないものを。

……確かにダヴィッドは寝室には入ってこなかった。だけどフィンレイさんは入るんだ！

まだ結婚していないし、何もしないとは言ってくれている。けれど、私が枕の下に隠したものを引っ張り出して見ないとは約束していない。

「あの、何でもない。何でもない、大丈夫だからどうぞお引き取りを！」

「俺に見せたくないのか……まさか男からの贈り物か？」

「女！　女からの！　ゾフィーさんたちからの！」

「それはつまり、俺たちの結婚祝いに贈られたものだろう。俺にも見る権利はある」

フィンレイさんは若干私を睨《にら》みながら言う。

ゾフィーさんからもらったって説明してるのに、これはあんまり信じていないな？

「本当にゾフィーさんからもらったものだよ。友情の証《あか》しなの！　フィンレイさんは関係ない!!」

「俺たちはこれから夫婦になるんだぞ？　それなのに関係ないとはどういうことだ！」

「ひい……そういう意味じゃない……！」

「明日は結婚式なんだぞ？　つまらない隠し事はやめてくれ」

「あう」

フィンレイさんに冊子をひったくられた。

ごめんゾフィーさん、守れなかった。いや、ダヴィッドに見せたらまずいと言っていただけだから、フィンレイさんに見られるだけならセーフ？　いや、アウトだよね。

「……ン？　うん？　は？　ああ？　へ……うわあっ!?」

フィンレイさんは悲鳴じみた声をあげて、冊子を放り投げた。私は思わず声を荒らげる。

「大事に扱って！　ゾフィーさんが頑張って作ってくれたんだよ!?」

糸で閉じられた手作り感満載の愛憎のこもる大事な冊子だ。字がほとんど読めない私にもわかりやすいよう、ほとんど絵で表現されている。

印刷じゃなくて手書き原稿そのままだよ？　頑張って作ってくれたのは間違いない。

そして、きっとこの世界で初めに私に頒布《はんぷ》してくれたのだ。

「な、な……なん……？」

「ここだけの話にしておいてね。特にダヴィッドさんには内密でお願い」

「……やはり、ダヴィッド、か」

「もう片方はユアンって人らしいね」

「なぜそんなことに……ダヴィッドはそういう……？　いや……それは別にいいんだが……なぜ冊子に……？　なぜそんなにもいかがわしいものを……ゾフィーが？」

「これは実在の人物や団体とは一切関わりがございません」

「は、え？　そうなのか？」

……これは勘違いする人が出てきそうだ。フィクションだと初めのページにわかりやすく明記するよう、ゾフィーさんに提案しよう。

「全てはゾフィーさんの願望なんだよ……フィンレイさん」

「そ、そうなのか……ならば俺は、ルカの言う通り、見るべきではなかったかもしれない」

「わかってくれて嬉しいよ。これは乙女の秘密なんだ」

「俺は見なかったふりをしたほうがいいのか……だが、ゾフィーを見る目が変わりそうだ……」

ひとしきり苦悩した後、フィンレイさんは私を軽く睨《にら》んだ。

「たとえゾフィーの頭の中で起きているだけのことだとしても、俺はあまりルカにそれを読んでほしくないんだが。ダヴィッドに劣情を覚えられては困る」

「いや、感想を求められているから読むよ。それにね、私がこれを見た時にダヴィッドさんに覚える感情は憐《あわ》れみだけなの」

「あ、憐《あわ》れみか……それは逆にきついな」

「あと、ささやかな復讐心が満たされる。ダヴィッドさんに殺されかけた身だからね」

「なるほど。まあ、されかけた仕打ちに比べれば可愛らしい復讐と言えよう」

「それに私の基準だとこれ全然、いかがわしくない」

「……これで?」

ごめんフィンレイさん。そういう読み物に詳しい女で、すまない。

「もっといかがわしいものにしてやるために、私はゾフィーさんにこれからも入れ知恵していかなくちゃいけないいんだ」

「……ルカはダヴィッドにされたことを綺麗に水に流しているのかと思っていたが、結構根に持っていたんだな」

「フィンレイさんも気をつけてね」

「俺も出てくる予定があるのか!?」

「全力で阻止するつもりだけれど、私を怒らせたらどうなるかわからないよ？」

「肝に銘じておく」

フィンレイさんは重々しく頷いた。わかってくれたようで何よりだ。

微妙な顔をする彼の横に寝転がり、私は文様の明かりに照らして続きを眺《なが》めた。

久しぶりの漫画だ。絵柄は独特だし、コマ割りは爆発しているけれど、とても楽しい。

フィンレイさんは「読むなら明日にしろ。目を悪くするぞ」と言ったきりで、それ以上の反対はしなかった。ありがとう。

女友達間の友情と趣味を理解してくれる夫を持てる私は幸せ者だ。

# 第四章

——人と魔が争う不思議な世界。

そこでは、人に属する【人間】と獣人が、魔の謀略で諍《いさか》い、本来持っている力を発揮できなくなっていた。

それが発覚したこの里では、この先どうすればいいのか、考えている。今日も色々と論争する声が屋敷の前の広場から聞こえる。

私は今、里長《さとおさ》の屋敷で着替えをしていた。わずかながらにグレイウルフ族の人も招待して、私たちはこれから里の史上では初めてとなる、【人間】と獣人の挙式をする。

けれど、消えた歴史を考えれば、私たちは決して二人ぼっちではない。

「ルカ、ああ……どうしても溜め息が出る。あまりにも美しくて、とても言葉にならない」

「フィンレイさん、言いすぎだよ」

「そんなことはない。俺の花嫁は世界で一番可愛らしい。まるで咲《さ》き初《そ》めの花のようだ」

私はこの里の花嫁衣裳に着替えていた。

白い絹のような繊細な糸を織って作られた、つるりとした生地のワンピースに黄色い糸が刺繍《ししゅう》され、ビーズが縫いつけられている。フィンレイさんの種族の髪と角《つの》の色を意識しているのだろう。

その上から、色とりどりの糸で編まれたレースを被る。極彩色《ごくさいしき》の羽のようだ。

「結婚式かぁ……まさか、本当にできるなんて」

フィンレイさんの衣裳は暗い色を中心に作られていたけれど、髪色が華やかな銀なのでよく似あう。

「何だか不思議。フィンレイさん、髪の毛をたくさん梳《す》かして撫《な》でつけて、いつもよりピシッとしてるはずなのに、英獣の姿の時を思い出すんだよね」

「あれが俺の本性だからだろう。俺の最も俺らしい姿」

四つ足で土を踏み、猛々《たけだけ》しい感情のままに力をふるう優美な獣の姿こそが、彼の本性だという。

そんな不思議な人と、私はこれから結婚するのだ。どうしてか不安が全くない。

なぜだろうとフィンレイさんを見上げていると、不意にその顔が近づいてきた。

「って、きゃ！　何するの！」

「口づけだ……これから結婚するというのにまだ拒むのか……？」

「せっかく化粧してもらったんだから！　口紅がはげちゃう！」

何とか近づいてきた顔を離させる。結婚したからには、今後はこんなに大胆でいきなりな旦那様と二人で過ごすことになる。私の心臓がもつかは心配だ。

「馬鹿やってないでそろそろ出てこい新郎新婦」

意外にもダヴィッドさんに助け舟を出されて、まずは私が外に出た。

今日は、静まりかえりはしない。適度に騒がしいままだ。そのことにホッとした。

獣人の緊張が和《やわ》らいでいるということだ。私たちが準備をしている間に敷物を広げ、料理を配っていたらしく、リラックスした様子で飲み食いしている姿が見られた。

「先生ーっ！　すごく綺麗よ！　可愛いーっ」

異様な雰囲気を放つ女性のグレイウルフ族の一団が、私を見て黄色い声をあげた。

グレイウルフの里から私の結婚式のために駆けつけてくれた集団だ。ぎょっとした周囲の視線が集まっているけれど、彼女たちには気にするそぶりもない。

「ありがとう、みんな！」

「愛してるわ先生！　あたしたちみんな、ルカの味方よ！」

「わたし、元から異種族間恋愛、悪くないって思ってたわーっ！」

次々と祝福の言葉をくれる。

同性のカップリングより男女のカップリングに萌えるタイプも混ざっていたらしい。この世界で異種族間恋愛への萌えを抱くとか、通《つう》である。彼女も中々業《ごう》の深いタイプではないだろうか。

何にせよ、思った以上に私の味方がたくさんいてくれて、嬉しい。

華やかな雰囲気の彼女たちに祝われて、私の緊張もほぐれてきた。

フィンレイさんも家の中から進み出る。

みんな、飲んだり食べたりする手は止めないけれど、こちらは見た。フィンレイさんの相手が私であることに、もはやブーイングや抗議の声があがる気配はない。

これから獣人社会の風習にのっとった婚姻のための儀礼が行われるのだ。ゾフィーさんに習ったし、練習もしたけれど、とても緊張している。

奏でられていた音楽の曲調が変わった。それに合わせてフィアナさんが祝詞《のりと》を唱え始める。

すると、さすがに飲み食いの手が止まった。

私とフィンレイさんは、広場の中央に出て踊る。とはいってもヒップホップ系ではなく、もっとゆっくりとした動作だ。

振り付けを間違えてしまったらどうしようと不安でいっぱいになりながらも、私は踊り終えた。

最後の振り付けは、新郎が新婦の首を噛《か》む動作だ。自分のものにする、という意味があるらしい。

……なるほどね、こんな意味があったんだね。何度も噛《か》まれた首の古傷が疼《うず》く気がする。

全て終えてフィンレイさんと並んで頭を下げると、わっと寿《ことほ》ぎの歓声が巻き起こった。

――私をフィンレイさんの妻として認める歓声が、起こったのだ。

率先して声をあげてくれたのは、ゾフィーさんたちだった。私は素晴らしい友達を持った。

それにレイさんたちご夫妻も祝いの声をあげてくれている。素晴らしい隣人もいた。

そしてこれから、素晴らしい夫を持つことになるのだ。

「――これが、私の新しい世界」

「ああ、そうだな、ルカ」

魔は人を憎むからこそ謀《はかりごと》を巡らし、人は魔を打ち倒すために必要ならばいくらでも気持ちを切り替える。

私がこの里へ来た時のような冷たい視線も舌打ちもない。

歓迎されていた。むしろ私の存在は今、求められていた。

獣人が魔族を倒すための力を取り戻すには、必要だと理解されたから――

「なあ、ルカ」

歓呼の中でフィンレイさんが私の耳に唇を寄せて囁《ささや》いた。

「ここのところずっと考えていたんだが、あなたの寿命は魔族寄りであればいいのにと願うようになったんだ。そうすれば、あなたの寿命は俺よりも長いということになるのだから」

この、人と魔が相争う世界で――フィンレイさんの発言はもはや異常だ。

聞いたところによると獣人の寿命は二百年から三百年ほどあるらしい。対して【人間】の寿命は五十年から七十年だという。私の世界とあまり変わらない。

魔族の寿命は人の四から五倍と聞いた。三百年以上あるのだろう。

フィンレイさんは私を愛しているので、先立たれるのが嫌でそう言うのはわかっている。だからといって、彼のその考え方は、この世界で許されるものではない。

そんな危険な願いを持つに至ったのは、強く私を想うが故《ゆえ》なのだと思うと――

「フィンレイさん……愛してる」

高すぎる場所にあるフィンレイさんに届くように、彼のもみあげを掴んで引っ張り、私は背伸びをした。

近づいてきた唇に私の唇を押し当てて、驚きに丸くなるフィンレイさんの金色の瞳を見つめる。

ますます高まる歓声の中で、何があってもこの人を守り抜くと誓った。

たとえ、再びイザドルさんが私を助けに来ても負けない。

私をこの世界へと誘《いざな》った、コーラルとドーラ、二人に誓う。

§　§　§

結婚式を終えた。

日が暮れていく広場で行われる宴会を眺《なが》めながら、新郎新婦は二人で過ごす。広場の宴会に加わってもいいし、家にこっそり帰ってもいいそうだ。

私は諸事情により寝る寸前までこの場に留まっているつもりで、少し離れたところから宴会を見ていた。フィンレイさんは諦めてそんな私に付き合ってくれている。彼的に私はまだ幼いそうなので。

ありがとう、心の準備は処理落ち中です。

「こうして結婚してくれたということは、元の世界には帰らないでくれるということだな?」

不意にフィンレイさんに問われて、驚いた。

勿論《もちろん》、帰るつもりがあったらフィンレイさんと結婚なんてしていない。

そんな私の心の中を読んだように、彼が微笑みを浮かべて続ける。

「たとえ帰れるとしても」

ゆっくりとフィンレイさんの顔が近づいてきて、その額《ひたい》が私の額《ひたい》にこつんと当たった。

「俺はあなたを帰さない」

もしも私が彼のことがそれほど好きではなくて、結婚に乗り気でなければ、怖かったかもしれない。

そんな声と表情で言うフィンレイさんの首に再び抱きついて頬をすり寄せると、掠《かす》れた愛の言葉が耳朶《じだ》に吹きかけられた。それを幸福に思う私が恐れるはずなんてないのだ。

それに——

「万が一帰らなきゃいけないとしたら、フィンレイさんを連れていくからよろしくね」

「っ、はは、あははは！　そうだな！　妻の里帰りについていけるのなら、帰郷も悪くはないな」

嬉しそうに笑うフィンレイさんに、私も笑う。

永遠を誓ったのに、バラバラになる選択肢なんてありえるだろうか。

「フィンレイさん、逃がさないから、よろしくね？」

「……あなたに逃がしてもらえないだなんて、幸せだな」

あの手この手で家に帰ろうとする彼を宥《なだ》めすかして、二人で夜明けまで盛り上がった宴会に参加し続けた。

新婦に甘いフィンレイさんは、これからもきっと大体私の思うがままだろう。

書き下ろし番外編

# 薔薇色の未来

「ルカっ、お願い、助けて……！」

ある雨の日のこと、フィンレイさんを仕事に送り出した後、家の中に駆け込んできたのはゾフィーさんだった。

泥だらけで、身体中あちこちに傷があり肌が痛々しく青ざめていた。

「ゾフィーさんっ、何があったの⁉」

「匿《かくま》って……お願い……っ」

「も、勿論《もちろん》」

いつも明るいゾフィーさんが泣きながら懇願しているのだ。

断るなんて選択肢あるわけがなくて、話を聞くより先に家の奥に案内した。

タオルを渡すと頭から被ってすすり泣きを始めるゾフィーさん。

私はその背中を撫《な》でながら、治癒魔法をかけてあげることしかできなかった。

「おい、ここにいるんだろう、ゾフィー！」

話を聞き出すより先に、事情のほうがやってきた。

ゾフィーさんの肩がビクッと震えるのを見て、私は奮《ふる》い立った。

「一体どなたですか⁉　……あ」

家の前に立つ人を見ただけで、名前を聞かなくても誰だかわかった。

会ったこともないのに不思議だな。彼のおじさんのレイさんと友達だからかな。

彼は私の表情を見下ろして、じわじわと顔を歪《ゆが》めて言った。

「……俺の顔を見て何かを悟《さと》ったような顔をしたな、おまえ」

「はて」

「おまえ、ゾフィーが描いたあの忌々《いまいま》しい絵を見ただろう！」

「何を言っているのかよくわからないですね」

絵を見たどころか、結婚のお祝いにあなたが出演した冊子を一冊もらっています、などとはとても口にできない雰囲気だった。

うん、彼はユアンさんだろう。

ゾフィーさんの弟のダヴィッドの護衛隊長をしているという、ゾフィーさんの創作物の登場人物である。どうやら例の冊子の存在がバレてしまったらしい。

「チッ、今はいい。それより、ゾフィーを出せ」

「いや、ゾフィーさんはいないです」

「匂いがプンプンしているんだ。誤魔化せるわけがないだろう！」

「私は【人間】なので、匂いとか言われてもわからないですね」

「誤魔化すつもりか、【人間】！　ためにならないぞ？」

恐い顔ですごむユアンさん。

けれど不思議なことに、ユアンさんは私を押しのけてまで中に入ろうとはしなかった。

私なんてこの家の出入り口にかかっている暖簾《のれん》と同じくらい無力なのにな。

意外と紳士なのかもしれない。いやでも、ゾフィーさんが傷だらけなのはこの男のせいだろう。女の子に傷を負わせるこの男が紳士なわけがない。じゃあ、何で？

「そもそも、どうしてゾフィーさんを探しているんですか？」

「折檻《せっかん》するためだ。怪しい動きをしていたからな」

やっぱり紳士じゃなかった！

私はユアンさんを睨《にら》みつけ、たとえ無力だろうと徹底抗戦の構えで、家の入り口に仁王立ちした。すぐさま魔法を発動できるよう、準備する。

「怪しい動きって何ですか！　女の子に折檻《せっかん》って!?　ゾフィーさんに酷《ひど》いことをするな

ら許しませんよ！」

「酷《ひど》いことをされたのは、俺だ！」

それは確かに。

「さらに気の毒なのはダヴィッド殿だ。思い出すだけで反吐《へど》が出る」

それも確かに、そうである。

……だから実在の人物を扱うのは気をつけてって言ったのに。

「新婚の家じゃなければ引き摺り出してやったのに……ッ！」

「ん？　新婚だと何かあるんですか？」

「……それはまあ、あるだろう」

「？」

首を傾《かし》げると、ユアンさんは溜め息をついた。

「ゾフィーに伝えろ。……今日のところは見逃してやるが、今後怪しげな動きをした時には容赦をしない。女ごときが男に逆らうな。黙って従っていろ、とな」

言い捨てるとユアンさんは去っていった。

口上にちょっとムカッときたから、結婚祝いの冊子を今夜読み返そうと思う。

「ありがとう、ルカ……」

「出てきて大丈夫なの、ゾフィーさん？」

「うん。ありがとう、本当に、ありがとう……っ」

「いいんだよ、ゾフィーさん。怪我の治療をしよう。まだ治し切れていないから」

見た目より、ゾフィーさんの怪我はかなり酷《ひど》いようだ。たぶん、内臓が痛んでいるんだと思う。表面上の傷が治った後も、魔力の消耗《しょうもう》があってぎょっとしてしまったほど。

全てをどうにか治した後、ゾフィーさんは疲れたように微笑んだ。

「久しぶりに、身体のどこも痛くなくなったわ」

「そんな、まさかずっと殴られたりしていたの？」

「ルカにあげたものと同じ、ユアンとダヴィッドの本はもう一冊あったのだけれど、それを里の中で回し読みしていたら見つかってしまったの……大問題になったわ」

執筆者はすぐにゾフィーさんだと露見したらしい。

「ダヴィッドは激怒したわ。ユアンも、それに元老たちも……最近ここに来られなかったのは折檻《せっかん》を受けていたからなの。反省、しろって。暗い部屋に閉じ込められて、二度とこんなことはするなって……っ」

そう言って、ゾフィーさんはまた静かに涙を零《こぼ》し始めた。

いつも明るかったゾフィーさんがこんなにやつれてしまうだなんて、本当に恐ろしい目に遭《あ》ったのだと思う。その原因が私にあることに気づいたら、ぞっとしてしまった。

「ごめんなさい、ゾフィーさん。私が本のことなんて言ったから……！」

「ルカは何も悪くないわ！　あたしが悪いのよっ」

グレイウルフ族の里のことは、話には色々聞いている。

ゴールデンギープ族の里より閉鎖的で、女性に厳しい里柄らしい。

確かに、実在の人物を用いて掛け算をしたゾフィーさんもよくなかったと思う。

でも、こんなにも疲れきり、痩せてしまうほど追い詰めることだったのだろうか。

「どんな理由でも、暴力をふるうなんて酷《ひど》すぎる」

「うちの里の男は短気なのよね。その点、この里の男は穏やかね。少し嫉妬《しっと》深いようだけれど」

「あ、うん。ちょっとフィンレイさんにはそういうとこあるよね」

「おかげで、ユアンは家に入らず帰ってくれたから助かったわ……ああ、ルカにはわからないわよね。あのね、獣人の新婚の家に足を踏み入れた男は、たとえ殺されても文句が言えないのよ。そういう古くからの掟《おきて》があるのよ」

「ええっ、物騒すぎない？」

「最近は殺すところまではいかないけれど、フィンレイはたぶん、ユアンが家の中に入っていたら殺しに行ったと思うわ。ユアンもそれがわかったから帰ったのよ」

「……嫉妬《しっと》深すぎない？」

「愛されているのね、ルカ」

思わず顔が熱くなる。愛されているのかもしれない、周りにもそれが伝わるくらい。

それって、ものすごく幸せなことなんじゃないだろうか。

自分が幸せいっぱいなだけに、ゾフィーさんをグレイウルフ族の風習から、その男尊《だんそん》女卑《じょひ》の気風から、閉鎖的な息苦しさから助けてあげる力のないことが後ろめたくて、歯がゆかった。

私にできることなら、この世界で初めてできた女友達を助けるために何でもしてあげたいのに――

「――おかげで、隠すことができるわ」

「え？　なんて？」

「これよ」

そう言って、いつの間にか涙の気配が完全に消えてきりりとした顔になったゾフィーさんがタオルの間から取り出したのは、一冊の冊子。

「新作よ、先生」

ゾフィーさんはにっこりと笑った。

「雨で濡れていたらどうしようって泣いちゃったけど、今見たら濡れてなかったからよかったわ」

「……つかぬことを伺いますけど、ゾフィーさんがやつれているのって」

「監視の合間を縫ったり、折檻《せっかん》の休憩時間にユアンの目を盗んで絵を描くのは大変だったわ。一番削りやすいのは睡眠時間ね！」

折檻《せっかん》されたこと自体は、あまり大変ではなかったような口ぶりである。

「最近警戒網が強化されちゃって、ユアンに疑われるし、朝から追われるわ雨に降られるわで、もうさんざんだったわ」

さんざんと言いつつ、ゾフィーさんの笑顔は達成感に満ち溢《あふ》れていた。

「さあ、ルカ！　読んで、どうか感想を聞かせてちょうだい！」

ゾフィーさんの二作目は、クラウス×ダヴィッドだった。

前作の攻めであるユアンさんは、当て馬に降格されて扱いが悪くなっていた。

これは折檻《せっかん》のせいだと思う。ユアンさんが、愛するダヴィッドさんへの想いを上手く表現できずに折檻《せっかん》する描写があまりに緻密《ちみつ》で、ゾフィーさんが受けた折檻《せっかん》内容の酷《ひど》さもわかったけれど、それをネタにしたゾフィーさんのメンタルも鋼鉄のようだ。

内容が、これまたすごい。

ちょっと前まで血で血を争う戦争状態だった、人間×獣人設定。

実在の人物な上に、先日の獣人による町の襲撃がネタとして扱われている。

全方位地雷のてんこ盛りオンパレードに気が遠くなってくる。

きっとゾフィーさんは、それの何が問題なのかわからないだろうから仕方ないね。

一応、前回のユアン×ダヴィッドの創作物に関して私が提言した事柄を踏まえて、『実在の人物や団体、事件とは一切関係ありません』と冒頭に明記してはいるのできっと関係ないんだと思う……で、誤魔化せるわけがないよね？

いや、まあ、それはひとまず置いといて。

「すごい……っ、絵が格段に上手くなってる……！」

「ふふん」

絵だけでも事《こと》が進んでいるのが、如実に伝わってくる。

明らかに視線誘導についてゾフィーさんは何かを悟《さと》っていた。

吹き出しの位置や台詞《せりふ》も何となくわかるので、私の文字の習得に大いに役立ってくれそうだ。

「内容も、めちゃくちゃ面白い……っ！」

得意げに胸を張るゾフィーさん。

ユアンさん、さっきは睨《にら》みつけてごめんね。

この人、何も堪《こた》えていないし、全く反省していないみたい。

いやでもね、ゾフィーさんのこれは横暴な男性社会に対するレジスタンスみたいなものだから、抑圧しすぎたグレイウルフ族のみなさんも悪いと思うんだ。

「ルカ、今後は新作ができ次第ここに持ってくるから匿《かくま》ってちょうだい。あと、新作を読みたい同士たちがここに通うから、読ませてあげてね！」

「うん、わかった」

「迷惑料ついでに土産を持ってくるように言っておくわ」

未だに里の人たちに敬遠されている私のところに、ゾフィーさんの同士たちがお土産を持って遊びに来てくれるらしい。

事情を知らない里の人たちはびっくりするだろうなあ。

賑《にぎ》やかになるだろうなあ。

里の人たちも、つられてうっかり私と仲よくしてくれるようになるかもしれない。

「楽しみだなあ」

「そうね、うふっ、とっても楽しみよねえ……！」

恍惚《こうこつ》としているゾフィーさんが楽しみにしているのは、私のとは違うような気がするけれど、お互い応援しあえる未来には違いなかった。

本書は、2018年6月当社より単行本として刊行されたものに書き下ろしを加えて文庫化したものです。


この作品に対する皆様のご意見・ご感想をお待ちしております。

おハガキ・お手紙は以下の宛先にお送りください。

【宛先】

〒150-6008 東京都渋谷区恵比寿4-20-3 恵比寿ガーデンプレイスタワー 8F
（株）アルファポリス　書籍感想係

メールフォームでのご意見・ご感想は右のQRコードから、
あるいは以下のワードで検索をかけてください。

アルファポリス　書籍の感想　検索

ご感想はこちらから

レジーナ文庫

# 運命《うんめい》の番《つがい》は獣人《じゅうじん》のようです

山梨《やまなし》ネコ

2021年9月20日初版発行

文庫編集－斧木悠子・森順子
編集長－倉持真理
発行者－梶本雄介
発行所－株式会社アルファポリス
〒150-6008 東京都渋谷区恵比寿4-20-3 恵比寿ガーデンプレイスタワー8階
TEL 03-6277-1601（営業）　03-6277-1602（編集）
URL https://www.alphapolis.co.jp/
発売元－株式会社星雲社（共同出版社・流通責任出版社）
〒112-0005 東京都文京区水道1-3-30
TEL 03-3868-3275
装丁・本文イラスト－漣ミサ
装丁デザイン－ansyyqdesign
印刷－中央精版印刷株式会社

価格はカバーに表示されてあります。

落丁乱丁の場合はアルファポリスまでご連絡ください。

送料は小社負担でお取り替えします。


ISBN978-4-434-29378-8 C0193